新潮文庫

トリプル・クロス

上巻

フリーマントル
松本剛史訳

新潮社版

8201

エマに。今度はきみの番だよ。愛をこめて。

探偵するということは、一個の厳密な科学なのであって――そうあるべきなので、つねに冷静な、情に走らぬ態度でとりあつかわれなければならないのだ。そいつを君はロマンティシズムで色あげしようとしたものだから、まるで、ユークリッドの第五定理に恋物語か駆け落ちの話かをもちこんだのと、おなじ効果になってしまった。

――『四人の署名』アーサー・コナン・ドイル（阿部知二訳）

トリプル・クロス 上巻

主要登場人物

ディミトリー・ダニーロフ…モスクワ民警組織犯罪局の局長
ユーリー・パヴィン…………ダニーロフの補佐役。大佐
ウィリアム・カウリー………ＦＢＩ本部ロシア課の課長
パメラ・ダーンリー…………　〃　対テロ部の副部長
ジェッド・パーカー…………　〃　計画部の捜査官。ウォレンの甥
ジョージ・ウォレン…………米国下院議長
レナード・ロス………………ＦＢＩ長官
ジョン・メルトン……………ＦＢＩモスクワ支局の捜査官
ホルスト・マン………………ドイツ連邦捜査局組織犯罪捜査部の部長
イーゴリ・オルロフ…………ロシア・マフィアのボス
フェリクス・ジーキン………イーゴリの右腕
イヴァン………………………医者。イーゴリの弟
イレーナ………………………イヴァンの妻
ヴェニアミン・ヤセフ………〈オデッサ〉のマネージャー
ルイージ・ブリゴーリ………イタリア・マフィアのボス
パオロ…………………………ルイージの息子
ジョー・ティネリ……………アメリカ・マフィアのボス
サム・カンピナーリ…………弁護士。ティネリの右腕

1

すべて完全なX字形に組み合わされた木材の上に、男たちが大の字に、手首と足首を縛りつけられていた。さらに両手には受難の釘(くぎ)が打ちこまれ、口には革ひもで猿ぐつわをかましてある。全員が裸だった。つぎの木材が引き出されようとすると、その男は小便を洩(も)らした。みんな失禁し、うちふたりは猿ぐつわごしに反吐(へど)を吐き、体を汚していた。あたりじゅうひどく臭(にお)った。

イーゴリ・ガヴリロヴィチ・オルロフは、その悪臭を気にするふうもなく、気長に立っていた。順番待ちの男たちにことの成り行きがよく見えるように、新しい十字架が部屋の中央の明るい光の下まで引き出される。オルロフは胸全体をおおう丈の長い食肉解体用エプロンをつけていた。その緑色の強化ゴムの表面は赤く染まり、ひざの上までくるゴム製の長靴もやはり血にまみれ、緑よりも赤い部分のほうが多かった。

手に持った短いナイフは両刃だが、ふつう尖っているはずの先端は丸みをおび、さっきの男を拷問した跡が残っていた。

オルロフが近づくと、縛られた男は激しく左右に体を振った。わめこうとするが、声が出ない。オルロフは猿ぐつわに無造作なひと薙ぎをくれ、男の顔に切り傷をつくった。

「やめろ……頼む……やめてくれ……」男の声は、狂おしい悲鳴のようだった。

「だれにも聞こえん。ここにいるのはわれわれだけだ」オルロフが言う。穏やかな、軽い口調で、角ばった長い顔は無表情だった。「話をしようじゃないか」

「何も知らない……頼む……」

「だれが手を下した？」

男は頭を横に向け、X字形の木材に縛りつけられたままの、ひとりめの男を示した。そいつは性器を切り落とされ、眼球をえぐられていた。耳はなく、歯は引き抜かれ、舌もなかった。そして息絶えていた。

「ニキータ・ヤフロヴィチだ……やったのはやつだ！」

「やつは、おまえが手を下したと言ったぞ」オルロフが進み出ると、男が顔をそらす間もなく、その左の頰を切り裂いた。傷から歯があらわになる。

男はまた悲鳴を発し、わめいた。「ちがう！　うそだ……おれじゃない……」

順番待ちの別の男が、猿ぐつわのあいだから吐物を洩らした。

オルロフが言った。「ゲオルギーは、まだ子どもだった」

「おれじゃない」男がうめく。「頼む……おふくろの命に賭けて誓う……ニキータ・ヤフロヴィチ・ヴォロディンだ。やつがやったんだ」

「だが、おまえも同罪だ。学校帰りのゲオルギーをさらった」

「ちがう！」

ナイフがまた一閃し、鼻の先端を削いだ。「ゲオルギーは十歳だった。まだほんの子どもだった」

男は泣きだし、息を胸に詰まらせていた。ただ頭を振ることしかできなかった。

「殺される前に、犯された。ありとあらゆる辱めを受けた」

「ヴォロディンだ」男が涙声で言った。「やつの本性は知ってるだろう。おれは関係ない」

オルロフは倉庫の暗がりに向きなおり、離れて立っている女に声をかけた。「この先もおれがやるか、イレーナ？」期待にみちた問いかけだった。

女が光の下に出てきた。ほっそりした鋭い顔立ちの、美しい女だった。「あたしのエプロンはある?」

オルロフはうなずいた。「長靴もな。このありさまだと、長靴が要る」

十字架の男の頭がだらりと垂れ、眼球が回りだした。ヒステリーが狂気の淵に近づいている。オルロフはその変化を無視し、分厚く重い解体用エプロンを女に差し出した。「ふつうの母親には、こんな復讐のチャンスはない」

女は答えなかった。

「ほかにもナイフがある。手術用の鋸も。鉗子も」オルロフが手下たちのほうを向いた。「台をこっちへ寄せてこい。好きなのを選べるように」

「そうね、あなた以上のがほしいわ」女が選んだのは、刃渡り十五インチはある、短剣と呼んだほうがよさそうなナイフだった。

「ほんとうに、だいじょうぶだな?」

「あの子はあたしの息子だった」

「おまえには資格がある。やるのはおまえだ」

それからの仕事には、二時間かかった。イレーナはもっと長引かせたいようだったが、男たちはあっけなく死んでしまった。途中で女の緊張が切れ、しゃくりあげるように泣きだしたが、オルロフは黙っていた。二度目に泣きだすと、あとをひきうけようかと声をかけた。イレーナは無意味に、ただこうくりかえした。「あたしの息子だった」

すべてが終わり、イレーナはがっくりと座りこんだ。エプロンはオルロフのよりもたっぷり血がこびりつき、外すには彼の手を借りねばならなかった。「あとはかまわない。連中が片づける。そのためにいるのだからな」

暗がりから、フェリクス・ジーキンが言った。「川ですね？　あとのやつらもいっしょに？」

オルロフが言った。「ＩＤを忘れるな。広く教える必要がある。ここの始末もちゃんとやっておけ」

「手抜かりはありませんよ」フェリクス・ロマノヴィチ・ジーキンはオルロフの実のいとこだった。正当なファミリーの一員として、ある程度の信用を得ている数少ない人間のひとりだが、その信頼はまだ限定つきだった。

オルロフはエプロンと長靴を脱ぎ、イレーナを倉庫に隣接する、事務所というより豪華なスイートに近い部屋へ連れていった。ふたりの服には染(し)みひとつなかった。

「何か飲むか？」

「ブランディかしら。ブランディがいいわ」

さっきまでの重労働にもかかわらず、酒を注ぐオルロフの手に、疲れや興奮からくる震えは見られなかった。六フィートをゆうに超える長身を前かがみにして、小柄な女にグラスを差し出す。「いい気分か？」

「よくもないわ。あれくらいじゃ」

「そんなことはないだろう」

「あまり苦しませられなかった！　いくら苦しめてもあき足りない」

「おまえはやれるだけやった。やつらはたっぷり苦しんだ」

「もう泣くだけ泣いたと思ってたわ。涙が涸れるまで」

「この先も息子のために泣くことはあるだろう。しかし今は、満足感にひたればいい。イヴァンはなぜここへ来なかった？」

「あなたの弟が？　あの仕事熱心な医者が？」イレーナがあざけるように笑った。あれほど嫌っているイヴァンのような男となぜ結婚することになったのか、今は自分でも理解に苦しむほどだ。この過ちをイーゴリといっしょに正さなくては。イレーナはそう心に決めていた。

沈黙が落ちた。ふたりはブランディをすすった。オルロフが両方のグラスに注ぎ足しても、彼女は拒まなかった。「よろしく伝えてくれ」

「したいわ。今すぐに」

イレーナは要求の多い女だった。そしてオルロフ同様、暴力が催淫剤（さいいんざい）の役割を果たしていた。ふたりはほとんど着衣のまま、オルロフが座っていたソファの上でからみあった。イレーナが絶頂に達し、金切り声を発した。ことがすんだあと、女はパンツをはき、男はジッパーを上げただけだった。

「ヴォロディンの狙（ねら）いはあなただった――あなたを傷つけようとした――そうじゃないの？」イレーナが突然、甲高い声でなじった。「やつはあなたを脅そうとしたのよ、十歳の男の子を使って！」

「ニキータ・ヤフロヴィチ・ヴォロディンは死んだ。あのとき居合わせたやつらも、全員死んだ。おれたちの家族が標的になることは、もう二度とない。今夜からは」

「それでも、ゲオルギーは帰らないわ」

「埋め合わせはするつもりだ」

「ふざけないで！」その声にはもう、激しさも感情もなかった。

「腹が減った。夕食に行かないか？　いつものレストランじゃない。新しいステーキハウスができたんだ。気分転換になるだろう」

「今日は疲れた。帰るわ」

「どこへ?」

「へなちょこ亭主のところへ」

「息子を殺されて、その犯人を罰することもできない男か」

「たぶん、あなたに面と向き合うこともできない男よ」

「ヴォロディンがおれの手に落ちたことは、あいつも知っていた。復讐のチャンスだったことも」

イレーナがうなずく。「今はあなたに借りができたことも知ってる。あの人が死ぬほど嫌っていたことよ」

「あいつに求めることなど何もない。おたがいさまだろうが」

イレーナが辛辣(しんらつ)な口調で言った。「それでも、あなたのことは憎んでるわ。そっくりなことさえ、いやでたまらない」

「どうするわけにもいかんさ」

「あたしもあなたを憎んでる。あなたが必要だけれど、でも憎んでるわ。あたし自身を憎んでるように」

「帰れ、イレーナ。やつらが息子と同じ目にあうのを見届ける度胸もない男のところへ」

「それでも、あたしはやつらを罰した」自分に言い聞かせるように、彼女は言った。「もう涙も流れないわ」

モスクワ民警組織犯罪局の局長ディミトリー・イヴァノヴィチ・ダニーロフは、神の名を口にする寸前で思いとどまった。彼は神を信じてはいないが、信仰心の厚い補佐役の前で冒瀆(ぼうとく)の言葉を発するのははばかられた。かわりにこう言った。「なんたる(ファッキング)ありさまだ、信じられん!」

ボリショイ・ウスチインスキー橋の中州の側に、川を流れてきたゴミの山があり、その上に五つの十字架がひっかかっているのが発見された。今は岸に引き揚げられ、ひとつずつ切り離して、横一列に並べられていた。

聳(そび)え立つような長身の体に見合った知性をもつ、ユーリー・パヴィン大佐が言った。「人間のやることとは、とても想像できません」

「もう想像する必要もないだろう」ダニーロフは言った。まばらになった金髪を、モスクワ川からたえず吹きつける風になぶられているが、あえて手で直そうともしない。ダニーロフは小柄でひきしまった体つきの、慎重な立ち居振る舞いの男だった。病理医から向けられる好奇の視線を感じながら、また自分と大柄な補佐役とを見くらべているのだろうと思った。

パヴィンが言う。「これで十一人になりました」

「すべてマフィアだ。すべて十字架に縛りつけられていた。すべて切り刻まれていた。すべて川に流された」ダニーロフが列挙する。

「四つのブリゲードにわたっています」とパヴィンが応じた。ロシアでは組織犯罪のファミリーを呼ぶのに、この言葉が好んで使われる。「縄張り争いですね」

ダニーロフが列のいちばん端の男をあごで指した。「しかも今度は、ニキータ・ヤフロヴィチ・ヴォロディン本人がいる。ブリゲードの頭目が」

「前の死体とくらべて、切除の程度がひどいですね――やつの部下たちも」パヴィンが指摘した。

「重要だと思うか？」ダニーロフはこの補佐役の直感を、その知性に劣らず尊重していた。

「理由がわかるまでは、留意すべきポイントだと思います」

ダニーロフは身をかがめ、被害者の胸にテープ留めされているビニール封筒を持ち上げた。「なぜ身元を知らせようとする？」

パヴィンはよくわからないという身振りをした。「われわれに向けてでしょうか？」

ダニーロフは首を横に振った。「われわれじゃない。ほかのギャングどもに見せつけて、言うことを聞かせるためだ」

「ボス中のボスが？」とパヴィン。

「この国を支配しているのは政府じゃない、組織犯罪だ」ダニーロフが憤りをこめて言った。「連合もあれば、パイの奪い合いもある。自然の成り行きだろう。ここまで時間がかかったことのほうが驚きだ」

左側にいた病理医が死体の上から体を起こしたが、まだ半分身をかがめたまま、テープ留めされたＩＤを読んでいた。声をはりあげて呼びかける。「この男、ニキータ・ヴォロディンは、睾丸とペニスを口に縫いこまれています。それで窒息したらしい」

「ほかの連中の死因は？」ダニーロフが応じた。

医師はさらに体を起こし、肩をすくめた。「この切除の程度から見て、通常の失血でしょう。激しいショックもあるかもしれない」

「失血で死ぬにはどのぐらいかかる？」近づいてきた医師に向かって、パヴィンが訊いた。

「三十分ぐらいでしょうか。長くて四十分」医師が答えた。「鼠蹊部の、睾丸が切り取られたあたりからの失血がいちばんひどかったでしょう。大腿動脈のある場所ですから」検死用のオーバーオールを脱ぎはじめる。「水に浸かっていた時間は、そう長くはありません。まちがいなく二十四時間以内です。十字架や体にこびりついた汚物や吐物が、まだ洗い流されていない」

「つまり、どういうことだろう?」パヴィンが訊いた。

「順番を待つあいだ、自分の前のやつがどんな目にあっているか、たっぷり見せられたってことじゃないですか」

「くそっ!」つかのま補佐役への気遣いも忘れ、ダニーロフは口をすべらせた。

パヴィンは何も感じていないようだった。「指紋はどうだ? IDを入れてあるビニール封筒についていなかったか?」

医師はまた肩をすくめた。「鑑識に訊いてください。わたしは医者なので。死体を十字架からはずして保管所まで運ばないと、正式な検死もできない」

「あの十字架から、何か出てくるかもしれないな」パヴィンがひとり言のように言った。「ただの急ごしらえじゃない。ていねいに作ってある。まるでプロの大工の仕事だ。なぜわざわざ、こんなまねを?」

「それもメッセージだろう。われわれにはまだわからないが」ダニーロフが応じる。

「複雑な理由がありそうです」さっきの自分の疑問に答えるように、パヴィンが言った。「十字架にかけられているのに、まるでただのゴミのような扱いだ。使い捨ての生贄（いけにえ）の像のような――」

「高位の存在の生贄か？」ダニーロフが引き取って言った。

パヴィンは肩をすくめた。「メディアのほうはどうします？」

ダニーロフはユーモアのない冷笑を浮かべ、病理医たちや、護岸堤防の向こうに並んでいる見物人を身振りで示した。「連中がここまで来るのに、えらく時間がかかってるな。あのなかにはタレコミ屋や情報を売りつける連中がいるはずだが」

「やはり縄張り争いの線でいきますか？」

「事実、そのとおりだろうからな」ダニーロフは言って、パヴィンをまっすぐ見すえた。「ヴォロディンのことは、徹底的に調べたのか――？」

「ええ。やつのファミリーとラリサの夫に、つながりはありませんでした」

「四つのファミリーだ」そう言うダニーロフの声は、期待がこもっていた。「今度こそ突破口が開けるかもしれん。街でもいろいろうわさが流れるだろう」

「われわれの耳に入ればいいですが」今のディミトリー・イヴァノヴィチ・ダニーロフは、目覚めているあいだはつねに、かつての愛人の殺害犯を探しださねばという思いに突き動かされている。パヴィンはそれを知る唯一の人間だった。

「可能なら、この縄張り争いを——メディアを利用しよう。各ファミリーにパニックを広げる。そしてタレコミ屋から入ってくる情報に注目する」

「それはむずかしくないでしょう」パヴィンは辛辣というより客観的な口調で答えた。「モスクワのファミリーはどれも、ペトロフカ内部に、少なくとも二つの情報源をもっていますから」

ペトロフカ通りに聳え立つ腐敗のはなはだしいロシアの警察ビルのなかに、民警の本部はある。ディミトリー・イヴァノヴィチとユーリー・マクシモヴィチ・パヴィンが、ロシアの首都に巣食う犯罪組織を相手に捜査をおこなわねばならないのは、その場所だった。

2

メルセデスの窓に色が入っているのは人目を避けるためだが、その濃い色のおかげで照りつける陽ざしがさえぎられ、エアコンの効いた車内は快適だった。イーゴリ・ガヴリロヴィチ・オルロフは、モスクワから出られてほっとしていたが、ローマの外に出られるのはさらにありがたかった。この国では八月になると、だれもが海辺へ出かけていくらしいが、この時季にここまでの暑さは考えられない。じじつ車はヴィア・デル・マーレを、オスティア方面へ向かっていた。めざすヴィラは海辺にあるのだろうか。だが、そんなことを訊くわけにはいかない。どんな些細なものであれ、好奇心を見せるのは、緊張のあらわれととられる恐れがある。つねにこちらの意図どおりの印象を与えなければならない。オルロフに緊張感はなかったが、武器を持たずに別の車に乗っているロシア人ふたりは、そう落ち着いてはいられないだろう。ヴィターリ・ミッテルは、無用なリスクだと不満を口にし、フョードル・ラピンシュは、これでは対等の存在ではなく嘆願しにきたようだと反対した。オルロフもそのとおりだと認めたが、そうした印象を正すために何をするべきか、その時点ではよくわからなかった。

「イタリアは、初めてですか?」たがいに向かい合う格好で補助席に座っているイタリア人が、オルロフに声をかけた。驚くほど若い男で、学究めいた眼鏡をかけ、熱心そのものの態度だった。ホテルのロビーでは、名前を出しての自己紹介はなかったが、この男はためらいも見せずに近づいてきた。イタリアに着いてからずっと見張られていたのだと、すぐに察せられたものの、もし今回の交渉が首尾よくいき、つぎにイタリア人がモスクワに来ることになれば、おたがいさまだろうと思った。ミッテルとラピンシュも、たえず見張られていることに気づきながら、監視役の居所がつきとめられないせいで、不安をつのらせていた。ふたりともオルロフの護衛役をまかされたことで、少しずつではあるものの、自分たちがはるかに高い地位にいるといわんばかりの態度が目立ちはじめていた。

「初めてだが、これから何度も来るかもしれない」オルロフは答えた。今は英語で会話をしていたが、最初に会ったとき、このイタリア人は流暢なロシア語で話しかけてきた。いちおうミッテルとラピンシュには、相手にわからないと思いこんでロシア語を使うようなまねはするな、と釘を刺しておいた。ちゃんと覚えていればいいが。ロシア語のわかる人間を同乗させるというのは、あきらかに予防策だ。ルイージ・ブリゴーリがモスクワへ来るときには、こちらもイタリア語のわかる人間をさりげなくつける必要があるだろう。

「わたしはモスクワで勉強しました。いい街ですが、サンクトペテルブルクのほうが好きです。エルミタージュ美術館はまったくすばらしい」

オルロフは把手(とって)を握って体を支え、色つきガラスの向こうを見ながら、おれは完全に自制できている、きっとそのはずだ、と感じていた。「こちらの国のほうが、歴史がある」と言った。しばらく沈黙が落ちた。車には当然、盗聴機がしかけられているだろう。エアコンの音が傍受のじゃまをするのではないかと、オルロフはぼんやり考えた。

イタリア人が言った。「オスティア・アンティカには、紀元前四世紀に造られた歴史的な遺跡があります。みなさんを特別にご案内いたしましょう」

オルロフはやっとこの会話の見えすいた意味をさとり、失望を感じた。「車を止めろ！」

また沈黙が落ちた。

「止めろと言ったんだ！」

「すみません……どういうことか……」若い男がしどろもどろに答えた。

実際に車を止めさせれば、ミッテルとラピンシュがいやおうなく誤解し、ひと悶着起きるだろう。「わたしは歴史を愛でにきたわけではない！〝イル・カポ・ディ・トゥッティ・ディ・カピ〟――ボス中のボス――に会いにきたのだ。なのにどういうことだ？運転手に、ローマへ引き返すように言え。ばかげている！」

「誤解があったようです……ひどい誤解が……わたしがいたりませんでした……心からお詫びいたします」眼鏡の男は早口で続けた。「ドン・ブリゴーリはまさしく、ボス中のボスです。まぎれもない本人なのです」

秘書やら何やらわからないこのイタリア人は、母親の死の床では、ゆめこの言葉を口にするべきでない。かつてオルロフのもとに職探しにきたKGBのある元将校は、お世辞のつもりで彼を〝ドン〟と呼んだ。そいつはズボンをおろした姿で立たされたまま、おまえの言った言葉はロシアの俗語に訳すと、オルロフの一物が小さいという意味になるのだと説いて聞かされた。実のところ、それは当たっていた。そのためにオルロフは、だれかがその言葉を口にするのをやめさせようと躍起なのだった。「今すぐ、本人に証明してもらわねばならない」

イタリア人も罠だとさとった。「わたしが受けた指示は、あなたが万事快適に過ごされるよう計らうことで……それに連絡を……わたしはロシア語を話し――」
「黙れ！」今度はロシア語で、オルロフは命じた。「わたしは観光客ではないし、古代史にも興味はない」

　車がいきなり幹線道路からはずれると、田舎道に入り、さらに細い道に変わった。もとはマカダム舗装で覆われていた路面がぼろぼろに崩れている。サスペンションの効いたメルセデスでも、路面の穴を乗り越えるたびに車体が激しく揺れ、土埃を舞い上げた。この車がどこに向かい、何に近づいているにしろ、ずっと遠くからでもすぐに目につくだろう。

「お気にさわったのでしたら――失礼しました、申しわけありません」事情を説明しようというつもりなのか、若い男はこう言った。「わたしはロシア語を話します」

　オルロフはしばらく無視していた。土埃がおさまったわずかな瞬間に、道路を縁どる糸杉やコルク樫の並木、その先にあるブドウの木やオリーブの木立が見えた。急に一車線の田舎道に入ったせいで、ミッテルとラピンシュが過剰に反応していなければいいが。結局のところ、海は拝めそうもないし、涼しい海風も望めない。それでも冷房ぐらいはあってほしいものだ。「通訳にでもなればいい」

　若い男が言った。「ドン・ブリゴーリはわたしの父です」

オルロフは応じた。「なおさら通訳が必要だろう」

車が登りにさしかかると、路面はさらに固くなり、畑や木立のなかの男たちの姿が目に入ってきた。どう見ても農夫ではない。おおむね黒っぽい服装だし、手ごろな木の幹に、ルペラ——昔ながらのマフィアの狼撃ちライフル——が立てかけてあるのも二度見かけた。車が進んでいくにつれ、頭がつぎつぎ振り向いた。笑顔はない。ミッテルとラピンシュは、座席から腰を浮かしかけているだろう。今では糸杉の木立が密になり、道の上に影を落としている。最後の急なカーブを曲がりおえたとき、丘のまさしく頂に立つヴィラが目に飛びこんできた。難攻不落の中世の城、という印象だった。周囲の壁こそ城郭風ではないものの、兵士に守られた斜面の上にあるという点は同じだ。運転手が何か合図をしたか、それとも内部の監視場所から見えたのか、車がスピードを落とさずに近づいていくと、高い金属のゲートが開いた。

ヴィラは方形で、おおむね二階建ての白い建物だったが、四隅に高い塔があった。陽ざしにきらめく海が遠くに見晴らせる。オルロフは運転手がドアを開けるのを待った。予想以上の熱気がこぶしのように打ちかかり、たちまち背中と胸に汗が噴き出るのを感じた。風はそよとも吹いてこない。どこかで遊ぶ子どもたちの笑い声や物音が聞こえ、まぎれもなく水のはねる音がした。ヴィラの海側のほうに、プールがあるのだろう。

金属をちりばめた樫材のドアのそばで、男が待ちうけていた。身長はオルロフにはるかに劣るものの、ひげをきれいに剃り、ひきしまった体軀と、洗練され自信にあふれた物腰の男だった。六十四歳ということだが、真っ白なふさふさの髪がなければ、実際の齢より十は若く見えるだろう。しわひとつない白のオープンシャツに、黒のスラックス。開いた襟もとから一連の細い金のネックレスがのぞいている。

ドン・ルイージ・ブリゴーリが口にしたのは英語だった。「わが家へようこそ」自分たちの共通の言語が英語であると、どうしてこの男は知ったのか。無用な笑みは浮かべなかったが、真っ白な歯はあきらかに歯医者の手になるものだった。

「やっとお会いできてよかった」オルロフも笑みを見せずに応じた。狭い入口に立つブリゴーリの背後で、警戒の動きがあったが、まぶしい陽光のせいで、何人いるのかは見えなかった。オルロフの右側でミッテルとラピンシュが身を固くしているのが感じられた。ミッテルのほうは英語がわかるが、ほんの少しだけだ。オルロフはどちらの男にも目をくれなかった。

ブリゴーリが言う。「なかへどうぞ。外は陽ざしが強い」

戸口での握手はおざなりで、最低限の礼儀を守る程度のものだった。エアコンの冷気に、オルロフはたちまち寒気を感じた。実際に身震いをしたり、外のまぶしさとは対照的な暗さにたじろいだりするのは、なんとか避けられた。目はすぐに慣れた。床はすべて市松模様の大理石で、壁の大半も大理石製だが、一部に荒削りの石や花崗岩も使われていた。導かれていった先は、周囲から一段低くなった広い居間だった。一方の壁がガラスになっているが、防音ガラスか防弾ガラスなのかもしれない。子どもたちと三人の女——ふたりはトップレスだった——が大きなプールやその隣の浅い二つのプールで、水しぶきをはねあげたり泳いだりしている。完全な無音の、一幅のタブローだった。あとに従ってきた男たちは、周囲の一段高い場所で丁重に足を止め、視界には入っても声は聞こえない位置に控えた。ロシア人ふたりもそのなかにいた。

ブリゴーリの息子の姿はなかった。

イタリア人が言った。「飲み物でも?」ようやく笑顔が浮かんだ。「ロシア製のウォッカもあるが」

「水を」オルロフは答えた。あらかじめブリゴーリについては調べあげ、酒をやらないことも知っていた。この相手はそれに気づいただろうか?

「アクアだ」ブリゴーリが言った。声をはりあげることも、ロシア・マフィアのリーダーから目をそらせることもなかった。「わざわざ来てもらってありがたい」

嘆願しにきたようだというラピンシュの言葉が、すぐにオルロフの脳裏に浮かんだ。

「こちらの旅程の上で好都合だった。それにやはり、わたしの提案について、もっとくわしく説明するべきだと思ったのだ」

ひとりの男がやってきて、ふたりのあいだのガラス製のテーブルにミネラルウォーターの瓶を一本ずつ置くと、すぐに後ろに控えている男たちのところにもどった。おまえが優位にあるわけではないというふくみをもたせたオルロフの言葉にも、ブリゴーリは無表情を保っていた。「こちらとしても、なるべくくわしい説明を聞きたい」

オルロフは時間をかけて瓶のシールを破り、水を注いだ。よく冷えている。「ごく端的にいうなら、わたしが提案しているのは、ビジネスの上での提携――吸収や合併ではなく、純粋な提携だ。この国の有力なファミリーはすべて、あなたの指揮を受け入れている。ロシアの有力なファミリーはすべて、わたしの指揮下にある。どちらも双方の国の代弁者となれるだろう」

「いかにも、イタリアの代弁はできるが」ブリゴーリが言う。「この国のファミリーは、そちらの提案にどんな利益があるか、まだ納得していない。おそらく、その実効性についても」

この男はおれの権威を疑っているのだ。おれの武力や能力も。「その点はもうあきらかにしたと思っていたが。わたしはモスクワの四つの空港を押さえている。そこからアジアのヘロインと中南米のコカインを安全にもちこみ、このイタリアまで届ければ、さらにヨーロッパ全土に送ることができる。われわれのファミリーは、西欧で盗まれた豪華な車をいくらでも東欧で売りさばける。ロシア、ポーランド、ハンガリー、スロヴァキア、チェコには、何万という女が——少年もだ——脚と口を開いて、ヨーロッパの娼館(しょうかん)やポルノ映画産業への出番を待っている。ありとあらゆる趣味趣向に対応できるし、供給源は無尽蔵だ。無尽蔵といえば、一流のアートや骨董品(こっとうひん)も——真贋(しんがん)を問わず——ロシアから輸送したあと、そちらの手で動かすことができる。ナチが強奪し、その後旧ソ連軍が強奪した芸術品は数知れない。すべて売りに出せる。大祖国戦争が終わったあと、ロシア政府はドイツにも、所有権を主張するどの国にも、安物の宝石ひとつ返還していない。ロシア通貨の偽造についても、西欧のどんな相手だろうと対抗できる用意がある……」そこでひと息ついた。「ロシアの軍と情報組織では何度も改革がおこなわれ、特殊な破壊工作のできる人間たちが解雇された」また言葉を切る。「わたしのところには、実力によって秩序を保証できる人員が相当数そろっている。契約にもとづいて、西欧のどこでもそうした仕事を請け負わせられる」

「そうした実力行使の話は、たしかに聞いている……メディアの報道でな」ブリゴーリが口をはさみ、水をすすった。

「見せしめが必要だったのだ」オルロフは言った。この偉ぶった男は最初に、おれがモスクワを支配していることを疑った。そして今は、おれが権威を行使できるかどうか疑っている！

「世間の注意をひくようなまねは、避けるに越したことはないだろう」

「現実に効果がないのなら、そのとおりだ」

「当局による詮索（せんさく）は、面倒の種になりかねない」

オルロフは笑みを浮かべた。「ロシアの状況は、おそらくここことはちがう。わたしも、わたしが代弁するどのファミリーも、国家当局に脅（おびや）かされることはない」

「法律については、とくにくわしく話をするべきだろう」

「とくに話すようなことは何もない。ロシアの法律など冗談にすぎないし、事実そう扱われている」オルロフは片手を伸ばして開くと、つかんだものを握りつぶす動作をしてみせた。「ロシアでは、法律はここにある――わたしの手の内に」

「わたしのほかに、だれと話をした？」とブリゴーリが訊（き）く。

追従（ついしょう）のひとつくらいはかまうまい。オルロフは決めた。「このイタリアで、あなた以外の人間に会っても意味はないだろう」

ブリゴーリがふたたび堅い笑みを浮かべた。「ここを訪れるのは、旅程の上で好都合とのことだったが?」

「ヨーロッパではもう、ビジネスの話をする予定はない」

「アメリカということか?」ブリゴーリは驚きの色をあらわにした。

「世界規模での連係をおこなうことに、何か差し支えでも?」

「もちろん、ありはしないが」ブリゴーリはオルロフよりも、自分自身に対して苛立(いらだ)っているようだった。「アメリカの〝ボス中のボス〟と会う予定なのか?」

「今週末に、シカゴで」

「そうした組織の機能については、どう考えている?」

「アメリカのファミリーはすべて、それぞれの代表からなる委員会の決定で動いている。われわれのそれは最高位に位置する、世界規模の委員会となるだろう」

「ボス中のボスには、だれが?」イタリア人がすぐに訊いた。

「議長役は、回りもちで務めるのがいいだろう」こちらの気が変わるまではだ、とオルロフは思った。すでに肩書きも決めてある。やはりイタリア語で、〝イル・レイ・デイ〟——王のなかの王。

「会合はどこで?」

「やはり回りもちでおこなう。ロシア、ヨーロッパ——東欧でも西欧でも——そしてアメリカの順だ」

「大胆な発想だ」

ついにこの相手を感じ入らせた、とオルロフは察した。これで優位に立てる。「独創的だ。きわめて実際的でもある。そして見返りは、まさに天井知らずだ」

「考える価値はあるだろう」

「だれかに相談の必要でも？」オルロフは余裕を見せて言った。

「この国にも委員会がある。儀礼には従わねばならん」とブリゴーリ。

「わたしがアメリカから帰るときにイタリアを経由し、もう一度会うのはどうだろう？　それまでには、ほかのファミリーの意向がわかるのではないか？」オルロフはさらに余裕を見せた。そのときふと、部屋の周囲の一段高くなった場所にいる男たちが、ひと言も言葉をかわしていないのに気づいた。目の前で演じられているこの対決の意味を、やつらが十分に汲みとっていればいいが。

「一週間あれば、長すぎるほどだ」ブリゴーリが堅い口調で言った。「アメリカでの用が長引いた場合は？」

「もちろん、電話で予定を変えればすむことではないか？」

「その必要があれば」

「そんなことにはならないだろう」

「たしかに」

「この初顔合わせが成功だったと、あとでそう言えることを願っている」

「まもなくわかるだろう」イタリア人が言った。

ロシア語を話すブリゴーリの息子パオロがヴィラに帰り着いたのは、夕方になってからだった。礼儀にのっとり、スペイン階段の上手のホテルにロシア人たちを送り届けたあとで、彼は父親に報告した。「ロベルトとヨアキムを見張りにつけています。電話の通話ももちろん聞けるでしょう」

「録音できるのか？」

「三つの電話機すべてに盗聴器をしかけてあります」

「よかろう」

「あの男は好きになれません」

「ここへ来る途中の、車での録音は聞いた。おまえに無礼な口をきいていたな。傲慢な男だ。だがこの際、好き嫌いは関係ない」

「あの提案は実現可能でしょうか?」

「たしかに、考えてみる価値はある。たしかでないのは、やつが確約したとおりのものを提供できるのかどうかだ。われわれがアメリカになんの手づるももっていないような話しぶりだったが」

「実際に、そのことを知らないのでは?」

「ニューヨークと話して、向こうの感触を探る必要がある」

「アメリカがいいと言えば、同意するのですか?」

「なにしろ大きな話だ、見送るには惜しい。しかしまず、あの男の正体をたしかめたい」

「あの大言壮語どおり、ほんとうにボス中のボスなのでしょうか?」

「それがこちらの弱みだ」父親が認めた。「あいにくモスクワには、ニューヨークにあるような情報源がない」

　ホテル・メディチのダイニングで、フォードル・ラピンシュが言った。「あれはやりすぎでしょう。娼婦がばっと胸をはだけてみせるのは」

　三人が食べているのはパスタだった。キャンティの二本目の栓が開いていた。

ミッテルが言った。「なかなかいい館でしたね」

オルロフはうなずいた。「モスクワにも、革命以前のような屋敷が要るな。客人を迎えるときのために、一軒用意しなければ。フェリクス・ロマノヴィチに連絡して手配させよう」

「おれがやりますよ！」ミッテルが熱心に言った。

嫉妬にかられた対抗意識を感じとり、オルロフは間をおいた。「やれるのか？」

「もちろんです。信用してください」

オルロフは笑った。〝信用〟という言葉は、いつも大きなトラブルを引き起こす。客観的に見るなら、ルイージ・ブリゴーリも当然、同じ問題を感じとっているだろう。

「なら、証明してみせろ」

「例の山荘もありますが」やはり取り残されまいと躍起で、ラピンシュも口をはさんだ。

オルロフは首を横に振った。「あれは感心せん。向こうに帰ったら、別のを探す必要がある」あってはならない見落としだ。そう思うと苛立ちがつのった。どんなものであれ、見落としを認めるのは腹立たしい――自分自身にでも、この能なしの下っ端どもにでも。

「山荘(ダーチャ)のほうも、いいのを見つけます」ミッテルが勢いこんで言う。「おれに取り仕切らせてください」

「われわれふたりでやります」おのれの役目を奪われまいと、ラピンシュも口をはさむ。

「よし」オルロフは闘犬どうしの意地の張り合いを楽しんでいた。「おまえらの手並みを見せてもらおう」

「あのときは遠すぎて、話が聞こえなかったんですが」ラピンシュが期待をこめてうながした。

このふたりは今回の旅で同行を許され、初めてロシア国外に出たことで、オルロフとともにファミリーの三巨頭になったとでも思いこんでいるだろう。時期がくれば、すぐにその誤解を正してやる。

「向こうは承知しましたか?」さらにミッテルがうながした。ずんぐりした、四角い体つきの男だ。

「まだだ」

「もし承知しなかったら、どうします?」

ミッテルの問いかけは訊問(じんもん)じみていたが、オルロフは苛立ちを隠した。「その気のある人間を代わりに立てるまでだ」人間の取り替えは、たいした問題ではない。

パメラ・ダーンリーが言った。「もう三杯目よ」

「だいじょうぶだ」

「それで、どうだったの？」火曜日にはいつもふたりで昼食をとる約束なのだが、FBIロシア課長のウィリアム・カウリーはこの日、年に三回おこなわれる部門会議のせいで、ペンシルヴェニア・アヴェニューの本部から出られなかった。

「ジム・バートンの評価があまりよくなかった」

「冗談じゃないわ」パメラが急に、怒りの言葉を口にした。「ニクソンの前もあとも、中南米課がコカインの流入を食いとめる策をまともに講じられたことはないのよ。なぜジムがいきなり痛い目にあうの？」

「ジェッド・パーカーが立場表明書(ポジションペーパー)を提出した」

パメラが大げさにため息をついた。「さっそくってわけね？」ジェッド・パーカーは下院議長ジョージ・ウォレンの甥(おい)っ子である。伯父の影響力を後ろ盾に、麻薬取締局からFBIの計画部に異動してきたのだった。「バットマンの電話番号でも知ってるのかしら？」

「議長は、長官の私用電話の番号を知ってる」カウリーは言った。「ジェッドにはそれだけで十分だ」

「対テロ部はどう評価されたの?」パメラは対テロ部の副部長である。

「帰る前に、ジャックと話さなかったのか?」ジャック・カストンがその部長だった。

「今日は子どもの誕生日なのよ。会議のあと、まっすぐ帰っていったわ」

「アルカイダの潜入工作に関する質問がずいぶん飛んだ」

「今の議会でいちばん安全な話題を、ウォレン議長が利用してるのね。これはFBIへの政治干渉よ」

「いつでもそれはあった。しかも今は、ウォレンが有利な位置にいる」カウリーはウイスキーの瓶に手を伸ばした。

「もう飲まなくていいわ」

カウリーが手を止めた。「ぼくらは同棲(どうせい)してるんだろう。小言を言ってもいいのは、正式な奥さんだけだ」

「冗談じゃないのよ」ふたりが出会う以前、カウリーは酒の問題を抱えていたことがあり——もう克服したが——パメラにそう打ち明けていた。

「だいじょうぶと言っただろう」

「四杯目は必要ないわ」

「じゃあ、やめておくよ」カウリーはひきさがった。「会議でどんな話を聞いたと思う？」

「なに？」

「ジェッド・パーカーはロシア語がうまい。ロシアの専門家を自任してる」おれとしては、下院議長の甥っ子に課を引っかきまわされるのはまっぴらだ。カウリーは思った。

3

出迎えの手順はほぼ同じだったものの、イーゴリ・オルロフは微妙な差異を感じとった。シカゴのオヘア空港に降り立った瞬間から、あきらかに雰囲気がちがっていたが、まだどこがどうとは言えなかった。

それでも始めのうちは、すべてが驚くほど似通っていた。色つきガラスのリムジンで待っていた案内役の男も、眼鏡をかけ、比較的若かった。ただしローマとは対照的に、成功した自信たっぷりの弁護士、あるいは銀行家タイプだった。そして自分の立場ではなく、サム・カンピナーリという名前で自己紹介した。ジョー・ティネリのことは、英語でもイタリア語でも、アメリカ全土の二十七のマフィアを束ねる〝ボス中のボス〟とは呼ばなかった。ドンという敬称すら使わず、ただのミスター・ティネリだった。そしてオルロフとふたりの同行者に、旅の途中でニューヨークに立ち寄って時差ぼけを解消されたとのことでしたら、さっそくミスター・ティネリの自宅にご案内しましょう、と告げた。二台目の車は少しばかり遠回りをして、ホテルへのチェックインをすませていきます。観光案内じみた口上はなく、エヴァンストンへ向かう途上、点々とヨットの浮かぶミシガン湖畔を走っているときも、それは変わらなかった。ときおり沈黙が落ちたが、決して気まずさはなかった。何か見落としが、気づいていないことがあるのじゃないか！　オルロフは自分に問いかけた。

急に車が湖から離れ、並木に縁どられた平坦な道路に入った。車の数も急に減った。歩行者の姿もまばらになる。木の多さが目立つが、イタリアの暑い陽ざしに萎えしなびた木々よりもよほど高く大きい。家はどこも壁やフェンスに囲まれているが、行きすぎた用心深さの印象はなかった。やがて車が入っていった屋敷は、周囲になんの境界らしきものもなかったが、曲がりくねった私道を慎重に進んでいくあいだ、いたるところにセンサーがあるのだろうと感じられた。茂みはやはり鬱蒼としていたが、木にもたれかかる黒服の男の姿はなかった。ごくかすかに目だけを動かし、防犯カメラを探す。見当たらないが、どこかにあるのはまちがいない。やっと最後になって、園丁らしい男たちの姿が見えてきたが、本物の庭師を装っているのはあきらかだった。庭仕事の服は着ているものの、それらしい小道具も、単銃身のルペラも見当たらない。プール遊びの音も聞こえなければ、戸口で出迎える者もなかった。

家はひと目見ただけでは構造がつかみづらく、三階の部分と四階の部分に分かれていた。外側にはチューダー朝様式を模した梁材がふんだんに使われ、エリザベス朝風に何本も固まった煙突が、いる必要のない歩哨の姿を思わせる。晩春の陽ざしは、ローマのばかげた暑さとはちがい、心地よい暖かさだった。カンピナーリは車のドアを開け、組み合わせ番号を使って入口のロックをはずし、オルロフをなかに導いた。がらんとして音の反響する、鏡板をめぐらした廊下を進み、ひときわ重厚な鏡板張りの書斎に入った。机は背の高い鉛枠の窓のまん前にあった。

　この顔合わせのために調べたかぎりでは、ティネリは六十六歳のはずだった。もとから小柄な男だったのだろうが、実際の齢よりも体がしなび、はるかに老けているように見える。相手の健康状態のことは、オルロフの準備にはなかった。もし万一何かが起これば、後継者への引き継ぎがあるまで、シカゴまで来たのが無駄足になってしまう。

　これは絶対に、なんとしても見せしめが必要だ。オルロフは腹を決めた。あれだけの時間と労力と金を——これまで一度もむだに費やしたことはない——使って、ブルックリンのブライトン・ビーチにあるロシア移民のゲットーを隠れ蓑に、息のかかった連中を集めてきた。なのにやつらは、ティネリの健康状態について何も報告をよこさなかった。アメリカのボス中のボスの後継者と目されるのがだれか、その人間に近づく必要も伝えなかった。こんな病弱な老人に早まって会いにきたことが知れれば、このあと後継者に働きかけるときのインパクトが弱まってしまう。オルロフはしばらく怒りを抑えきれずにいた。

だが、机を回りこんで彼を出迎えたアメリカ人には、脆弱(ぜいじゃく)な印象はほとんどなく、むしろ頑健に見えた。握手の手にも力がこもり、声も力強かった。「遠路はるばるようこそ、まことにかたじけない。心より感謝を申しあげる。この会見が実り多いものになるように。英語がだいじょうぶというのは、たしかかな？」

「もちろん」

「すばらしい。われわれのレベルで、だれかを介して仕事をするのは、どうも気に入らんのでね。協議をしなければならないときは、なおさらだ」カンピナーリを見る。「席をはずしてくれるか、サム？　昼食のときに会おう」年下のアメリカ人の了承を待たずに、ティネリはオルロフを、火の気のない暖炉のそばの革製の安楽椅子(あんらくいす)へと導いた。サイドテーブルには家族の写真が飾ってあった。どの写真でも、ティネリは白髪まじりの同年輩の女といっしょで、子や孫たちに囲まれていた。家族の集まりで撮られたとおぼしき写真もあった――テーブルの上のワインの瓶やグラス、乾杯のしるしにかかげられるグラス、パーティハットをかぶった子どもたち。

狡猾なイタリア人とはちがい、ティネリはオルロフを対等な存在として迎えていた。

「わたしのほうも、お目にかかれてよかった。今回の提案を順調に進めていければと願っている」

「もうブリゴーリとは会ったのだね？」

ドン・ブリゴーリではないのか。オルロフは心にとめた。ブライトン・ビーチに、よほど口の軽いやつがいるらしい。だれだ？　もし名前がわかれば、遠からずそいつの口からは舌がなくなるだろう。「三日前に」

「彼の反応は？」

「慎重だった」オルロフは正直に認めた。彼がブリゴーリと会ったという情報は、ローマから直接ここに届いたのかもしれない。「ロシアへの帰り道にイタリアに寄って、向こうの委員会の反応について聞くつもりだが」外見こそ老けていても、ティネリに体の不自由さを示す印象はかけらもなかった。平静そのもので、瞬きすらめったにしない。

ティネリが言った。「あなたの提案をくわしくうかがいたい」

尊大な要求ではなく、単刀直入な誘いかけだった。オルロフはオスティアの郊外で話した内容をくりかえしたが、すぐにこう言い足した。「ここアメリカで男や女や児童のポルノを売りさばく場合は、フィルムをヨーロッパで製作してからもちこむことになるだろう。この国には、女たちを売春目的で州の外へ連れ出すことを禁じる法律があるので、十分な数の娼婦(しょうふ)を都合できるとも思えない。しかしヨーロッパとのビジネスよりも、あなたがたにとって旨味(うまみ)のありそうな提案がある」

「どういった？」

「ロシアは大きく開かれている。開かれすぎ、といってもいい。多くの企業が合弁事業の出資者を求めている。石油に天然ガスの開発。鉱物。薬剤。道路や建物の建設。新しい空港の建設計画もある。しかし西欧の投資家や銀行の多くは、金を注ぎこんでも満足な見返りを得られず、すでに投資熱は冷めてしまった。ロシアの民事裁判のずさんさ加減では、訴訟を起こす価値もない」

ティネリは冷徹な笑みを浮かべた。「われわれがアメリカから投資すれば、すぐその場で完全な見返りが保証されるというのか？」

「それ以上のものだ。即時の完全かつ永続的な配当がある。アメリカからの投資の条件として、最初に出資をおこなう企業の役員会すべてが、われわれの息のかかった者たちで占められるようにすればいい。それでまったく合法的に、われわれが企業を支配できる」

「じつにすばらしい」ティネリはうなずいた。「ここから投資をおこなうとして、政府の許可はどうなのだろう？　必要ではないのか？」

イタリアのブリゴーリも、同じ疑いをあらわにした。いずれボス中のボスふたりの前で、こちらの力を証明せねばならない。そのときは華々しく、だれが〝王のなかの王〟であるかを見せつけてやる。「買収できる。強制も可能だ。いずれにしろ、障害は何もない」

「ケタはずれの可能性だ」

「さらにあなたには、特別な恩恵もある」オルロフはすっかりくつろぎ、自信にみちていた。「キューバはかつて、あなたがたの組織にはきわめて重要な場所だった。いずれカストロが死ねば、また以前の状態にもどるだろう。モスクワはすでに一九九一年、キューバへの財政援助を削減したが、今でもあの国はロシアの影響力が強い。わたしはその連中を掌握している。金で買える素直な役人たちを通じて、キューバでも同じ事業ができる体制をつくりあげた。あなたは準備を整えて、あの国が開かれるのを待てばいい。数カ月以内にカジノやホテルや娼館が――すべてわれわれの所有だ――営業を再開するだろう。バティスタ政権下の時代のように」そこで言葉を切ると、老人の注意が完全に自分に向けられているのを意識した。「ハバナとマイアミを結ぶフェリーの経営を考えてはいかがだろう。アメリカの領海を過ぎれば、船の上でカジノも開ける」

ティネリは今や満面の笑みだった。「じつによく考えつくされている。まったく見事なものだ。麻薬のほうはどうだろう？」

「あなたが押さえられるアメリカの港は、どの程度あるのだろうか？」オルロフは逆に問い返した。

「西海岸の主要な港だ。サンディエゴに、サンフランシスコ。フロリダは、メキシコ湾岸も大西洋岸もすべて。それにノーフォーク。ニューヨークとボストン。もちろんここもだ」

オルロフはうなずきながら、胸の奥が温まるのを感じた。指一本鳴らすだけで全米のファミリーが飛び上がるほどの大物が、このおれの前で、自分の力を示そうとしている！ジョー・ティネリとの取引を決めたのは、やはり誤りではなかった。いや、たいへんな収穫だ。だれがこの男のあとを引き継ぐにしろ、これまでの様子を見るかぎり、代替わりは差し迫った話ではない。その人間も、前任者による合意には拘束されるだろう。つまり、ティネリとの合意が得られれば、後任のアメリカ人も、オルロフがすでに〝王のなかの王〟であることを認めざるをえなくなるのだ。ただし、今回はいいほうに転がったとはいえ、ブライトン・ビーチの連中を見せしめにせずにすませられるわけではない。

「わたしは黒海沿岸のオデッサを本拠とする貨物船団に出資している。この港はトルコとパキスタンのヘロイン産地に近い。最近はアフガニスタンでの生産も増加中だが、われわれはそうした場所すべてに仕入先をもっている。中南米のコカインも、モスクワの空港を通じてもちこみ、なんら支障も制限もなく積荷として送り出すことができる。ムルマンスクを本拠にする貨物船も押さえているが、あの港には冬の問題がないではない。だが、ポーランドのグダニスクも確実に使える。どの港も荷積みの障害はまったくない。この国の港でもやはり、問題なく受け渡しができることを保証してもらえればいいのだ。トルコやパキスタンのヘロインだけではない。ゴールデン・トライアングルからもまったく容易に、モスクワの空港を通じて運ぶことができる。中南米の大麻も、需要に応じていくらでも輸入可能だ」

ティネリは黙りこみ、身じろぎひとつしなかった。その状態がずっと続くうちに、老人の体調についての見かたを改めてはいたものの、オルロフはふいに不安にかられた。そばに自分ひとりしかいないいま、もしティネリが死ぬかぐあいが悪くなるかすれば、いくら医学的にたしかな理由があろうと、いくらこの家が無防備に見えようと、生きて外には出られないだろう。オルロフはこれ見よがしに姿勢を変え、革のこすれる音をさせたが、相手はやはり無反応だった。もう一度動こうとしたとき、ティネリが口を開いた。「ブリゴーリが関心を示さなかったとしたら、どんな提案をされるのだろう？」

オルロフはすぐにさとった。ここで誤った答え、誤った意味のことを伝えれば、すべてご破算になるかもしれない。おれは対等な存在として認められている。自分の裁量にもとづいて、ボス中のボスとしての返答を返し、敬意を得なければならないのだ。

「西欧に第三のパートナーをもつことには、あきらかに益がある。しかし絶対必要というわけでもない」

「西にも組織をもっておられるのか？」

「ベルリンの、かつて街の東側だった場所だ」オルロフは六カ月かけて、盗難車のメルセデスやＢＭＷをかつてない規模で供給するグループをつくりあげていた。盗まれた車は東欧にふたたび現れるが、そうしたメルセデスのなかには、フランクフルトの流通センターから未使用のまま横流しされるものもあった。

「もしブリゴーリが拒めば、あなたは面子（メンツ）を失うだろう」

「それは不幸なことだ」オルロフは用心して言った。

「衝突は避けるのに越したことはない」老人が応じた。まるで数日前の、ブリゴーリの台詞のパロディのようだった。

「たしかに、避けられるものであれば」まだ慎重に構えながら、オルロフは軽く身を乗り出した。これもほとんど、オスティアでの会話の再現だ。

「全体の指揮については、どうお考えか？」

また一インチ身を乗り出す。「委員会で決定を下すのがいい。議長は回りもち、会議の場所も回りもちで」

「争いが生じた場合は？」

いつになったらこのやりとりの意味がつかめるのか？「わたしとあなたのあいだで問題がもちあがるとは思えない。とはいえ、道理のわかる者同士であれば、どんな論争になっても交渉は可能だろう。われわれはみな、道理のわかる人間だと信じている」

また沈黙が落ちたが、今度はそう長引かなかった。さっきとはちがう理由から、オルロフはおぼつかない気分で待った。革のきしみ音をたてまいと、身動きひとつせずにいた。やがてティネリが言った。「ブライトン・ビーチのおたくの同国人たちが、いささか大胆になりすぎている」

この情報を伝えるために、オルロフは目の前にいるしなびた老人のもとに連れてこられたのだ。ミッテルとラピンシュからは完全に遠ざけられている。この小柄な老人に襲いかかるのはかんたんだが、やはり生きてこの家からは出られないだろう。「きわめて遺憾なことだ。大胆になりすぎているとは、どのように?」

「ブライトン・ビーチは、わしのニューヨークのファミリーの支配が認められた場所だ。一年前、あなたとわしが初めて連絡をとったときに、多少の特権が許された。そちらの店は、金を動かすのにきわめて便利で、効率的だった。しかし見返りに活動をする権利には──」ティネリは言葉を選ぶように間をおき、俳優のような正確さで台詞を口にした。「──自由といっても限度がある。たとえロシア人相手でも、商売をする権利はその一例だ。たしかに侵害があった」

「それは知らなかった。断じて容認したわけではない」

「容認しているなら、そちらからこの会見を求めてくることはありえなかったろう。あなたの名誉に異をはさむつもりはない」

オルロフはすぐに理解した──ロシア人のことである以上、腹を立てるわけにはいかない──おれは試されているのだ。ブリゴーリからも、ロシアの法律を超えた存在であるかどうか試されたように。「その問題は、わたしみずから解決するべきだと思う」問題を片づけるのはいつでも楽しいものだ。できるだけ派手にやってみせよう。おれ自身の楽しみにもなる。

「そうしてもらえれば、たいへんありがたい。もちろん、ニューヨークみずから解決することもできるのだが」

「それにはおよばない。一日か二日、帰国を延ばせばいいのだから」

「その程度ですむだろうか？」

「十分だ」

「じつにけっこう！」ティネリが唐突に言い放った。「話はたっぷりできたし、おたがいへの理解も深めた。そろそろ切り上げて、軽く食事でもしよう。検討の時間だ」

「ブリゴーリはこの会見の結果について、何かしら知りたがるだろう」

「委員会をもとうではないか」

このアメリカ人の答えは、もうたしかにわかった。ボス中のボスふたりの違いも見きわめがついた。ルイージ・ブリゴーリは、自分が今の地位を占めているのは不安定な合意によるもので、その役どころを確立するには取り巻きやお飾りが必要だと思っている。いっぽうジョー・ティネリは、それが譲渡され得ない権利だと信じている。王は後者の方法で玉座につく。おれはまだ、このふたりのように、だれにも手を出せない存在として認められる必要がある。それが〝王のなかの王〟の地位を固めるための、当然の道のりなのだ。

テーブルをはさんで三人の男が、オルロフと向かい合っていた。みんな若く、いちばん上でも二十五歳くらいか。二十八がせいぜいだろう。この年ごろに自分が何を考え、何と向き合っていたかを思い出した。おれはやる……このクソだめから這(は)い出してやる……大物になる。最上級の大物に。そしていま、さらにその座に近づこうとしている——まもなくこの場で、みずからの手で見せしめをおこなうことで。それができる男がいる。できない男もいる。この三人にはできない。そしてまだそのことを知らない。

三人に向かって、オルロフは言った。「商売には、取り決めや合意というものがある」

金髪の男が言った。ニックという名しか知らないが、ニコライからとった通称であることはたしかだった。「ここで何をしようって気だ！」彼はジーンズの上に、〝神の肌の色は黒い〟と書かれたスウェットシャツを着ていた。

「わたしが呼んだから、きみらはここに来たのだろう」オルロフは穏やかに言った。

彼らのいる場所は、ある店の奥の予約ずみの個室だった。〈オデッサ・バー&グリル〉というロシア風の名だが、実際はコニーアイランドのブライトン・ビーチにあるボードウォーク沿いの店で、この界隈はオルロフのグループの本拠でもある。リハーサルどおりの場面を演じるために、グループの八人全員が顔をそろえ、くつろいだ様子でへつらうような笑みを浮かべていた。九カ月前にオルロフからリーダーに任じられたマレット・ズボフは、この台本での自分の役どころを心得て、とくに緊張をゆるめていた。ズボフは二十四時間もたたないうちに、ロシア移民の商売人からよぶんな金を吸い上げていた三人の男をつきとめてきた。オルロフの見るところ、ズボフがすでに事情を知っていたのでないかぎり、このタイミングは早すぎる。これはつまり、ズボフが上前をはねているということ、おのれの力を誇示しているということだ。そして今はこれまでの準備のおかげで、自分には危険はおよばないと思いこんでいる。

「おれたちがここへ来たのは、何やら申し出があると聞いたからだ」ニックと名乗る男が言い返し、両手を大きく広げた。「時間のむだらしいな」横にいるふたりを見る。「行こうぜ。もう遅い」

時刻は午前三時三十分。レストランはとうに閉まり、従業員も帰ったあとだった。

「おれがだれか、知っているのか?」オルロフは訊いた。

「モスクワで有力な人間だってことは聞いてる」とニックが答えた。「おれとビジネスをしにこのアメリカまで来たってな。なかなかいい話だ。ビジネスをしようじゃないか」

「それはいい。こっちも望むところだ。今もちあがっているような面倒なしに、ビジネスをするのがな」

オルロフはズボフのほうへ向かった。ズボフは薄笑いを浮かべたまま、片手を椅子(いす)の背にかけていた。打ち合わせどおり、オルロフが片手を差し出す。ズボフがその合図を受けてベルトに手を伸ばし、ジャケットの下に隠していた拳銃(けんじゅう)を抜くと、テーブルごしにすべらせた。三人の男が気づいたとき、銃はオルロフの手のなかにあった。

「おい、ちょっと待て!」ニックが言い、隣の男が自分のジャケットの内側に手を伸ばした。オルロフはその男の顔めがけて発砲し、椅子もろとも後ろに吹っ飛ばした。狭い空間に耳をつんざく轟音(ごうおん)がとどろき、全員がつかのま、呆然(ぼうぜん)となった。

その瞬間に乗じて、オルロフは言った。「みんなその場にいろ! だれも動くな!」

彼と向き合う男たちはすべて、その言葉に従った。ミッテルとラピンシュだけがオルロフを守ろうと、後ろから近づいてくるのがわかった。

ニックとその取り巻きに、虚勢はもう見られなかった。ニックが言った。「わかった、たしかにあれはミスだった。すまない。ほんとにすまない。もう面倒は起こさないから――」

「そうだろうとも」オルロフは言い、またその顔めがけて撃った。相手は椅子といっしょに後ろに倒れた。三人目の男をじっと見すえる。

「やめてくれ」男が言った。

「静かにしろ」オルロフが命じ、男は素直に従った。

オルロフは言った。「ある理由から――こっちの理由だぞ――おまえは生かしておいてやろう。おまえは使いになる。ここにいる全員もだ。おれの権威を疑い、ごく明確な一線を越えた連中がどうなるか、うわさを広めるんだ。今からはみんな言われたことをしろ。許されたことだけを。一インチたりとその線を越えることは許さん。どうだ、聞こえてるのか？」

男は恐怖のあまり、口もきけずにうなずいた。

「よし。ごく重要なことだぞ」オルロフはマレット・ズボフを見た。「おまえも、聞こえてるか？」

「もちろんですよ」ズボフが言う。

「これから言うことはたくさんある。おまえたち全員、よく聞け。それからおまえは、おれが指示したとおりのことを話せ。それ以上はしゃべるな。おまえは話すべきでないことを話した。そうだな？」

また椅子の背に腕をかけていたズボフが、急いで体を起こした。「いえ、そんなことは！　そんなことはありません」

「おまえはある人物について調べるよう指示されたが、満足な仕事をしなかった。しかもその人物は、おれがこれまで何をしてきたかという、知るはずのないことまで知っていた。それがまちがいだ」

「おれは何も――」

オルロフは撃った。ほかのふたりと同じように。

銃声の反響する部屋のなかを、完全な恐怖が包みこんだ。全員が身をこわばらせていた。オルロフが部屋を見まわす。ひとりだけ生き残った部外者も、もう外部の人間ではなかった。「今後のことを伝える。ちゃんと仕事をすれば、問題はない。だがほんの一インチでも一線を越えれば、そいつは消える。文字どおりに。自分勝手な考えをもった者もだ。新しい秩序、新しいルールが、すべてを、あらゆる場所を支配する。すべての人間を。わかったか？」

明確な返事はなかった。うなるような声と、首を縦に振る動きがあった。

「われわれは新しい時代を切り拓こうとしている。まだまだ不測の事態は起こるだろう。ここの全員がやるべきことは、すべて指示どおりに——一言一句まで——動くことだ。いいか、二度と忘れるな」

しんと静まったままの部屋で、木偶人形たちが糸に操られるように動いた。

「死体はすぐに見つかるよう放り出しておけ。教訓がはっきりと伝わるように」オルロフは悦に入ったように、笑みを洩らした。「この国の警察がロシアに劣らず能なしだというところを見せつけてやろうじゃないか。やつらがどんなに間抜けかということを」ジョー・ティネリにも見せつけてやれる。つぎのチャンスも、もうまもなくだ。こんな瞬間のあとにはいつも満足感がある。殺しはセックスよりもいいものだ。

顔面蒼白のマネージャーに目を向けた。〈オデッサ〉はこの男の名義で登録されていた。「ここは今からおまえが仕切る。最初のテストは、おまえがどこまで警察をごまかせるかだ」

「うまくやります」その男、ヴェニアミン・キリロヴィチ・ヤセフは言った。

「では、これから言うことをよく聞け……」

耳馴染みのある声が電話口に出たとき、ウィリアム・カウリーは笑みを浮かべた。

自分から名乗りもせずに、こう訊いた。「元気でしたか、ディミトリー？」電話の接続はすばらしく明瞭だった。

「しばらくですね」ダニーロフのほうもカウリーの声だと理解し、そう答えた。

「報告によると、そちらではマフィアの縄張り争いが続いているとか？」

「そのようです」

「優勢なのは？」

「まだなんとも」そう認めざるをえないのは、苛立たしかった。これまでは街のうわさから何かしら情報が入ってくるのをじりじりと待っていたが、民警の末端部の腐敗にはばまれ、手がかりらしい手がかりは得られていなかった。

「こっちでも似たようなことがありました。昨夜ブライトン・ビーチで、男が三人殺されたんです。死体はゴミ袋に押しこんで、砂浜に放り出してあった」

「ロシア人ですか？」

「IDによれば」

「すぐに身元が割れたんですね！」共通のパターンがあるのかと、ダニーロフは勢いこんで訊いた。

「運転免許証に、クレジットカードもありました」

「どこに？」

カウリーは間をおいた。「何かこちらの参考になることでも？」

「IDはどこにあったんです？」

「ポケットのなかに」

「死体にテープ留めされてはいなかったですか？」まさか、ありえないだろうと思いつつ、ダニーロフは希望がわきあがるのを感じていた。

「服はぜんぶ着ていました」とカウリー。

「十字架に釘(くぎ)で打ちつけられてはいなかった？」

パヴィン以外にラリサのことを知っているのは、カウリーただひとりだった。長い間をおいてから、彼はやっと応じた。「まだ探しているんですか？」

「ずっと探しています」

「ゴミ袋に押しこまれていたんです」さっき言ったことをくりかえす。「十字架もなかった。残念ですが」

「では、つながりはないと？」

「さすがに考えられないでしょう？」

「とはいいきれません。そちらの件で、こちらに協力できることは？」

「名前は――IDは――偽装の可能性がある。いずれにしても、そちらに送ります。指紋もいっしょに。別の名前の人間と一致するものがあったら、知らせてください。そこからたどっていきましょう」

「お役に立てれば幸いです。これまでのように」ダニーロフは言った。彼はウィリアム・カウリーとともに三度にわたって国際捜査に取り組み、めざましい実績をあげていた。

「そちらの被害者のIDが入っていた袋から、指紋は出ませんでしたか？」

「すべてきれいなものでした」ダニーロフは言った。「十字架の意味も、まだよくわからない」

「何かのメッセージでは？」

「ユーリーもそう考えていますが。パメラは元気ですか？」

「元気ですよ。わたしはラッキーな男だ」

「ほかのことも、すべて順調なのですね？」ダニーロフはカウリーの酒との苦闘を知っていた。

カウリーのほうに、またためらいがあった。「問題ありません」

「よかった。今回の件では、たえず連絡をとりあいましょう」

「これまでのように」

「パメラによろしく」

「ありがとう」カウリーはときどき、考えることがあった。もしラリサの殺害犯をつきとめられたとしたら、ダニーロフはいったいどうするつもりだろう。あの人物を尊敬し、それ以上に愛するがゆえに――彼もカウリーを尊重してくれている――またその強迫観念を知っているがゆえに、何か短慮なまねをしでかすのではないかと心配せずにはいられなかった。

その夜ダニーロフは遠回りのルートをとり、ノヴォジェヴィチ墓地まで車を走らせた。感傷的になりすぎるという思いから、だいぶ以前に足が遠のいていた墓参りだった。墓は枯葉やゴミに厚くおおわれていた。朝のうちはここへ寄るつもりはなく、ほうきやバケツを持たずに出てきたので、いちいち手で取り除かねばならなかった。その作業をしながら、だれにも聞かれない気安さで、恥ずかしさも感じずに語りかけていた。「いろいろなことが起こっているよ、ラリサ。今度は手がかりがつかめるかもしれない。かならず捕える。どいつだろうと、どれだけ時間がかかろうと、尻尾(しっぽ)をつかまえてやる」

4

ウィリアム・カウリーはFBIの部門長だが、現場重視のタイプで、本部のデスクから個々の捜査を指揮するのは性に合わなかった。しかし今回、成り行きにまかせてニューヨークへ飛び、ブライトン・ビーチの状況をみずからたしかめようと決めた裏には、仕事上の理由だけでなく個人的な理由もあった。

いくら伯父の下院議長の後ろ盾があっても、たかがひとりの職員の存在から不穏な空気が生まれたとまでいうのは、誇張にすぎるだろう。それでも本部内の政治には目端がきくと自負するカウリーは、ジェッド・パーカーの赴任以来J・エドガー・フーヴァー・ビルに生じた変化を感じとり、おもしろからぬ気分だった。上のほうから滲み出してくる雰囲気を察するのに、水晶玉は必要ない。連邦捜査局の長官職は、政治的な思惑にもとづいて任命される。ニューヨークの法廷で上級判事を務めていたレナード・ロスが呼び寄せられた当初も、その人選には異論があり、その後のロスは自分の立場を守ろうとけんめいに務めてきた。しかしあるとき彼は、政治的にごり押しされたパーカーの任命に異を唱えるという重大なミスを犯した。そしてさらにまずいことに、議会に強力な敵をつくったばかりか、自分の組織の奥深くまで敵に食いこまれてしまった。ごり押しの張本人の力を見くびっていたために、ロスはまんまと出し抜かれたのだった。

個人的な理由のほうは、彼とパメラの関係からくるもので、単純というにはほど遠い問題だった。遠い昔に結婚生活が破綻したことを、なぜあれほどあけすけに、しかも早いうちに打ち明けてしまったのかと、今は深く後悔していた。だが、酒がその主因だとはっきり言ったわけではなかった。断じてそんなことはない。もっと大きな要素はほかにいくらもあった――FBIに入って間もない時期で、現場に出ずっぱりだったことが、いちばん大きな原因だったろう。ところがパメラは、ほかのどの理由よりもアルコールにこだわり、わたしたちがごくたまに口論をするのは決まってお酒のせいだわと二度も指摘した。カウリーにも統計やそうした議論の知識はある。どんな判断の基準に照らしても、自分のアルコール消費が過度なものでないのはたしかだ。これまでもそうだった。たまにハッピーアワーが長引いてハッピーナイトになるという程度だ。パメラと暮らしはじめてからは、そんなことは一度もなかった。今後もありはしない。それでもニューヨークへの短い出張は、ふたりにとっていい機会だろう。

軽い息抜きをし、距離を置くことができる——当初の熱に浮かされ、パメラがアーリントンのアパートに移ってくるという時期が終わった今は。いや、終わってはいない、とすぐに訂正した。落ち着いただけだ。こうした関係には、かならずひと息つく時期がある。二、三日離れてみれば、おたがいに今もどれほどいい状態にあるかがわかるだろう。些細な言い争いでこの関係を台なしにするのは惜しすぎるということが。

　上級管理職の約束事項を一字一句まで熟読し、出張の取り消しの指示が出される場合の余裕を十分に見て、ロスに連絡票を送った。それからパメラに電話をし、数日だけ留守にすると伝えると、彼女は疑う様子もなくすんなり受け入れた。いささか拍子抜けしないでもなかったが、また自分に言い聞かせた。これもふたりがおたがいの存在にすっかり慣れたことのあらわれなのだ。こんなふうに個人の裁量で捜査に参加することは、今でも野心満々のパメラ・ダーンリーのような女性には、まったく理解の範囲内というか、予測できることなのだろう。さらにＦＢＩのマンハッタン支局にもファクスを送り、まもなくそちらへ着くと知らせた。ロシア課の課長であるカウリーみずからが乗りこんでいくとして、その資格と権限に疑いがあるはずもないが、念を入れるに越したことはない。それからまた一時間以内に、ニューヨーク支局の特別捜査官ハンク・スローンに電話をかけた。スローンとは以前、ディミトリー・ダニーロフとともにブライトン・ビーチで捜査をしたときから面識があり、この聡明で冷静沈着な人物に敬意を抱いてもいた。電話に出たスローンは、あいさつもそこそこに言った——こちらはとにかく情報が必要だ。ロシア人ゲットーは堅固な沈黙の壁に囲まれている。だれひとり壁の上から頭をのぞかせようともしない。

ラガーディア空港に到着したあと、フェデラル・プラザに着いたのは、午後になってからだった。途中でUNプラザ・ホテルに立ち寄り、チェックインをすませた。ここもダニーロフと過ごした思い出の場所だ。グラスの光もあざやかなバーへ行き、あえてミネラルウォーターだけで十五分ほど過ごした。そのことに満足し、ダウンタウンへ向かいながら、自分にこう語りかけた。禁酒なんてちっともむずかしいことじゃない。たしかに思っていたとおりだ。

マンハッタンの支局には、スローンと事務の職員の姿しかなく、捜査員たちはブライトン・ビーチへ出かけていた。事件対策室がしつらえられ、すでに死体公示所の写真と犯罪現場の写真が、電源の切れたコンピュータ類の横のコルクボードに貼り出してあった。どこかがらんとした、なんの成果もあがっていないという印象だった。

「どこまでわかった?」カウリーは訊いた。大柄な縮れ毛の男で、大学時代にフットボールで鍛えた筋肉が脂肪に変わりつつある。パメラと関係をもつようになってから、週に一日はジムで体を動かそうとしているが、効果は今ひとつだった。

「十中八九、ギャングの抗争でしょうが」

カウリーはスローンの疑念を感じとった。「でしょうが？」

「周辺の評判はともかく、どうもしっくりきません」

「被害者の身元は？」

「ニコライ・ニューニン、地元ではニッキー・ナンで通ってました。それとレフ・グセフ、苗字はそのままですが、ファーストネームはレオ。やはり地元の人間です。ロシア移民の親から生まれた二世ですね。あの界隈の強面というか、感化院あがりのチンピラです。けちな窃盗をやらかして、盗んだ運転免許証やクレジットカードを売りさばく。評判によると、大物ぶった商売にも手を出していたらしい――みかじめやら金貸しやら、そのたぐいです」

「三人目は？」

「毛色がちがいますね」ニューヨークの特別捜査官が言う。「マレット・ズボフはもっと年上で、四十五ぐらいでしょう。あのあたりでは、モスクワ生まれだと触れまわっていました。いいコネもあると。移民局に調べさせてますが、なにしろ移民局のことで、数週間かかると言ってます。前科の記録はなし、社会保障番号もなし。不法滞在者かもしれません。地元で雇われていた様子もない。電話でも言ったとおり、こいつの話をしにタレコミ屋が押し寄せてくるということもありません」

「ブライトン・ビーチを縄張りにしているマフィアは、ジェノヴェーゼ・ファミリーだったな?」

「最初のうちは、そういう評判でした。はっきりしたことはわかりませんが、地元のロシア系ギャングが連中と取引したのじゃないかというううわさがあったんです。少しばかり商売を許されていたと」

「なぜジェノヴェーゼが許すんだ?」

スローンは肩をすくめた。「殺しがあって以来、またちらほら入ってくるうわさによれば、ジェノヴェーゼの怒りを買ったからではないようです」

「すると、ロシア人か?」カウリーは訊いた。ずいぶんうわさが立っているな、と思った。

「かもしれません。しかしその前に、死体を見てください」

「ディミトリー・ダニーロフのことは、覚えてるか?」

「もちろん」スローンは微笑(ほほえ)んだ。

「彼のところに名前と指紋を送って、向こうに記録が残っていないかどうか調べてもらっている。若いやつふたりはむりだろうが、ズボフのはあるかもしれない」

「どうですかね。前にディミトリーから、ロシアの犯罪者記録のことを聞きましたが」

「いつだって望みはもてる」カウリーは言った。「やっぱり現場はいい。力がみなぎってくるようだ。ニューヨークまで出向いてくる口実ならいくらでもつけられるが、ロシア人がらみだということがはっきりすれば、さらに強力な理由になる」

ふたりが出かける直前、ブライトン・ビーチにいる捜査員たちから、二本の電話が入った。どちらからも目新しい情報はなかった。検死官はもうひとつの剖検の後始末で、まだ死体公示所にいた。カウリーたちが着いたときは、またしばらく引きとめられると思ってか、不機嫌な顔だった。白衣の胸には、モリソンとあった。

カウリーは言った。「すべて話してもらえるとありがたい」

「もう予備の報告書は提出してますよ。ハンクにも話しました」検死官が不平そうに言った。年のわりに髪の薄い男で、壁のように分厚い眼鏡をかけている。「わたしはモスクワとの連絡役でね。何を伝えるべきか、答えをすべて用意しておかなきゃならない」

病理医が苛立(いらだ)たしげに三つの保存用引き出しを開けると、狭い部屋がつかのま冷気で白く曇った。医師はぶっきらぼうに言った。「顔面や頭蓋骨が原形をとどめていないので、絶対確実とはいえませんが、どちらの死因も正面からの一発でしょう。損傷がひどすぎて、銃器の口径はわからない。鑑識によると、死体が押しこまれていた袋からも、弾丸は回収されなかった。これもやはり推測ですが、二、三フィートの距離から撃たれたんでしょう。残りの組織に火薬による火傷は見られなかった。背中と臀部の跡からすると、座っている状態で撃たれ、衝撃で椅子ごと後ろに倒れたんだと思います」

カウリーが口をはさんだ。「手首や足首に、拘束の跡は？」

「ありません」モリソンが答えた。

「拷問の跡は？」

「何も」

「つまり三人の男が、拘束もされずに椅子に座ったまま、同じようにひとりずつ殺されるのを待っていたということか？」

「さっきも言ったように、どうもしっくりこない」スローンは直観を重視する捜査官だった。

「三人とも、撃った相手とまっすぐ向き合っていたはずです」病理医が断言する。

「しかも衝撃の痕跡——打撲傷がすべて、体の後ろ側にあったんだな？」カウリーが言った。「左右どちらかの側にあったとすれば、体をひねって逃げ出そうとしたという証拠になるが？」

「ありません」

「なぜ顔を撃つんです？　殺し屋が相手の身元を隠そうとするようなまねをしておきながら、なぜIDを残すんでしょう？」スローンが口をはさみ、カウリーに向かって訊いた。

「身元を隠そうとしたわけじゃない」

「では？」

「見せしめだ」

「だれへの？」

「ほかの連中だ。あの場所にいた連中と、おそらくいなかった連中にもだ。新聞やテレビで話を広める必要があった」

「銃を持ったやつが三人いて、同時に撃ったと考えれば？」

「それなら、逃げようとした形跡がないことの説明がつく」カウリーはうなずいた。

「ビーチで撃たれたのではないんだな？」

「少なくとも、発見された場所でないのはたしかです」とスローン。「鑑識が調べても、砂の上には足跡ひとつありませんでした」

カウリーは検死官に向きなおった。「この種の殺しにつきものの跡は？」

「いたるところに、たっぷりあったはずです」モリソンはあからさまに腕時計に目をやった。

「銃を持ったやつが三人いたとしよう」カウリーが考えをめぐらせた。「三人の発砲者に、三人の被害者だ。見せしめのためのお膳立(ぜんだ)てだとしたら、まわりで見ていた連中がいるはずだろう。どこか広い場所じゃないか？」

スローンは疑念をあらわにして、カウリーを見た。「倉庫やガレージ、工場、オフィスビルなどですか？」

「ビーチとはちがう。死体が捨てられていた場所の近くでは。だとしたら、バーかレストランか、クラブか何かだ。あのての連中がたむろしたがる場所があるはずだ」

スローンの顔はまだ半信半疑だった。「そういう場所にも当たってみてますが、何も出てきていません」

「大通りそのものに面した店は、たいして多くない。あそこの店はどれも公衆衛生の法規に縛られている。衛生調査という名目で、一軒ずつ当たっていくのはどうだ？

そしてわれわれもいっしょについていく」

「どんなに汚れたとしても、もうきれいに片づいてるでしょう！」スローンがにべもなく言った。

「たしかにな」カウリーはにんまりした。「われわれが探すのは汚れた場所じゃない。捜査官の目から見て、きれいすぎる場所だ。だが鑑識にとってはちがう。そこで見つかった血の染みや毛髪がこの三人のものと一致すれば、どこから始めればいいかわかる」べつだんからかおうというつもりもなく、カウリーが腕時計に目をやると、同時にモリソンも時計を見た。カウリーはスローンに言った。「今すぐ公衆衛生局に電話してくれ。まだだれかいるだろう。検査の手配をさせるんだ」

スローンは指示に従った。ふたりでUNプラザ・ホテルに立ち寄り、きらびやかなバーで一杯やるつもりが、つい二杯になった。そして明朝に迎えにくる時間を決めてから、ロビーで別れた。パメラがまだ帰っていないのはわかっていたが、ペンシルヴェニア・アヴェニューではなくアーリントンのアパートに電話をかけ、留守電にメッセージを入れた――今晩はずっと仕事で外に出ていると思うけれど、まともな時間に帰れるようなら、また電話するよ。

バーでウイスキーを二杯――三杯だったか――飲んだあとで二番街に出ると、アップタウンに向かってバーをはしごしながら歩いた。〈エイモンズ〉ではハッピーアワーにすべりこみ、隅の椅子席に腰をすえた。スローンの言うとおり、衛生局の検査で何か出てくるとは思えないが、その動きからブライトン・ビーチで騒ぎが起これば、あそこの連中の堅く閉じた口もゆるむかもしれない。そのあとは道草せずにホテルまで帰ったが、着いたのはもう九時近かった。パメラからのメッセージはなかった。レストランで夕食をとるのはよそうと決め、ルームサービスでクラブ・サンドイッチを頼んだ。ワインはびんの半分だけだぞと自分に言い聞かせ、飲み食いしながら、約束どおりアーリントンに電話をかけようかと考えた。声に酒の影響は出ないはずだ。いや、どうだろうか。パメラには明日、話をすればいい。明日まで待つほうがずっと理にかなっている。明日になれば話せるような進展もあるかもしれない。

その屋敷はワルワールカ通りがカーブする、川よりもクレムリンのほうがよく見渡せる位置にあった。角張った四階建ての黄土色に塗られた建物で、同じ通り沿いのほかの家とはちがい、両脇(わき)とも隣の建物から狭い小路で隔てられていた。この家を見つけたフョードル・ラピンシュが気遣わしげにガイド役を務め、部屋から部屋へ、階から階へとオルロフを案内していった。広々とした応接間風の調度が整えられたままの二階で、心配顔のミッテルが訊いた。「いかがでしょう？」

「気に入った」オルロフが言った。「フェリクス・ロマノヴィチの手をわずらわせるまでもないな」

ラピンシュもミッテルといっしょに感謝の笑みを浮かべ、安堵のため息をかろうじて押し隠した。「一八九〇年ごろ、さる公爵が建てたものです。きっと宮廷に仕えていたんでしょう」

「家具も年代物のようだな？」

「ここに住んでいた人間の話では、オリジナルのものが多く残っているとのことです」

「だれが住んでいた？」

「内務省のさる部門の長です。ここは外国の要人や大臣の宿泊場所でして。その正式な登記をごまかして、ここに四、五年住んでいました」

三階に上がり、ひとつめの寝室に入った。衣装戸棚にはまだ服がかかっていた。

「面倒はなかったのか？」

ヴィターリ・ミッテルが首を横に振り、にんまりと笑った。「ここがほしい、出ていってもらいたいと言っただけです。聞き分けはよかったですよ」

「オリジナルの家具もほしいと言っておけ。それ以外のがらくたは、週末までに持ち出しておけと」オルロフはラピンシュを見た。「じつにいい。気に入った。もう十分だ」

「まだあります。いちばん特別なものが」ミッテルがほくそえんだ。「最後にとっておいたんですよ」

三人が幅の広い階段を降りていくと、がらんとした地下室があった。一方の壁全体がワインラックで占められ、その一部に瓶が並んでいた。

オルロフが言った。「ワインも手に入りそうだな」

「ちがいますよ」ラピンシュが先に立って、重いオーク材のドアの前まで進んでいった。麗々しくドアを開け、内側の明かりをつけると、長い廊下が浮かび上がった。

「なんだ、これは？」

「リブヌイ通りの真下を通って、四軒目の家に通じています。そこに公爵の召使たちが寝泊まりし、仕事のために行き来していたんでしょう」

「そっちの家も手に入れたのか？」

ミッテルがうなずいた。「内務省の男は、すべて元のままにしてありました。向こうの家に女を住まわせていたんです」

「すばらしい」

「気に入っていただけると思ってました」ラピンシュが言う。

車のなかで、オルロフは言った。「会合にうってつけの場所になるな。山荘（ダーチャ）のほうはもういい。今のままでかまわん」

「では、例の話を受けるんですか？」パオロ・ブリゴーリが言った。

「ドン・ティネリは価値のある提案だと考えている。委員会のほうも同意見だ」

「オルロフのことは気に入りません。決して信用ならない男です」

「すべてが確立されれば、いつでも取り替えはきく」ブリゴーリは息子に薄い笑みを向けた。「信用できる人間が、たしかに必要だ。おまえに事前の準備をまかせたい」

「オルロフは気に入らないでしょう」パオロが言う。

「承知のうえだ」父親の笑みが満面に広がった。

5

ニューヨークでの三日目の午後がくるまでに、カウリーはマンハッタンで彼みずから指揮をとる期間を延長すること、ＦＢＩ局員を伴った衛生調査官たちがボードウォークの〈オデッサ・バー＆グリル〉に足を踏み入れたことを、Ｅメールで長官に報告したうえ、パメラにもしらふの声で伝えていた。そしてこの日までに、ゴキブリやネズミによる汚染の名目で、レストラン二軒とバー三軒の営業許可が差し止められていた。職務熱心な調査官たちは、さらに三軒の店に血痕らしきものがあったという報告をよこした。ＦＢＩがその場所を閉鎖し、より専門的な鑑識調査をおこなった結果、血痕は人間のものであると判明した。いかにもきれいすぎる〈オデッサ〉の貯蔵室からは、血のりで固まった毛髪が三本見つかり、そのうちの二本はまだ毛包がこびりついていた。食べ物を調理したり配膳したりする場所には、レストランを閉鎖するほどの問題はなかったが、建物の見取図を見ると、当の部屋は貯蔵室ではなく個室のダイニングとして登録されていた。カウリーは洗面所も厨房（ちゅうぼう）もふくめたそのレストラン全体を、犯罪現場の可能性ありとして封鎖し、さらに先の三つの店にも同じ措置をとった。四日目の終わりには、バー一軒とラップ音楽のクラブ一軒でも血痕が発見されて閉店のリストに加わり、それでようやくボードウォークとビーチ全体の調査が終わった。またその日には、最初に見つかった血痕のうちの二つが、ニコライ・ニューニンとレフ・グセフのものと一致することが判明した。口実ができるのを今か今かと待っていたウィリアム・カウリーは小躍りし、フェデラル・プラザのすぐ近くにあるFBI捜査員のたまり場で、彼の主催になる前祝いの酒宴がもたれた。その進展をきっかけに、さらに多くの鑑識技術者が投入され、始めのレストラン二軒とバー三軒がさらに徹底的に調べられた。犯罪科学者の数が足りたことで、新しく見つかる血液のサンプルも比例して増えていき、そのうちの二つが――〈オデッサ〉の血で固まった毛髪と毛包とともに――マレット・ズボフのものであることがつきとめられた。

その二日後には、メディアが事件を大々的に取り上げ、週末までマンハッタンじゅうの新聞の一面を独占しつづけた。地元のテレビやラジオばかりか、全国放送のニュースでも取り上げられない日はなかった。自分に注目が集まるのを嫌うカウリーは、ボードウォークで即席のインタビューに一度応じただけで、そのときもギャングの抗争だと憶断するのは避け、英語でもロシア語でも「マフィア」という言葉は使わなかった。そしてそれ以降は、あらゆるコメント要請の処理をＦＢＩの広報部にまかせきりにした。

　そうこうするうちに、ＦＢＩ長官その人から、木曜日の会見のためにワシントンへもどるようにとの指示がきた。それでカウリーも、毎日の捜査の指揮をハンク・スローンにゆだねる頃合だと判断した。最低でも一日に二回は連絡をとる、たしかな進展があったときはもちろんそれ以上にだ、とスローンに念を押してから、朝一番のシャトル便に乗った。自分のオフィスで会見の準備をするためだったが、おかげで対テロ部に寄ってパメラに会うこともできた。疲れてるみたいね、とパメラは言った。何を期待していたんだい、とカウリーは応じながら、昨夜は一杯も飲まずにおいてよかったと思った。マンハッタンで過ごすあいだずっと自制できたことには、しごく満足していた。最初の夜だけは別だが、だれも知らないことだし、どのみち記憶はたしかなのだからなんの問題もない。

「寂しかった？」とパメラが訊いた。目鼻立ちのはっきりした、豊かな胸の女だ。だがその自信にみちた物腰には、カウリーは例外として、恐れ入る男も多かった。

「死ぬほどね。きみは？」

「死ぬほど寂しかった」

「きみのことが一番だけど、ほかにぼくが知っておくべきことは？」少しのあいだ距離をおいたのは、大正解だったようだ——仕事のうえでも、個人的にも。

「ブライトン・ビーチの件が、例のミスターおせっかいの気をひいてるってうわさよ」パメラが声を殺して言った。このときふたりがいたのは、彼女のオフィス脇の小部屋で、ドアも閉めてあったのだが。

カウリーは眉をひそめた。その情報だけでなく、パメラのしゃべり方も気にかかった。「計画部となんの関係が？」

「何もないわ。でも、ヘッドラインや見出しにはすべてが関わってくるでしょう」

「パラノイアになるのはよそう」パメラは自分が小声で話しているのに気づいているのか？　芝居がかったまねやわざとらしいまねをする女ではないのに、こんな態度はどうかしている。

「暢気に構えすぎるのもね。あなたを呼びもどすっていう決定は？」

「長官のさ。だが理にはかなってる。潮時だった」

「電話で話せないほどのことは、何もなかったんでしょう？」

「ほんとうにパラノイアだな」

「伝染病なのよ」

「じゃあ、いっしょに治療法を見つけなきゃな」

「ほんとにうれしいわ、帰ってきてくれて」

恋人の帰りを喜んでいる女性にしては、パメラの態度はひどく真剣で、いまだに盗み聞きされるのをはばかるような話しぶりだった。まったくばかげている。「今夜は街のどこかで夕食をとらないか？」

「もうマンハッタンへはもどらないの？」

「よほどの理由がなければね。今のところそんな状況でもない」

「ジョージタウンの店に予約を入れておくわ」

現場の捜査を指揮していたせいで、あらためて振り返るひまもほとんどなかったが、ディミトリー・ダニーロフからなんの連絡もないのは期待はずれだった。ニューヨークから二度目に電話で話したとき、ダニーロフは、モスクワの犯罪者記録はまるで未整理なのだとあらかじめ詫(わ)びたあとで、できるかぎりやってみる、とくに自称モスクワ生まれのマレット・ズボフに関する情報をつきとめておくと約束していた。

レナード・ロスは、自分の外見に無頓着(むとんじゃく)な人物だった。カウリーはその姿を見るなり、あのしわだらけのスーツも、やはりよれよれのシャツも、三週間近く前に会ったときと同じものではないかと思った。ロスはデスクに座り、議事堂がよく見晴らせる窓を背にしていた。手振りでカウリーにデスクわきの椅子(いす)を勧め、同じ動作で用意されたコーヒーポットのほうを示した。「自分でやってくれ。カフェインレスもやめてるのだ。血圧の関係でな」

カウリーはマグに一杯注いだ。べつに飲みたくはなかったが、こういうときの習慣のようなものだから、飲まないわけにはいかない。そのときふと思った。そんなおまえに、パメラがわざとらしいだのパラノイアだのと、批判できるのか。

むさ苦しい格好のＦＢＩ長官が言った。「ニューヨークでは、えらく有名人になったようだな」

どうやら非難されているのだと思い当たり、内心で驚いた。「捜査の規模を広げるのは、当然の成り行きでした。まさかあのように、大通りに沿ったあちこちで血が見つかるなどとは予想していませんでしたが」

「それで、きみの考えは？」

「筋道立ててお話しすることは、まだできません」カウリーはすぐに認めた。「ハンク・スローンに言わせれば、どうもしっくりこない」完璧(かんぺき)なタイミングで間をおく。

「それはたしかです」

「例のバー二軒とレストランチェーンの一軒だが、それぞれのオーナーの弁護士から手紙が届いた。閉鎖命令を撤回しろと言ってきている」

この長官の口調と、話のあきらかな方向に、カウリーは驚きの色を隠しきれなかったが、そんなことはもう問題ではなかった。「捜査局の権限にもとづき、鑑識調査によって大量殺人との関連ありと判明した場所を封鎖したのですよ！ 基本的な——不可欠な——ＦＢＩの手続きです。公衆衛生の規定とはまったく別の話でしょう」

「法律や条例のことなら、教わるまでもない」元判事の長官がそっけなく言った。「わたしは殺人事件の裁判もさんざん手がけてきた。しかしひとつの犯罪で、ばらばらに離れた五つの現場にたしかな痕跡があるというのは、聞いたことがない。その点は説明できるか？」

「すでに言ったように、まだできません。数多い未解決の問題のなかでも最大の謎です」

「では、最初から検討してみよう。始めの鑑識報告には、血液の染みや血液の点、とある。どちらなのだ？」

「両方です」カウリーは当惑した。これではまるで、既知の事実の確認というより反対尋問だ。

「三人の殺害がひとつの場所でおこなわれた、という話と一致するのか？」

カウリーはかぶりを振った。「検死官によれば、被害者たちの殺害現場はおそろしく凄惨なありさまで、汚れもひどかっただろうと」

「では、犯人はひどく血を浴びたのではないか？　それが滴り落ちたわけではないのか？」

カウリーはまた首を横に振った。自分でブライトン・ビーチまで出向いていって助かった。おかげで、別のだれかが書いた犯罪報告を頼りに答えるはめにならずにすむ。

「服から滴り落ちたのだとすれば、よほど大量の血を浴びていたことになります。そんな状態でだれにも見られず、通報もされずに歩きまわるのは不可能でしょう」

「では、あちこちに証拠が見つかったのはなぜだ？」

「しかけられたのです」カウリーは言いきった。鑑識の調査が終わるまで、裏づけのない意見を吐くつもりはなかったのだが、調査の完了にはあと二日かかるはずだった。

「ただし例外がひとつ――〈オデッサ〉というバーとグリルの店です。ほかの店では、血液の染みと点はすべて、公に使われていた場所にありました。つまりバーや洗面所、ダイニングです。バーカウンターの張り出しの下側や、スツールの座席、テーブルの表面など、いかにもしかけやすい場所に。しかし〈オデッサ〉ではちがいました。血液だけでなく毛髪もあり、どちらもＤＮＡ鑑定でマレット・ズボフのものと一致した。

しかもあきらかに公に使われていそうな場所ではなく、貯蔵室の床板の隙間（すきま）に見つかったのです。この貯蔵室は見たところ、きわだってきれいに片づいた部屋で、もともとの見取図では客用の個室となっていました。出入りの酒屋の配達人がいて、信頼できる証人とは言いがたいのですが、その男がつい三週間前に行ったときは、たしかに個室だったそうです」

自堕落に肥えふとった長官が、苛立（いらだ）たしげにため息をついた。「〈オデッサ〉のオーナーはだれだ？ なんと言ってる？」

「所有者はカナダにある会社で、住所はトロントとなっています。二日前トロントに連絡し、あらゆる企業を調べるよう頼んだのですが、まだ返事はありません。マネージャーは帰化したウクライナ系の三世で、ヴェニアミン・ヤセフという男です。ズボフが常連客だったこと、問題の貯蔵室が五日前まで個室だったことを認めています。あまり使う客がいないので、閉めて倉庫に使うことにした、きれいに片づいているのはつい最近まで客が食事をする場所だったからだと。賃貸契約は弁護士を介しておこなったとのことで、当の弁護士の証言もありました。賃貸料は月ごとで、銀行の電信振替による支払いです。もちろん金の流れは追跡させています。ヤセフによれば、実際にオーナーと会ったことはないとのことです。すべて弁護士にまかせていると。常勤のウェイター三人も、ズボフのことは知っていて、マーティと呼んでいたそうです。コックと厨房の従業員三人は、知らないと言っています」そこで言葉を切った。ロスが一心に耳を傾け、法律家の頭で分析しているのが感じとれた。「あとのふたりの血痕と、本人の血のサンプルが見つかった別の三軒の店でも、ズボフは常連客でした」

「常連だったのなら、店の従業員が何かしら知っているはずだ」

「定職はなかったようです。よく競馬の話をしていたらしいので、ブックメーカーに当たって賭けの記録を調べています。アトランティックシティとヴェガスでも派手に遊んでいたそうです。アトランティックシティは近くて便利なので、聞き込みの連中をやりました。ヴェガスのほうは、今の時点では人手のむだでしょう」

「ファミリーとの関係は？」

「何もありません。あそこのロシア人たちは、きちんと組織されてはいないようです。スローンによると、ふだんは小さなギャングが三つか四つあるきりで、少しばかり増えることはあっても、八や十まではいかないとのことでした」

「本人の家族は？」

カウリーはまたかぶりを振った。こう知らないと答えてばかりでは、相手を感じ入らせるどころではない。「これまでのところ収穫はありません。ビーチから少し入ったデリカテッセンの二階のアパートで、ひとり暮らしでした。もちろん令状はとりました。ただひとつ興味深いのは、見つからなかったものです。パスポートも銀行の口座も、運転免許証も手紙も、私的な書類は何ひとつありませんでした。跡をたどれる社会保障番号もなし、入国管理はビザの記録も見つけられない。ポルノ雑誌数部にポルノビデオが三本、スーツが一着、シャツが三枚だけ。服はすべてアメリカみやげです」

「ほかのふたりは？」

「どちらもアメリカの市民です。生まれもこちらで、まっとうな移民の家系です。ニコライ・ニューニンの両親は死亡しています。姉がひとりニュージャージー州のトレントンに住んでいますが、おたがい仲が悪く、もう三年も会っていなかったそうです。最後に聞いた話では、レフ・グセフとグループを作っていたようだと。グセフには未亡人の母親がいますが、同居はしていませんでした。母親によれば、息子はもういないものと思っていたと――ずっと前から死んでいたのも同然だと。ニューニンのアパートからもグセフのアパートからも、何も出ませんでした。どちらも未婚です。地元の娼婦たちによると、たしかにふたりとも知っているが、純粋に仕事上の関係だとのことでした。しかしどうやら、あのふたりが客引きをしていたようです。女たちは認めていませんが」

「小物のチンピラが目障りになって、始末せざるをえなかったということか」とロスが判断を下した。「もっと小規模な、ゲットーのごろつき同士の諍いかもしれん」

「今はビーチ以外の場所を調べています。スローンによると、マンハッタンで聞き込みをしたほうがいいそうです。あそこはアトランティックシティ同様、ジエノヴェーゼの縄張りです。ズボフのギャンブル好きを調べるために、アトランティックシティに送りこんでいた連中も、そちらへまわるよう指示されています」

「モスクワからは何かあったのか？」

「ダニーロフとは二日前に話しました。今日じゅうにも連絡をとろうと思っています。これまでのところ、まだ何も出てきていないようですが」

「ほかのロシア人とは話したのか？」

カウリーは眉をひそめた。まだこの反対尋問は続くのか。「ダニーロフだけです。ズボフに関する情報があるとしたら、彼が何かつかめるでしょう」また言葉を切る。

「組織犯罪局の長ですから」

「ダニーロフが何者かはわかっている！　何かつかめるというなら、もうこちらに知らせてきていいはずではないか？」

「モスクワの記録は、この国ほどよく整理されていません。それが問題なのです。おしなべて組織というものがない」

長官がため息をつく。「きみたちふたりが仲むつまじいことも、過去にはそれが大いに役立ったことも知っている。だが、ロシア大使館にいるうちの局員を使うべきだろう。そのために派遣されているのだからな。ＣＩＡにも応援を頼もう」

「しかし――」カウリーは言いかけたが、レナード・ロスが先んじて言った。

「小物のチンピラが三インチの見出しになり、七時台のテレビのニュース種になった。わたしとしては、質問されたときの答えを用意しておきたい。基本的な地固めは残らずやったと言えるようにしておかねばならん、現場のモスクワにいる駐在員に仕事をさせていると言えるぐらいにはな。ブライトン・ビーチの店はいつまで閉鎖しておくつもりだ？」

今度はカウリーも驚きを隠そうとせず、しばらく二の句が継げずにいた。「犯罪の証拠が残っている現場なんですよ！」

「証拠はすでに鑑識が入って回収した」

「そのうちの少なくとも三軒は、公衆衛生局の規則にも違反しています」

「弁護士の手紙によると、現場への立ち入りが許可されないかぎり、その規則に従う

ことも できない――だから公衆衛生局の措置は撤回されるべきだと」

「しかし長官！」カウリーは異を唱えた。「あの場所を長く閉鎖しておけば、オーナーやマネージャーたちは収入を断たれ、どんどん自棄になるでしょう。そうすれば、何かしら新しい話が出てくる見込みも増えます」

今度はロスがしばらく黙りこんだ。「この件でマスコミ好きの弁護士から不当執行やいやがらせで訴えられ、FBIが間抜けに映るのは避けたい。法律に長年たずさわり、経験を積んだ判事として言っているのだ。今われわれにあるのは――だれも悼む者すらない死んだチンピラ三人のほかには――ばらばらの六つの場所で見つかった鑑識の証拠だけだ。もしだれかを裁判にかけたとしても、弁護側がどう出るかは目に見えている。血痕や髪の毛は依頼人の店舗で犯罪がおこなわれたという証拠にはならないと言って、釈放を申し立てる。そして百パーセントそのとおりになる」

「まだ裁判にかけられるような人間はいません！」カウリーは憤然と反論した。「血や毛髪は証拠の一部でしかない。まだ二軒の店では、鑑識の調査が終わってすらいないんですよ！」

「どれだけかかる？」

「三日か、四日でしょう」カウリーはわざと長めに言った。

ロスは不快そうに身じろぎをした。「四日だ。いまから四日間に、どの店からも有力な物証が見つからなければ、犯罪現場の封鎖は解く。もう証拠は手に入った。いつまでも店を閉めておく法的な根拠はない。モスクワのうちの局員と、CIAにも連絡をとれ。わかったか?」

「はい」

「この件はさっさと進めたい、カウリー。早く片づけて、厄介払いしたいのだ」

前にふたりで会ったときは、ビルと呼ばれていたものだが。カウリーは思い当たった。

「あなたの口から聞くのでなかったら、とても信じられないわ」パメラが言った。

「直接自分の身に起こったことでなけりゃ、ぼくだって信じられない」とカウリーが応じる。

ふたりがいる場所は、ウィスコンシン・アヴェニューから少し入ったところにある、初めてのイタリアン・レストランだった。パメラのマティーニはまだ半分しか減っていなかった。カウリーはウィスキーを飲み干したあとだったが、すでに栓の開いたヴァルポリチェッラを自分のために注ぐのは、まだ控えていた。

「あなたのいない間に、いろんなことがあったわ」パメラが言う。「サンディエゴの特別捜査官が停職になった。どこかの弁護士が、自分の黒人の依頼人が取調べ中に殴られたと申し立ててきたのよ。強制による自白は証拠能力をもたないと決まってるし、FBIはすっかり悪者にされてしまった。それから、こっちの財務部に緊急監査が入った。計画部のだれかが議会にリークしたのよ、予算見積もりに水増しがあるって」

「だれか？」カウリーは重い口調で訊いた。

パメラが顔をしかめた。「ジョージ・ウォレン本人が下院でその質問をしたわけじゃない。テネシー選出の、党内の太鼓持ちよ。おかげでロスはホワイトハウスまで呼び出されるはめになった」

「そういえば、血圧がどうのと言ってたな」

「べつに驚かないわ。予算委員会に喚問されるらしいし」

「なぜ今朝は話さなかったんだ？」食事の皿が運ばれてくると――カウリーはスパゲティ、パメラは仔牛肉だった――カウリーはすぐに試飲をして、注がれたワインを受け入れた。

「ニューヨークにいるあいだに、何かで読んだだろうと思ってたのよ。それにあなた、わたしをパラノイア扱いしてたでしょう、覚えてる？」

「知ってるかい？　きみはささやき声になってたんだぞ」

「うそ！」

「ほんとさ」

「冗談でしょ？」

「いいや」

「まさか！」

「たかがひとりの人間に、ここまでFBI全体をひっかきまわせるわけがない。ばかげてる！」

「わたしが小声でささやくなんて、それこそばかばかしいわ！」

「予算うんぬんのリーク元がジェッド・パーカーだとわかれば、やつは即刻クビだ。下院議長だろうとかばいようはない」

「だから決して、尻尾（しっぽ）をつかまれないだろうってことよ」パメラはまた肩をすくめた。

「客観的にいきましょう。彼はたぶんそうじゃない」

「やつとはもう会ったのか？」

　パメラは首を横に振った。「顔を見かけたことはあるわ。なかなかハンサムね。お手洗いのうわさだと、いろんな女の子が彼の足をひっかけて押し倒そうとしてるけれど、あちらは仕事とお楽しみを混同する気はないそうよ」

「自分の将来しか頭にないのさ」カウリーは自分のグラスに注ぎ足した。パメラは首を振って断った。

「ディミトリーはなんと言ってるの？」

「まだ何も言ってこない。まあ、何か出てくると思うのは、期待のしすぎだろうな。彼から向うのモスクワ支局のジョン・メルトンに電話して、状況を説明したよ。彼から向こうのCIA要員に話すと言っていたが、ぼくからも念のために、こっちのCIAのロシア課にEメールを出しておいた」

パメラは微笑んだ。「まっとうな官僚らしく、逃げ道をつくっておくわけね！」

「きみの話を聞くかぎり、そのほうが賢明だろう！」

その夜のセックスは、記憶にないほどいいものだった。パメラは大きな声をあげて、カウリーと同時に絶頂に達した。やがて彼女が言った。「いつも小声ってわけじゃないのよ！」

カウリーは言った。「大声を出してるときのほうが、ずっと魅力的だよ」

イーゴリ・ガヴリロヴィチ・オルロフは、新しく手に入れたワルワールカ通りの屋敷のダイニングルームで、この日のために集ったファミリーのリーダーたちを眺めわたした。ロシア一の大都市の犯罪組織を束ねるボス中のボスとして、全員からの忠誠を得たこの瞬間、彼は性的快感に近い満足感を味わっていた。「このわたしをリーダーとして認めてくれたことに心から感謝したい。今この瞬間に、われわれの活動すべてを統括し支配するグループが生まれた。それはつまりこの瞬間から、われわれのなかで無益な争いや不平不満は無用になるということだ。この委員会では、あらゆる争いや不満は、交渉と妥協によって解決される――もはやその余地がないという事態にいたらないかぎりは。わたしはみなさんとそのファミリーを代表して、イタリア、アメリカとの提携を進めようとしている。われわれは世界規模のコングロマリットの一員となるのだ」完全にリハーサルどおりに、オルロフは言葉を切った。「いわば世界最大の国際的な、多国籍企業だ。もうしばらく先のことではあるが、その提携が成ったあかつきには、まさしく多国籍企業のように、われわれも自身のグループ――委員会――をつくり、彼らの代表とともに今後の計画を練ることになる。今日お集まりのみなさんは、いまだかつて想像だにせず、夢にもみなかったほどの富と力を手にしようとしているのだ」また言葉を切り、自分に向けられた無表情な顔を見渡す。どいつもこいつも、チャンスさえあれば真っ先におれに取って代わろうと考えている連中だ。

「ほかに話し合うことは？」

動く者はいなかった。口を開く者もない。

「けっこう、では大いに祝おうではないか」オルロフが宣言し、両開きのドアの向こうに合図を送った。それをきっかけにドアが開き、シャンパンとウォッカとキャビアのテーブルがしつらえられた。

オルロフはシャンパンのグラスを手に歩きまわりながら、自分はひと口も飲まずに、目につく者たちを頭に書きとめていった。飲みすぎている者、会話やその場を躍起になって仕切ろうとする者、彼のように酒を飲むでもなく目を光らせている者。どれも危険な存在になりうる。それでもかならず、ひとりであろうとグループであろうと全員に声をかけ、話を聞くようにした。フェリクス・ジーキンも部屋の反対側で同じことをしているはずだ。ようやく夜も更けて宴が終わり、握手や背中をたたく光景、ときには抱き合う光景が見られた。一度たりと内心の不快感を表に出さずに、オルロフはそれに耐えた。最初に出ていった者たちのなかに、ジーキンの姿があった。

このところ態度が大きくなってきたフョードル・ラピンシュに、もう遅い時間だが、人と会う予定があると告げた。予想どおりのラピンシュの反応に、オルロフは準備ずみの答えを返した。「以前からわれわれに取り入って、手を結びたがっていた連中だ。

とりあえず会うことにした」

ラピンシュはにやりと笑った。「本物のリーダーには、だれでもすり寄ろうとするもんです」

ＢＭＷのハンドルを握るミッテルは、後部座席からオルロフの指示を受け、川が急に湾曲するハラショヴォ－ムニェーヴニキ方面に向かって走らせていた。「これで、すべてなし遂げましたね？」とへつらうように言う。「ティネリとブリゴーリに肩を並べ、有力なファミリーすべてにあなたがリーダーであることを認めさせた。ほかのだれにもできなかったことです」

「フェリクス・ロマノヴィチはなぜ、早めに出ていったんでしょう？」ラピンシュが訊いた。

「用事があった」

「あなたが信用できるのは、われわれです」

オルロフは眉根（まゆね）を寄せた。「フェリクス・ロマノヴィチは信用できんというのか？」

一線を越えてしまったのを察し、ミッテルはぎこちなく肩をすくめた。「彼はファミリーの一員です。本物の家族ですよ」

「これから会う相手はだれです？」ラピンシュが助け舟を出した。

「特別扱いされて当然と思っている連中だ」オルロフはあいまいに答えた。それから急いでM25から脇道へ入るよう指示し、また続けて二度、細い道へ折れるよう言った。BMWはいま、川に直接面した暗い家並みと小さな倉庫のほうへ近づいていた。

「どんな話をするんですか?」話題を先に進めようと、ミッテルがさらに訊いた。

「あそこだ!」オルロフが完全な闇に包まれた、特徴のない建物を指した。「そこで止めろ!」

ミッテルは指示どおりブレーキをかけ、エンジンを切った。「どこです、相手は? だれも見えませんが? 罠じゃないですか」

オルロフは車から降りる動作をしながら、コートの下からマカロフをそっと取り出した。半ば体をねじった姿勢から、先にラピンシュの後頭部を撃つ。部下は助手席の上で突っ伏した。ミッテルは動くひまもなく、同じように銃口を頭につきつけられ、弾丸をくらった。オルロフは悠然と、車が止まった位置から最も遠い倉庫まで歩いていった。そこには指示したとおり、ガソリンが用意してあった。缶を左右の手に持ってBMWまで引き返し、まず車全体にかけてから、導火線に使うぶんを少しだけ残して中身をすべて空け、その場を離れた。それが幸運だった。ガソリンの細い流れを伝って火が車に達した瞬間、すさまじい爆発が起こり、彼はあやうく爆風に打ち倒されそうになった。

フェリクス・ロマノヴィチ・ジーキンは、建物の裏手に停めた車のなかにいた。ファミリー専用の車ではなく、私用の車で、彼はしばらく前にそこからガソリンの缶をおろしたあと、エンジンをかけて待っていた。やがてゆっくり車を出すと、すぐにオルロフが助手席に乗りこんできた。狭い道路にもどるとき、燃えあがる車の横を通り過ぎた。ふたりともそちらには目を向けなかった。

ジーキンが訊いた。「何か問題は？」

「もちろんない」とオルロフは片づけた。「ミッテルがなんと言ったと思う？」

「なんです？」

「おまえは信用ならんとさ」オルロフが笑いだすと、ジーキンもつられて笑いながら、声に不安があらわれていなければいいがと思った。彼には、オルロフが狂気に冒されているという確信があった。この男はほとんど抑制がきかない。たとえ血のつながった家族の一員だろうと、自分も危険にさらされているのは同じなのだ。

「あのふたりは本気で、自分たちがナンバー・ツーになったと思っていたんでしょうか？」

「ほかの連中には、いい教訓だ」オルロフは言った。おれは今夜、ボス中のボスとして認められた。さらにミッテルとラピンシュを始末した。これで万一の事態になっても、世界的なコングロマリットをつくろうとする相手と直接つながる男たちの口は封じた。もちろんあのスイス人の弁護士は、アメリカのことを多少知っているが、後任の人間に何か耳打ちできるほどではない。おれは無敵なのだ。ひとつのミスも犯していない。じつにいい気分だった。

だが、彼はミスを犯した。ＢＭＷを調べにもどらないというミスを。そして今は、車があのふたりもろとも完全に焼きつくされたと思いこんでいた。

6

職務にきわめて忠実なミッテルは、車両のメンテナンスにあらゆる面から真剣に取り組み、ガソリンタンクをつねにあふれるほど満杯にしていたのだが、くだんのＢＭＷもその例外ではなかった。ＢＭＷの三十ガロンの燃料はすさまじい爆発を引き起こし、すでに死んでいたミッテルの体をさらにずたずたにして、たっぷり十五ヤード吹きとばした。もちろん火はついたものの、川に接した地面が水気をふくんでいたために、ミッテルの衣服の外側をところどころ燃やしただけだった。それも体の後ろ側だけで、前側にはまったく達していなかった。

ディミトリー・ダニーロフとユーリー・パヴィンが現場に着いたのは、翌日の早朝だった。ダニーロフはずっと以前から、自動車爆弾による暗殺とおぼしき事件はただちに報告するようにという指示を出していた。それに従って、民警本部の交通管制課が連絡をよこしたのだ。あの夜ラリサは、マフィアに買収された民警大佐の夫の隣で、車もろとも吹きとばされたのだった。

湿った煙のような霧が川と沼地の上に垂れこめ、向こう岸を見通すことは不可能だった。目を近くにもどすと、黒ずんで骨組みだけになったＢＭＷが見えた。まだ燃え殻がくすぶっていて、民警の人間たちが熱さのせいで近づけずに固まっている。制服を着た布袋腹の少佐がその一団から離れ、車から降りようとするダニーロフに近づいてきた。あきらかに不機嫌な口調で言う。「組織犯罪局がなんのご用で？」

「興味がある」ダニーロフは相手の態度の意味をすぐに察し、そっけなく答えた。

「これが組織犯罪だと思う理由はなんです？」

この男は、もしマフィアがらみの事件だとわかった場合、自分の懐に入るはずの裏金が危うくなると思って、敵意をむき出しにしているのだろうか。「何か手を触れたものは？」

少佐は首を横に振った。「あなたが来るまで待てという命令でしたので」

「鑑識は？」

「あなたが来るまで待てと言われたので」

「われわれに立ち入られたくないような問題があるのか？」ダニーロフは怒りを抑えるのに苦労した。

「べつに、そういうことでは」

「けっこう」もううんざりした気分だった。「べつにきみたちの捜査をじゃまするつもりはないし、わたしの特別な関心のせいできみたちの仕事を中断させる気もない」

「どんな関心なのです？」

「まだわからない」たとえわかっても、決して口にすることはあるまい。「これまでに何をした？」

「あなたが来るまで――」

「待てという命令だったのだな」ダニーロフは相手の言葉を引き継いだ。「ふざけるのはよそうじゃないか、少佐。わたしが何を探しているか、きみが知る必要はない。わたしもきみの捜査の指揮ぶりを詮索（せんさく）しているわけではないのだ」

「詮索する理由があるのなら、話は別だが」パヴィンが引き取って言った。「そのときはいささかわずらわしく、面倒なことになるかもしれない。そこでひとつ質問だ。答える必要はない。将軍と大佐と少佐のあいだで不都合や誤解があった場合、最も立場が弱いのはだれだと思う？」

制服の少佐は無言だった。

ダニーロフは言った。「で、何も手を触れていないのか？」

「はい」

「死体も調べていないのだな？」

「はい」

「確約できるか？」

「はい」

「第一発見者は？」

少佐は自分の背後の、炎の跡が残るビルのほうをあごで示した。その前にあるＢＭＷからは、あいかわらず熱気が立ちのぼっている。「あそこの清掃係です。設計技師の事務所でして」

「その清掃婦も、何にも触っていないのだな？」

「男です。すぐに民警に電話をしたと言っていました。恐ろしくて近寄りもしなかったと」

「今どこにいる？」パヴィンが言って、がらんとした早朝の前庭を見まわした。

「家に帰りたいと言ってきたんです。気分が悪いとのことで。たしかに震えてました」

ダニーロフはため息をついた。平板なあきらめの声で、パヴィンに言う。「何か盗んだな」

「それはありませんよ」制服の少佐がまた、燃えつきたBMWのほうへ頭を振った。「車のなかにもうひとりいます。残ってるのは骨だけです。男か女かもわからない」

「鑑識を出動させるんだ」ダニーロフは命じた。少佐は荒々しい足取りで自分のグループのほうへもどっていった。「どこもかしこもガソリン臭い」

パヴィンはミッテルの死体の横に、ぎごちない姿勢でしゃがみこんでいた。「こいつもガソリンまみれです。なぜもっと燃えなかったのか、ふしぎなくらいだ。しかし指はほとんど残っていない。顔もひどいものですが、まだ見分けがつきます」

「銃で撃たれてから、焼かれたんだろう」ダニーロフは黒焦げになった車の近くの、火にあぶられたビルの壁を指した。「この死体がここまで吹きとばされるほどの爆発だった」

「この倒れ方からして、両脚とも折れてるようです」パヴィンもうなずいた。いちばん手近なズボンのポケットに、手を差し入れてみる。「空です。小銭一枚ない」

「やはり清掃人がくすねたか」新たなあきらめの思いで、ダニーロフは言った。

「時計もです」パヴィンが体をまるめた姿勢のまま、死体の焼け焦げた、だが何もない左の手首を示してみせた。つぎに自分の左手を死体の下に差しこみ、右手で軽く持ち上げた。「こっちまでガソリン臭くなってしまう」

交通課の少佐が仲間の一団からもどってきた。「いま鑑識が来ます」

ダニーロフは、少佐が煙草を吸っているのを見た。「何をしてる、消せ！」

「すみません」男は言った。「そんなつもりは……」

「そうだろうとも」ダニーロフは重苦しく言った。「だれかを清掃人の家にやってくれ。ペトロフカまで連行するんだ」

「清掃人が何を？」

「さっさとしろ！」

「ありましたよ」少佐がまた荒々しい足取りで去っていくと、パヴィンが言った。「まずケント、アメリカ製の煙草ですね」死体の上着の内ポケットから中身を出し、つぎつぎ並べていく。「ペンが一本。まだ手は触れてませんが、拳銃もあるようです。これは発見かも……札入れだ……おっと、これを見てください！」

ダニーロフは差し出されたパスポートを受けとり、すぐに身元を示すページを開いた。「ヴィターリ・ペトロヴィチ・ミッテル」と声に出して読みあげ、ぱらぱらとページを繰る。「ここにおもしろい書き込みがあるぞ！」

「なんです？」パヴィンがほっとした様子で、死体のそばから体を起こした。

「アメリカの入国ビザだ。つい先月の日付になっている。それからEUの、イタリアの入国スタンプ。アメリカの一週間前だ。そしてアメリカのすぐあとに、またイタリアのがある」

「こんなものをふだん持ち歩いているやつだとわかれば、入国許可は下りなかったでしょうね」パヴィンが九ミリのマカロフをかかげてみせた。握りの部分についた指紋を消さないように、用心鉄を持っている。

「名前に聞き覚えはあるか?」ダニーロフは訊いた。パヴィンの百科事典なみの記憶力は、往々にして公式の記録よりも役に立つ。

パヴィンはかぶりを振った。「しかし顔は完全にわかります、パスポートの写真がある――」彼は急に口をつぐみ、札入れから抜き出したばかりの折りたたんだ紙片をじっと見つめた。

「重要なものか?」パヴィンの顔色を見て、ダニーロフは訊いた。

「ニューヨークの、ブライトン・ビーチの住所です。それに電話番号……名前はマレット・アファナシェヴィチ・ズボフとなっています!」

「きみの言うとおりだ。これはまさしく発見だぞ」

二時間後にミッテルの死体が剖検のために運ばれていくまで、ふたりは現場にとどまっていた。かなり以前にウィリアム・カウリーからあった要請との興味深い結びつきは得られたものの、鑑識技術者の報告を聞いたあとでは、すっかり当初の満足感もしぼんでいた——車は車種がわかる程度で、残骸からはほとんど何も回収できないだろうし、車とミッテルの死体の周辺は大勢の人間が歩きまわったせいで、犯人の足跡は消えてしまっているだろうとのことだった。

ダニーロフが電話で指示したとおり、オレグ・オシポフという清掃係の男は独房に拘禁されていたが、持ち物を身につけておくのは許されていた。民警のあやしい保管体制にまかせるより、そのほうが無事に残っている可能性が高いと考えての配慮だった。火の気のない、コンクリートの壁と寝台のある小室に、ダニーロフは入っていった。やせこけた男は震えていたが、寒さのせいではなさそうだった。男はダニーロフを見ると飛びあがり、ぎくしゃくと締まりのない気をつけの姿勢をとった。これからおれは鼻持ちならない人間にならねばならない。すぐにそう気づき、どうしても必要なことだと自分を納得させた。アメリカのカウリーの捜査との関係もだが、さらに自分にとって重要きわまりない事実もある——自動車爆弾による殺しだ。

きびしく脅しつけろ——オシポフはこれまでの惨めな人生で、日々そんなふうに扱われてきたのだろう。だからそうした扱いにはよく反応するはずだ。「座れ！　靴を脱げ！」

　男はすぐに崩れるように寝棚に腰をおろし、厚紙を使った安物の靴を足からはぎとった。わざと脅しをかけたかいがあった――泥のはねがたっぷりついている。つねにはきっぱなしのせいですり減り、汗の臭い（におい）がした。靴下は左右とも、何本かの指に穴があいていた。ダニーロフはすぐに開いたままのドアのほうへもどると、手はずどおり外で待っていた看守に、無言で靴を渡した。そして戸口に立ちながら、大声で言った。「車の外にあった死体から、何を盗んだ？」

「盗んでません！」しわがれた、涙まじりの声だった。

「むだにする時間はないのだ！」

「死体のそばには行っていません！」

「おまえの靴はいま、死体のまわりで見つかった靴跡の型と照合されている」ダニーロフはうそをついた。「もちろん一致するはずだ。まだ白（しら）を切りつづけるなら、妨害か共謀の罪もつけ加えて、重要な捜査のじゃまをしたかどでぶちこんでやる。立て！」

　糸で操られるように、オシポフは立ち上がった。

「ポケットのなかのものを、残らず寝台の上に置け」

やせこけた体をいっそう激しく震わせながら、男はポケットの中身を、一枚きりの薄っぺらな毛布の上にのせた。ダニーロフはそれを見て、新たに予想外の満足感がわきあがるのを感じたが、刺すような憐憫の情のほうがさらに強かった。「金はどこだ？」

「ありません――」

「そこからどいて、あっちまで行け！」ダニーロフは命じ、今は閉まっているドアのほうへさっと手を振った。オシポフはあわてて寝棚からどいた。その持ち物やすりきれた毛布の下を探りまわるまでもなく、染みのついた枕の下に隠されたドル札が見つかった。彼はオシポフのほうを向いて言った。「白を切るのはやめろと言っただろう！」

「すみません……悪気は……なかったんです……すみません……」

もう十分だとダニーロフは思ったが、彼はふだんから、参考人は徹底的にしぼりあげるべきだと考えている刑事だった。「今の罪だけで五年だ。まだ白を切りつづければ、十年は堅くなるぞ。ここへ連行される前に、ほかに何を隠した？　何を売りとばした？」

「もう何もありません……信じてください……信じて……」

「これはなんだ？」ダニーロフは注意深く、ブックマッチのカバーの下にペン先をすべらせた。〈オデッサ〉という名前が英字で、ブライトン・ビーチの住所とともに印刷されていた。

「ああ。すみません……ほんとにすみません。忘れてました……思いつかなくて」

「死体から取ったのか？」

「はい。金がそれにくるんであったので」

すばらしい収穫だ——予想をはるかに超えるほどの。だが今のところ、その意味するところまではわからない。ダニーロフは手にしたペンを傾けて、ポケットから出した証拠品袋のなかにマッチを落とし、手招きでオシポフを呼びもどした。

「死体に煙草が残っていた。なぜ煙草も取っていかなかったんだ？」

「煙草は吸いません」

こんな情けない外国みやげで、だれの気をひこうとしたのか。「座れ」とまた命じた。

糸が切れたように、オシポフはぺたりと尻をついた。

「最初から話すんだ！」

「六時ごろ、あの場所に着きました。早い時間のバスで。最後の一マイルは歩きでした。あそこに着く前に、臭いがしました。火の燃える臭いでした。それとガソリンの。最初に車が見えました。それから、助手席のそばに、おかしな形のものが。何もかも焼けて真っ黒でした。そのとき、もうひとつ死体が見えました。まだ煙が出ていました。頭が黒焦げで……」

　男が震えだした。

　ダニーロフは急いで言った。「死体のそばに、だれかいなかったか？　車は？」

「いませんでした」

「何を見たか、正確に話せ。おまえは物盗りをした。そのこともすべて話すんだ」

「車だけです。車と、死体から煙が出てました、まだ燃えてるみたいに……すみません……金とマッチを取りました。それだけです……ほかにはありません。おれには女房がいて……」

　たぶん事実だろう。「おまえが民警に通報したのか？」

「事務所からです、ビルのなかの」

「電話したのは、金とマッチを取る前だったのか、あとか？」

「あとです」

「朝一番のバスが六時ごろで、少し歩かなくてはならなかったとしたら、おまえが死体のポケットを探ったのは六時三十分ぐらいだな。あるいはもっとあとか」

「だと思います」

「知らないのか？」

「どういうことですか……」

「死体からは、腕時計も消えていた」

「ちがいます！　時計は取ってません……信じてください」

やはりうそではない、とダニーロフは思った。「手首の時計を見なかったのか？」

「見てません！　恐ろしくて……何か聞こえた気がしたんです……そっちは見ませんでした……」

「何が聞こえた？」

「音です、人が動くような」

「だれかいたのか？」

「すぐに事務所に駆けこんだので。ドアに鍵をかけて、ずっと民警が来るのを待ってました」

「窓から外を見なかったのか？」

オシポフは口ごもった。「見ました」

「だれを見た？」

「人だったかどうかはわかりません。まだ薄暗くて。影だったような気がします」

「民警が着いたころより、どのくらい前だ？」

「だいたい同じころです」

ダニーロフは小さく巻かれたドル札を調べた。ロシアではルーブルよりも喜ばれる通貨だ。一ドル札と十ドル札で、計三十五ドルあった。ダニーロフ自身、制服の大佐として、モスクワ郊外の一地区を統括していた時期があった。当時ならこの金は押収し、自分のために使っていたかもしれない。もう遠い昔のことだ、何もかも。小さく巻かれたドル札をオシポフのひざの上に投げた。「とっておけ」

男は目を細め、疑わしげに言った。「どういうことですか？」

「その金は返してやる」

「なぜ？」

「おまえの人生で、金持ち気分を味わえるのは、これが最初で最後だろう」

「おれを出してくれるんですか！」

「もう二度と死人から盗みを働くな」

不釣合いなほど大きな、ゆったりしたアームチェアに、ユーリー・パヴィンは深々と腰をおろした。赤の広場の玉葱型ドームを遠くに見るこの最上階のオフィスで、大柄な補佐役がくつろげるようにと、ダニーロフが特別に取り寄せた椅子だった。パヴィンの顔に浮かんだ満足げな表情に、さっそく進展があったことがうかがえた。

「どうだった！」

「四年前にヴィターリ・ミッテルは、ドイツ人旅行者がらみの武装強盗容疑をかけられたのですが、そのアリバイをほかのふたりとともに証明したのが、マレット・アファナシエヴィチ・ズボフでした。ミッテルはシェレメチェヴォ空港でもぐりのタクシーをやりながら、市街へ向かう途中に無防備な被害者から金品を奪い、放り出していたんです」

「ほかのふたりの名は？」

「どちらももう死んでいます」

「手口は？」

パヴィンは口ごもった。彼の上司にとって、この情報は何より重要なのだ。「自動車爆弾です。ラリサが亡くなったあとで、われわれが調べた事件のひとつでした。あのときは手がかりが得られなかった」

「なぜ今まで、ズボフの名が出てこなかったんだ?」

「やつは被告ではなく、証人でしたから。コンピュータの相互参照は使えませんでした」

「これは、予感がするぞ!」ダニーロフが声を強めた。

いつもながら反応が早すぎる。ラリサのことが頭から離れないのだ。パヴィンは慎重に言った。「そういう予感は、これまでにも何度もありましたよ、ディミトリー・イヴァノヴィチ」

「今度は手ごたえがある。ファミリーのほうは?」

パヴィンはかぶりを振った。「まだわかりません。清掃人はなんと?」

ダニーロフはポケットからビニール封筒を取り出し、パヴィンの前に中身が読めるようにかかげてみせてから、これを取りもどしたいきさつと、ドル札の盗みを見逃してやったことを説明した。

「また〈オデッサ〉ですか。やっとビル・カウリーに伝えられることができましたね」

「また合同捜査になるかもしれない」過去に何度かあったことだが、ふたたびアメリカで仕事ができるという見込みに、ダニーロフは胸が躍るのを感じた。

「ぜんぶオシポフが取ったんでしょうか？」

「腕時計は取っていないと言っていた。たぶん事実だろう」

「壊れてしまったのかも」

ダニーロフはかぶりを振った。「死体はそこまでひどく焼けていなかった」

「すると、民警の人間が？」

「九分九厘(りん)そうだ」ダニーロフはうなずいた。「ほかにも重要なものが取られた恐れがある」

「だとしても、もうわからないでしょうね」パヴィンはプロらしいあきらめの口調で言った。「例のマフィアの抗争と関連があると思いますか？」

ダニーロフはまた首を横に振った。「パターンがちがう。ほかのはすべて十字架にかけられ、川を流れてきたところを発見され、すぐに身元が割れた。ミッテルの場合、死体が焼けずに残ったのは、ただの計算違いだ」

「別のファミリーの反撃でしょうか？」

「かもしれん。ミッテルがどのファミリーに属するかを調べなくては。やつの住所は？」

「ヤセネヴォの近くです——アパートですね。あなたも同行したいのではないかと思っていました」

ダニーロフは自分の腕時計を見て、ワシントンDCとの時差を計算した。「やっと話せることが出てきたんだ、まずビルに連絡したい」部屋の向こう側から、補佐役に向かって笑みを投げる。「今度は予感がする。まちがいない!」

すでに決めつけてしまっている。パヴィンは思った。客観的な捜査を進めるためには、よくない始まりだ。

ウィリアム・カウリーは受話器を耳に当てながら、ダニーロフが話しおわるのを待った。ロシア人の口調に比例するように希望がわきあがり、興奮にまで高まった。やがてカウリーは言った。「たしかに、そのとおりでしょう。ついにつながりましたね。あなたのほかの疑問の答えも出るかもしれない」ダニーロフがラリサの殺害犯を見つけたときにどうするかという疑問には、答えが出なければいいのだが。

「またいっしょに働けるといいですね」

カウリーはつかのま口ごもった。「ジョン・メルトンから連絡はありましたか?うちのモスクワ支局員ですが」

「まだです。連絡があった場合、どうすればいいですか?」

「そのときは適当に」カウリーは答えた。「あなたからの報告で、事情がすべて変わります。またふたりいっしょに捜査ができるでしょう」

「そう願っていますよ」とダニーロフ。

「わたしもです」カウリーは言った。そしてふと、あらゆる兆しから見て、この事件が国際的な規模の捜査につながる可能性は大だと感じ、その捜査ファイルの表紙に自分の名前を載せられればいいと思った。

7

カウリーは自分を守るための準備をすべて整えてから、レナード・ロスに詳細な捜査ファイルを提出した。つぎの会見を要請するメモも添えておいた。今回も自分とモスクワのディミトリー・ダニーロフとの古い特別なきずなが役立つことを証明できるはずだ。今はあきらかに〈オデッサ・バー&グリル〉が焦点になっていたが、彼はその関心の対象をなるべくあいまいにするために、積極的に手を打った。ハンク・スローンにはごく細かな指示を出し〝〈オデッサ〉とマネージャーのヴェニアミン・ヤセフを二十四時間体制で監視し、その様子を映像に収め、一挙一動まで見逃さないようにしろ〟モスクワから電送されてきたヴィターリ・ペトロヴィチ・ミッテルの犯罪記録の写しもニューヨークに送った。さらに鑑識の証拠が見つかったブライトン・ビーチの店すべてに関する聞き込みを続けさせ、〈オデッサ〉に向けられる注意をまぎらせようとした。またパスポートのビザから、ミッテルがケネディ空港を通って入国したことがわかると、みずからニューヨークの入国管理局長だけでなくワシントンＤＣ

の副局長とも話をし（〝必要ならうちの長官がじきじきに連絡します〟）、ミッテルの署名のある申請書――これにはアメリカでの宿泊先の記入が求められる――をなんとしても見つけてもらわねばならないと強調した。それとともに、入国ビザの日付とアリタリア航空の便名から、同じ日のローマ発の便に乗ったほかのロシア人がミッテルと同じホテルに泊まっていたのではないかと期待し、さらに調査の範囲を広げた。見落としや誤解が生じるのを避けようと、カウリーはだれかに電話するたびに、そのあとで確認のＥメールを送り、細かい内容をくりかえし伝えた。そしてローマの軍警察（カラビニエリ）の組織犯罪局長に対しても、同じ手続きをとった。まず自分で電話をかけ、ミッテルがイタリアに入国していることがビザから判明したと伝え、確認のＥメールと顔写真を送った。さらに、アリタリア航空のローマ発ニューヨーク行きの便の乗客名簿、そして運航乗務員たちがつぎにニューヨークにステイするあいだＦＢＩ捜査員が話を聞けるように、その完全なリストを要求した。また、〈オデッサ〉の所有権の跡をたどるために、トロントに対しても直接の依頼と公式文書による確認という手順を踏み、二十四時間以内に回答するという確約を得た。

　長官からの呼び出しがきたのは、カウリーも予期しないほど早く、彼の報告書が出されてから一時間以内のことだった。今回もレナード・ロスは、最上階のオフィスでひとり待っていた。よれよれのスーツはあいかわらずで、ますますしわだらけに見えたが、少なくともシャツだけは新しかった。

ロスは捜査ファイルを指でたたいた。「これは、りっぱなものだった」

「ありがとうございます」

「心配なことだ」

「まったくです」カウリーは言った。上司は前回よりくつろいだ態度だったが、やはり以前の親しみは影をひそめていた。

「われわれの知らないうちに、国際的な連係が——連合のようなものが生まれたのだろうか？　世界規模のマフィアが？」

ロスのその見解に、カウリーは眉根を寄せた。「それが最終的なシナリオだという可能性もありますが」

「この情報はすべて、ジョン・メルトンからきたのか？」

カウリーはためらった。「ダニーロフが返事をよこしたのです」

「メルトンに状況説明はしたのだろうな？」ロスの口調は疑わしげだった。

「すべて伝えています。現地のＣＩＡ要員と連絡をとりあうように言い、念のためにラングレーの本部にも通知しておきました」

ロスはうなずいたが、まだ不審そうに首を傾げていた。「今回の件はきわめて重要だ。内輪の仲間意識は困る」

「わたしは内輪の仲間意識で捜査をしたことなどありません」カウリーは異を唱えた。強硬な言い方で相手が気分を害しようとかまわなかった。

「もちろん、そのはずだな」ロスも強い口調で返した。「特別捜査班を設置するべきだろう」

「失礼かとは思いますが、それは時期尚早ではないでしょうか。これまでに得た情報からすれば、たしかにひとつの結論だと思います——いささか極論ではありますが。もしそれが事実だとわかれば、タスクフォースのみならず、イタリア、ロシアの当該機関との連係も必要になるでしょう。しかしまだ、そのための証拠が不足しているのではないかと思います」

「今回はどこかに追従するのでなく、FBIが主導権をとりたいのだ」

それはFBIの話ではあるまい、とカウリーは思った。政治的な意味合いから、ロス自身が前面に立ちたいのだ。ここはこちらも政治的手腕を発揮するとき——その格好のチャンスだろう。問題はどう言葉を選ぶかだ。「モスクワとローマをからめた合同捜査が必要でしょう。そうなると外交的な見地から、モスクワ、ローマと連絡をとるために、国務省との調整も必要になります。ホワイトハウスの首席補佐官クラスとも話し合わねばなりません。こちらが動く時機を誤れば、FBIやその判断に対して好ましからぬ評価が下されるでしょう」もっとうまい言い方はできなかったものか。ことを急ぎすぎると狼少年のように間抜けに映るぞという言外の警告を、ロスが正しく解釈してくれればいいのだが。

長官はしばらく無言で、カウリーの捜査ファイルを見るともなく見おろしていた。やがて口を開いた。「予備計画が必要だ」指をぱちりと鳴らす。「なんでもいい――何かをつかんで、ごくわずかでも進展があったときにすぐ対応できるように。メルトンにはダニーロフとの適切な協力関係を築くようにさせろ。ローマ大使館にいるFBIの支局員にも連絡して、待機させておくんだ。明日またここへ来て、ほかにどんな準備が必要か聞かせてもらいたい。ブライトン・ビーチのほうはどうする？」

「ミッテルの写真を見せて何が出てくるか、明日まで待ちます――決められた期限どおりに」あらゆる質問は想定ずみだという自信があった。「何も出てこなければ、〈オデッサ〉もふくめ、現場の封鎖をすべて解きます。そして、FBIは行きづまっている、これまでの自信は見当違いだったというううわさを流すのです。二十四時間以内に裁判所から、〈オデッサ〉の電話に盗聴器をしかける許可が得られるでしょう。尾行の結果、ヴェニアミン・ヤセフの家は三十一丁目のアパートだとわかりましたが、そちらにも装置をしかけられるはずです。ヤセフの車にも盗聴器のほか、追跡装置を取りつけられるかどうかやってみます。こちらの監視役が見失った場合でも――そんなことにはならないと望みますが――やつの居場所や行き先がわかるように」

「今度は失敗があっては困る」レナード・ロスが唐突に言い放った。

「もちろんです」

「重要なことだぞ」

国際的な犯罪組織の連合のことだけを言っているのではないのだ。「わかっています」たしかにわかっているぞというふくみを、カウリーは声にもたせようとした。

「昼でも夜でも、いつでも連絡をよこしてかまわん。きみが何かをしたときには、十秒後に――いや、五秒だ――そのことを知りたい」

「はい」ほかに答えようもなく、カウリーは言った。FBI長官が今回の捜査ファイルの上に、カウリーの名よりも大きな文字で自分の名を記そうと決めたことはわかっている。だが結局、それをロス本人に伝えることはできなかった。

ユーリー・パヴィンの表現を借りれば、ヴィターリ・ミッテルのアパートは、脈絡のないがらくたをでたらめに寄せ集めた〝カササギの巣〟だった。建物自体は一九六〇年代に乱造された、モスクワ郊外を取り巻く粗末なアパートメント・ブロックの一郭にあった。ミッテルの部屋に着くには、落書きと小便だらけの階段を十階まで登らなくてはならず、六階を過ぎると脚が痛くてたまらなくなった。それでも、さらにひどい糞尿の臭いのこもったエレベーターに乗るよりはましだったろうし、その機械が壊れていたのはむしろ幸いといえた。

これまでに苦い経験を積んでいるパヴィンは、すでにさまざまな形のピッキング用の道具を左手に持っていた。右手で呼び鈴を鳴らし、待つ時間を使って呼吸を整える。ダニーロフも同じことをしたあとで、まだ荒い息をつきながら言った。「開けよう」

パヴィンは三本目で、タンブラーを回す探針を選び出し、数秒とかからずに錠をはずした。なかは独身者らしく散らかり放題だった。廊下に入ってすぐのところで、壊れたフックから冬用の厚手のコートが床に落ち、脱ぎ捨てられた靴を半分だけ隠していた。さらに汚れたしわだらけの衣服が、寝室の床といわず椅子といわず散らばり、ハンガーやフックや引き出しなどもおかまいなしに、ひとつしかないクロゼットの床まで埋めていた。唯一の例外は、アメリカのラベル――ガントとあった――のついた青のスーツと、ていねいにたたまれた二枚のシャツだった。染みだらけの乱れたベッドは、ほとんど洗われていない灰色のシーツと灰色の毛布、灰色の枕がぐしゃぐしゃに折り重なっていた。流し台と風呂には垢の条が層をつくり、便器はこびりついた排泄物と石灰のかすで黒ずんでいた。そのなかで比較的新しく清潔なのは、シェービングフォーム、剃刀、歯みがき、ディスペンサー、コロンといった品物で、どれもアメリカ製だった。キッチンの流しのそばに置かれたゴミ容器は中身があふれ、どこかでネズミがわが物顔にがさごそ音をたてていた。流しには安物の食器が山と積まれ、すでに緑色のカビだらけだった。テーブルから片づけられていない二枚の皿には食べ物の残りがこびりつき、やはりカビが生え出していた。皿のそばにウォッカの空き瓶が一本あり、埃だらけの床にも同じものが三本あった。それに比較すると、リビングは予想外に片づいていたが、パヴィンに言わせれば、捨てられるものを残らずほかの場所に捨てたおかげだった。あるのは靴の片割れがひとつ、裏返しになったセーターが一枚。それに新しい雑誌が放り出してあり、すべてアメリカ製のポルノだった。こもった空気とすえた汗、埃の臭いがいたるところに漂っていた。

ひとつしかないテーブルの上に雑誌を積みなおしながら、パヴィンが言った。「犯罪者というのは、なぜポルノしか見ないんでしょうか？」

「やつらの文化なんだろう」

「よくこんな暮らしができるものだ」

自分のアパートも以前はひどかった、とダニーロフは思った。妻のオリガが自堕落な女で、彼自身が家事をするようになるまでは散らかり放題だった——ラリサが殺され、オリガが別の男の子を身ごもったあげく、流産して死んでしまうまでは。「われわれには幸運かもしれん。たしかにカササギの巣だ。いろいろ見つかるだろう」

「伝染病にかからなければいいですが」パヴィンは几帳面(きちょうめん)な、きれい好きの男だった。

ふたりは肩を並べてリビングからとりかかり、完璧(かんぺき)なチームワークで作業を進めていった。たんすの引き出しのひとつに、半分残ったケントのカートンがあった。そしてブックマッチが六個。一個はやはり〈オデッサ〉だった——アメリカのバー軒レストランだ。

パヴィンが言った。「妙なものを集めてたんですね」

「ともいえないぞ。いかにも外国旅行のあとで取っておきそうな記念品だ」ダニーロフは話しながら、小さな紙のマッチを調べていった。四つめで手を止めた。「ニューヨークだけじゃない。あとの二つはシカゴのだ」

「住所は？」

「どちらにもある。ビルの役に立つだろう」

たんすの引き出しにある書簡類は、公共料金の請求書と供給停止の警告だけだった。いちばん下の引き出しに、パヴィンが安物のらせん綴じの手帳を見つけた。電話帳がわりに使っていたのはたしかだが、名前の書き込みはなく、番号にイニシャルが添えてあるだけで、アルファベット順に並んでもいなかった。ダニーロフはざっと中身を調べ、局番をたしかめようとしていたが、だしぬけに言った。「これはアメリカのだ！」テーブルのほうを向き、上に置かれたアメリカみやげを見る。「〈オデッサ〉の番号だ。Yの字が添えてある」

「マレットやズボフのスペルとは合いませんね」パヴィンがことさらに言った。「イタリアのはありませんか？」

ダニーロフは手帳を最後まで調べ、やがて首を横に振った。「ないな」

「シカゴは？」

「ない。ここの番号を通じて、すべての身元をさかのぼって追いかける必要がある」

「電話局はいつも、いつも、むりだの一点張りですよ」

「だがきみは、いつもなんとかしてみせる。今度もできるはずだ。ここにあるミッテルの番号から、通話記録をできるだけ手に入れてくれ」

寝室で見つかったのは、封を切っていないケントがさらに一カートン、ブックマッチが二個——どちらもローマのホテル・メディチのものだった。ベッドわきのキャビネットには、別のマカロフ拳銃が一挺、予備の弾薬が三個、先端が丸く両側に剃刀のように鋭く仕上げた刃のついているナイフ、ブラスナックルがあった。ナイフとブラスナックルについているのは血の痕のようだとふたりの意見が一致し、どちらも鑑識検査のために注意深く袋に入れられた。キッチンが最後に残った。パヴィンがゴミ容器を蹴ると、ネズミが逃げていった。ほとんど使われた形跡のないほうきを手に、ダニーロフが戸口で待ちかまえ、アパートの奥へとネズミを追いたてていった。パヴィンはほうきの柄でゴミ箱のなかをかきまわしたが、腐った食べ物と容器、ウォッカの空き瓶がもう一本あるきりだった。

パヴィンが言った。「ビルの役には立つかもしれませんが、われわれの収穫はたいしてありませんね」

「ナイフとブラスナックルの血はどうだ？」

「じゃあ、ほかにどう考えられるというの？」パメラは訊いた。愛しいカウリーではあっても、いつかショットグラスの底に沈んでしまうのではないかと心配になることがある。その彼がいま、局内の政治的陰謀を重く受けとめていないことが、彼女には恐ろしかった。

「地球最後の日のシナリオとはいえないだろう。マフィアが全世界規模で合併するわけじゃない。もっとずっと単純で、どちらかというと小規模な、ロシアの武器密輸戦略さ。アメリカとの取引がすでにあるのはわかっている。イタリアも願ってもない市場だ」

「テロにも直接つながってくるわ。わたしの専門よ」パメラが言う。

「言っただろう、そのこともロスに見せる危険リストに書き加えておいたと」

「ほかに何を書いたの？」

「麻薬だ。やっぱり限られた規模ではあるが。パキスタンやイランやアフガニスタンから、大量のヘロインがロシアを通じて流れていることはわかっている。中南米のコカインもだ」

「やっぱり世界規模の組織犯罪じゃないの」

カウリーもいっしょに立ち上がり、夕食のあと片づけを手伝った。パメラは半分残ったワインの瓶にしっかり栓をしていた。「ロスも大規模なマフィア連合の心配をしている。しかし、以前からあるような小物どうしの連係なら、戦争なみのタスクフォースで大げさにやらなくても、たぶんなんとかできるだろう」

「もし長官が正しかったら──つまりあなたがまちがっていたら──あなたは重大な判断ミスをしたことになるわ」

「もしぼくが正しかったら──つまりロスがまちがっていたら──ぼくはＦＢＩとレナード・ロス元判事を救うことになる。緊急時でもないのに照明弾を打ち上げる失態を犯さずにすむわけだ。それにロスが正しかった場合、すぐに予備計画の作成にとりかかる。勝った負けたの問題じゃない」

「その計画は、あなたひとりで立てるの？」

「もちろん。ほかにだれが？」

「ジェッド・パーカーは計画部の人間よ」パメラは指摘した。「あなたが言ったでしょう、彼は自称ロシアの専門家だって」

「パーカーになんのアドバイスができる？」

「こっちが聞きたいわ。それからあらためて、Ｊ・エドガー・フーヴァー・ビルはパラノイアの巣なんだって言ってちょうだい。長官本人もそのひとりだって」

「なぜおまえがたしかめなかった！」オルロフはミスを許さない男だった。

「すみません」ジーキンは詫びた。自分が責めを負わされることになるのは承知していた。

「なぜすぐわれわれに伝わらなかった？」

「先に向こうに知られたんです、交通課を通じて。自動車爆弾に関して、組織犯罪局との取り決めがあったようで」

「ペトロフカ内部に情報源はないのか？」

「もちろんあります。アレクサンドル・オグネフという部長刑事ですが」

「なんと言ってる？」

ジーキンは身じろぎをした。これから言うことがオルロフの気に入らないのはたしかだった。「捜査を率いているのは、将軍のダニーロフ本人です」

「買収が通じないという男か？」

「その補佐役もです」ジーキンはうなずいた。どうせわかることだから、隠しても意味はない。「あきらかにアメリカとの連絡があったのでしょう」

しばらくオルロフは怒りに唇をきつく結んでいたが、やがて言った。「オグネフはどの程度まで探り出せる？」

「まだなんとも。ダニーロフがヤセネヴォにあるミッテルのアパートを捜索したことはわかりました」

「何を見つけた?」

「そこまでは」

「何も出てきはしないだろう」オルロフは自分を納得させるように言った。

「たしかに」ジーキンも従順に応じる。

「オグネフに言え、この件は重要だと。ボーナスをはずんでやる、大金が手に入るぞと」

「すでに伝えました」

「念を押しておけ」

8

ウィリアム・カウリーが最初に得た手がかりは、モスクワやローマから届けられた、たしかな進展と思われる情報だった。その印象はまちがってはいなかったが、あとから冷静になって振り返ると、これらの情報はモザイクの絵を形づくるタイルとはいえず、ばらばらの断片程度のものだった。そのためにFBIは、長官がカウリーに下した命令に反して、主導権をとるどころか追従する立場になったという誹り（そしり）を受けることになった――これは不当な、不条理とすらいえる評価だった。

複雑な捜査の過程ではままあるように、こうした小さな手がかりは、ごく基本的な警察の手続きから得られた。イタリアの警察は、ヴィターリ・ミッテルのパスポートにあった入国の日付を知らされたあと、万一ミスがあった場合の保身のために、アメリカ大使館のFBI支局員にも協力を求めた。そして半日足らずで入国管理の記録から、I・オルロフ、V・ミッテル、F・ラピンシュという名前を見つけだした。それは最初に探したアエロフロート航空モスクワ発の便ではなく、アリタリア航空ジュネーヴ発の便からだった。また同じ日の午後には、やはり干草のなかの針だろうと思われた情報が拾い出された。ミッテルのブックマッチから手がかりをたどり、ローマのシスティナ通りにあるホテル・メディチの宿泊者名簿を調べたところ、ミッテルの名のすぐ隣に、ビザにもあったI・G・オルロフ、F・A・ラピンシュという名前が見つかったのだ。オルロフの名前が最初にくるのは、この三人の序列のあらわれのようだった。ビザに示された四日後のアリタリア航空ニューヨーク行きの便にも、同じ名前があった。そして最初の入国から十日後に、この三人がまたイタリアにもどり、スペイン階段の上手の同じホテルに二度目の予約をしていたこともわかった。そして三人の出国ビザは、ローマのフィウミチーノ空港からモスクワのシェレメチェヴォ空港へ直行するアエロフロート三二二便と同じ日付だった。

こうした名前と到着日の日付を頼りに、ようやくジョン・F・ケネディ空港の入国管理局が、三人の入国ビザの書き込みを探しだした。ニューヨークでの住所はすべて、マンハッタンの四十二丁目のグランド・ハイアット・ホテルとあり、ダニーロフがミッテルのヤセネヴォのアパートで見つけた三個のブックマッチと一致していた。そしてやはりアメリカみやげのブックマッチに導かれ、FBIのシカゴ支局は、ロシア人たちがイーストワッカー・ドライヴのハイアット・リージェンシーに二日間滞在していたことをすんなりつきとめた。

どちらのハイアットにも、三人がレンタカーを利用したという記録はなく、ローマのホテル・メディチも同様だった。イタリアでもアメリカでも、ホテルからかけた外線の番号は、料金が支払われると同時に自動記録コンピュータから消去されるシステムになっていた。支払いはすべて現金で、跡のたどれるクレジットカード払いではなかった。

カウリーはハンク・スローンに連絡をとり、ブライトン・ビーチの犯罪現場の封鎖を解くよう指示したが、それから一時間足らずのうちにトロントから約束どおり回答があった。リーゲルマン・ボードウォークの〈オデッサ・バー&グリル〉の所有者は、ペット・ア・ピック・サプライというペット食品の会社だが、四年前に倒産し、企業登録に形だけ名前が残っていた。その後は捨て値でトロントの法律事務所に買われ、そこの弁護士ふたりが委託されて取締役におさまっていたが、その指示を出したのがハイドレッカー&ボイヤーというスイスのジュネーヴのセルヴェッテ通り一五番地にある法律事務所だった。カナダの企業登録を見ると、ペット・ア・ピック・サプライはPFホールディングスの全額出資子会社と記されていたが、やはりこの法律事務所と同じジュネーヴの住所になっていた。トロントの弁護士たちはカナダの金融法にのっとって合法的に営業をおこない、しかも十分な結果を出していた。〈オデッサ〉の業績を示す最新の監査ずみの記録によれば、初年度の税引き後利益は二十万ドルだったが、昨年度には二百万ドルにまで伸びていた。そうした記録やそれに先立つ記録を見るかぎり、ヴェニアミン・キリロヴィチ・ヤセフは〈オデッサ〉を借りてからずっと賃貸料を期日までに支払っていた。スイスでの調査を続けようかというカナダ側の申し出に、カウリーは礼を言いながらも、こちらが引き継ぐと答えた。スイスの銀行口座が犯罪組織に利用されているとわかった場合、アメリカには情報開示を求められる協定があった。

同じ日の午後から夕方にかけて、ヴィターリ・ミッテルの写真を持ったFBI捜査員たちが、被害者の血痕が発見された店もふくめ、ボードウォーク沿いのあらゆる店を聞き込みにまわった。知っていると答えた人間はゼロだった。〈オデッサ〉ではヴェニアミン・ヤセフ本人が、見覚えのない男だと否定した。そのヤセフの前で、慎重にリハーサルをすませたFBI要員ふたりが、捜査はさっぱり進展がない、規模が縮小されるようだとぼやいてみせた。

アリタリア航空の乗務員も、乗客であるミッテルを覚えてはいなかった。よほど変わったことでも起こらないかぎり、乗務員の見る乗客はただ椅子に座っているだけの、顔のない匿名の存在なのだ。ニューヨークのグランド・ハイアットの従業員も、客であるミッテルや連れのロシア人ふたりのことを思い出せなかった。だが、シカゴのハイアット・リージェンシーのベルボーイには記憶があった。そのロシア人たちはずいぶん高圧的で、彼の注意をひこうと指を鳴らすほどだったのに、チップを渡さないというごく基本的なミスを犯したのだ。奇妙な三人組だった。ミッテルは極端に背が低く、名前のわからない別の長身の男とはおそろしくちぐはぐな取り合わせだったが、そのミッテルもうひとりの中背の男も、長身の男に対してあきらかに敬意を払っていた。FBIのシカゴ支局からは、言わずもがなの指摘がきた——シカゴ郊外のエヴァンストンには、アメリカ・マフィアのボス中のボス、ジョゼフ・〝スロー・ジョー〟・ティネリが住んでいると。

その間もカウリーはずっとレナード・ロスの指示を守り、たえず新しい情報を長官に知らせていた。そしてアメリカの組織犯罪におけるティネリの地位を示す情報を伝えたあとに、彼はJ・エドガー・フーヴァー・ビルの七階までひとりで来るよう呼び出された。

「わたしの考えどおりだ!」ロスが言い放った。ネクタイに食べ物の染みがついていて、よれよれのスーツの襟に見えるのも同じ染みのようだった。

「ＣＣＴＶカメラを設置して、ティネリの自宅に近づく車は監視できるようにしていました。それでもミッテルの車は確認できなかったのです」

「すべての車、すべての乗員を見たのか？」

「だめでした」カウリーは認めた。

「日付はもうわかっている。ロシア人たちがシカゴにいたあいだにティネリの家に出入りした車とその乗員の顔から、正体をつきとめられるだろう！」

「いえ」とカウリー。

「わたしの考えどおりだ」ロスがまた言った。「ロシア人たちはアメリカのマフィアと提携関係を結びにきたのだ」

「その三人のうち、ひとりはたしかに死んだことがわかりました。もうひとりも――ラピンシュかオルロフのどちらかでしょう――ほぼまちがいなく死んでいます。提携関係ができたにしろ、あまり長続きはしなかったわけです」

「現状について聞かせてくれ」

もう少なくとも二度は話したはずだが、とカウリーは思った。「わが国との協定で保証されているとおり、国務省を通じて、ジュネーヴにあるＰＦホールディングスの口座と株主の身元の情報開示を要請しました。バーゼルの大使館にあるうちの支局にも、公式の働きかけの後押しをするよう言ってあります。モスクワにも直接、あるいはジョン・メルトンを通じて、ラピンシュとオルロフの名前を伝えました。もしこのふたりの記録があれば、写真を入手して、こちらでの調査に使えます。とくにシカゴのハイアット・リージェンシーのベルボーイは有望でしょう。許可を得て〈オデッサ〉の電話に盗聴器をしかけ、ヤセフ本人にも二十四時間体制で監視をつけていますが、車の盗聴はまだできていません。一両日中に作業を終えられるはずです。ティネリに関しては監視の人員を増やし、ニューヨークのタレコミ屋に働きかけて、現地のマフィアにどんな動きがあるかを探ろうとしています。入国管理局はオルロフとラピンシュの名前をコンピュータで検索し——」

「FBIの記録に、そのふたりの名前は?」

「チェックずみです。ありませんでした」こんな尋問のあとは、一杯やっても罰は当たるまい。実際やれそうだ。今日はパメラが読書サークルの集まりに出る日だった。今はスタインベックの『チャーリーとの旅』を読んでいる。

「手を広げすぎだ。捜査の焦点がない」ロスが異を唱えた。

「焦点はもちろんここです!」カウリーも抗議するように言い返す。「全員が状況を把握し、すべきこともわかっています。すべて情報はわたしへ、ロシア課へ届けられる。そしてわたしからあなたへ。手綱を握っているのはわれわれです」

「先頭にいるのはモスクワだ」

「われわれには願ってもない状況です、あそこにはダニーロフがいる」

「わたしの理解では――きみの報告書を見ても――ロシアの法律はでたらめ同然ではないか！」

「ディミトリーはまじめ一辺倒の人物です。彼の補佐役も」

「ふたりだけか！」ロスは蔑むようにはねつけた。「頼りがいのあることだな！」

あざけりを受けるのもむりはない、とカウリーは認めた。「過去にあった合同捜査では、そのふたりが有能さを見せつけました」

「過去は過去だ。わたしが心配なのは現在と、そして将来につながることだ」

「ほかに何か、わたしへの指示はありますか？」カウリーはまっこうから訊いた。

「明日また話をしよう」

カウリーは車でフォーティーンス・ストリート・ブリッジを渡り、アーリントンのアパート近くの、局の人間と会う心配のないバーに寄ったが、一杯でやめておいた。家に帰ったのはパメラより一時間早く、歯をみがいてリステリンで口をゆすいだあとで、うがい薬の匂いを消すために何枚かクラッカーを食べるだけのひまはあった。夕食のテーブルをしつらえながら、ふと思った。明日また会おうといったレナード・ロスの言葉が、脅し文句のように聞こえたのはなぜだろうか？

ペトロフカのディミトリー・ダニーロフは、アメリカ人ふたりと同じ時間に会うことに決め、ユーリー・パヴィンも同席させた。ジョン・メルトンは物静かで冷静沈着な男で、アイビースーツの三つボタンを下まで留めていた。CIA局員のアル・ニーダムは黒人だが、アメリカンフットボールの元クォーターバックらしく、その体格はパヴィンにも劣らなかった。アメリカ人たちは同じ車に同乗し、連れ立ってやってきた。ダニーロフは魔法瓶の紅茶のほかに、ウォッカも用意しておいた。メルトンはどちらも断った。パヴィンは絶対禁酒主義だった。ニーダムは腹の奥から出すようなゆったりした南部訛りの声で、ウォッカをもらおうと言った。ダニーロフも彼にならった。

メルトンがすぐに切り出した。「例のふたりの男、オルロフとラピンシュに関する記録はありますか？」

ダニーロフはため息をついた。また外国の警察を相手にしたときの当惑を味わわねばならないのか——FBIの記録保管の徹底ぶりを知っていればなおさらだ。一時間ほど前、鷹揚なカウリー相手に、交換すべき情報をすべて交換しておいてよかった。

「そういった記録はありません。ただしオルロフには不完全なファイルがあります。五、六年前までは、モスクワ北部のムイチシチ周辺で活動していたファミリーのブル、つまり用心棒と見られていた。やつがそのファミリーを引き継いだとのうわさですが、確証はない。ミッテルに関してはご存じのとおりです。ラピンシュのほうは何もありません」

「オルロフの写真はありますか?」メルトンが訊いた。

「いえ」ダニーロフも、パヴィンも、オルロフのファイルが改竄されたという疑惑については口にするまいと決めていた。

「では、それだけなんですね?」ニーダムがよくひびく低音で言う。

「それだけです。しかし、別の情報があります」

「なんでしょう?」とメルトン。

「ヤセネヴォのミッテルのアパートで発見された奇妙な形のナイフから、うちの鑑識がDNA鑑定にまわせるだけの血液を採取したのです。その結果、ニキータ・ヤフロヴィチ・ヴォロディンのものと判明しました。十字架にかけられ、川に浮かんでいた死体のひとりです」この件を切り出すのに今まで待ったのは、アメリカの批判の矛先をそらせるのに、ちょうどいいタイミングだったからだ。

つかのま沈黙が落ち、どちらのアメリカ人も進んで口を開こうとせずにいた。やがてメルトンが言った。「パターンが合いませんね。こちらでは、十人あまりの人間が十字架にかけられ、モスクワ川に浮かんでいた。これは典型的な縄張り争いでしょう。西側の国の場合よりもさらに明瞭なメッセージです。しかしブライトン・ビーチのほうは、銃でズドンというあっさりした殺しだった。ここでヴィタ―リ・ミッテルと、まだ身元の知れない彼の仲間の身に起こったのと同じことです。パターンがちがう」

「ブライトン・ビーチはどうなのです？　あなたがたがここまで来て、こうしてわれわれと話している理由のほうは？」自分が伝えることのできる事実の乏しさから、ダニーロフはなんとか立ちなおろうとした。「やつらはティネリの住むシカゴに行ったのでしょう？　そしてローマに？」

「マフィアの世界的な連係だと思いますか？」メルトンが逆に訊いた。

直接答えるかわりに、ニーダムが言った。「パターン破りが二つですね。ブライトン・ビーチの三人の死、モスクワの自動車爆弾。シカゴとローマのことさえなければ、純然たる縄張り争いといえる」

「だが、やつらはシカゴとローマへ行った」ダニーロフは容赦なく食いさがった。

「だとすればもう純然たる何かとはいえません。何がどこにどうおさまるかをつきとめなければならない。それがわからないうちは、あなたの言うとおり、ただのパターン破りでしかない。それで、シカゴのことはどう考えていますか？」

アメリカ人ふたりは、気まずそうに身じろぎをした。

「今現在のところ、犯罪の多国籍企業という見方には同意できませんね」ニーダムが言った。

「今現在の材料からは、推測さえできない」とメルトン。

「なんらかの判断を下すには、アメリカからの情報が不可欠でしょう」ダニーロフはすかさず主張した。

「あらゆる場所からの情報が必要です」パヴィンが補足した。

それから数時間のうちに新しい情報が届けられたが、それは捜査をわずかに進展させただけでなく、さらに混乱も引き起こした。ひとつめはその夜、盗聴器のしかけられた〈オデッサ・バー＆グリル〉の電話から、ワルワールカ通りの革命前に建てられた屋敷への通話があったこと。そして二つめは、ウィリアム・カウリーがＪ・エドガー・フーヴァー・ビルに着いてから五分後にかかってきた電話だった。

ジョン・メルトンが言った。「ジェッド・パーカーというのはだれですか？」

「なぜだ？」カウリーは初めて胸騒ぎをおぼえた。

「そのパーカーとやらが直接ワシントンから電話で、モスクワでの状況をもれなく伝えろと言ってよこしたんです」

「きみはなんと答えた？」

「上司はあなたなのだから、あなたに訊くようにと」

「それが正解だ」カウリーは言った。今日のレナード・ロスとの会見は、思っていたより重要なものになりそうだ。

9

今回の件ではずっと一対一で会っていたので、今度も七階のオフィスで待っているのはレナード・ロスひとりだと思いこんでいた。しかし今日はそこに、思いがけない第三の男がいた。体格は小柄で、背伸びしても五フィート五インチというところだろう。やせ形で黒い髪の、見るからに陰気くさい男で、くすんだブルーか濃いグレイに見える地味なスーツ姿だった。エレベーターの片隅にいたらだれも目に止めないだろうし、たとえ足を踏んでしまったとしても、文句を言われなければやはり気づかないだろう。

「ジェッド・パーカーだ」長官は言った。もうひとつの驚きは、レナード・ロスがすばらしくくつろいで見えることだった。

カウリーはつかのま混乱し、言葉を失った。パーカーもやはりためらう素振りを見せてから、半分立ち上がると手を差し出し、すぐに腰をおろした。これまでカウリーは、FBI内部の陰謀に深入りしたこともなければ、そう考えたこともなかった。漠然とした、今までは気づかなかった自惚れがあった。おれはそういった工作とは無縁だ、おべっかやゴマすりや、背中をたたいたり背後から刺したりするようなまねは必要ないし、そんな気もないと。自分が手がけた捜査の記録から判断してもらえばいい、とまで自惚れていた。その自信が高じて過信に変わり、おれはこのビルにいるどの部門長より格上だと思うまでになった。そして、そのままでいくつもりだった。ジェッド・パーカーの伯父がだれだろうと、その人物にどんな影響力があろうと、どうでもいい。関心があるのは現在の捜査と、捜査がひっかきまわされるのを防ぐことだけだと。

カウリーは言った。「今日、きみのところに寄るつもりだった」

「なぜです?」パーカーが訊いた。

「わたしはロシア課の課長を務めている」

「はい」

「われわれはいま、ある捜査の最中なのだ」

「知っていますよ。しかしわたしの聞いたかぎりでは、まだ最中とはいえないようですね。むしろ始まったばかりではないかと」

相手のあざけりに、カウリーは反応を見せまいとした。「きみはここに来たばかりで知らないのだろうが、ひとつ仕事上の規則がある。捜査中の事件に関する別の課からの問い合わせは、重複や混乱、現場捜査員たちへの悪影響を防ぐために、つねに担当捜査官を通じておこなわねばならない」

パーカーは誘いかけるように、隣の長官に目をやった。ロスが口を開かないとみると、自分から言った。「長官は、総合的な計画による展望があなたの役に立つのではないかとお考えです」

「そういった連絡は受けていない」カウリーは言った。「モスクワへの働きかけも、わたしを通してもらわなければ困る」

「ジェッドが参加することを伝えておかなかったのは、わたしの手落ちだ」ロスがようやく会話に加わってきた。

ジェッドか。カウリーは心にとめた。「総合的な計画による展望とは、具体的にどういうものです？」

「それを協議するために集まってもらったのだ」ロスが言った。「何か新しい情報はあるだろうか？」

カウリーはまたためらい、翻訳ずみの傍受記録をデスクの向こうの長官に差し出した。「コピーは一部しか持ってこなかったので。〈オデッサ〉の電話の盗聴装置が、ヤセフとオルロフの会話を傍受しました。ブライトン・ビーチからの発信です。音響分析の担当がダイヤル音の高低からモスクワの番号を割り出しました。メルトンを通じてダニーロフに伝えます。今日じゅうにはオルロフの居所がわかるでしょう」

「その会話の内容を、教えていただけるでしょうか」パーカーは微笑んだ。「なるべく細かなところまで」とつけ加える。

生徒が教師の前で問題を解いてみせろと言われているようだ。カウリーの胸で新たな苛立ちの火がくすぶった。「ヤセフがまず、どうしてミッテルの身元が割れたのだろうかと訊いた。するとオルロフは言った。ミッテルとラピンシュは始末せざるをえなかった——これで、あの燃えた車のなかにいた二つめの死体の身元がはっきりする——だが、ちょっとした手違いがあった。べつに問題はない、すべて処理できる、何も心配はない、と。ヤセフが、こちらのほうも対処できない問題はない、ＦＢＩは何もつかんでおらず、捜査の規模を縮小しようとしていると言った。するとオルロフが、みんなが教訓を学んだかと訊き、ヤセフは、もちろん学んだと答えた。もうだれもあんな誤りはくりかえさないと。つぎにオルロフが言った、今度はいつそっちへ行けるかわからないが、つぎの会議は〝こちらの近く〟のどこかになるだろうと……」カウリーは言葉を切った。「〝こちらの近く〟というのは、言葉どおりの引用だ。それからヤセフに、つねに連絡をとれ、パートナーを怒らせるな、と言った——これもそのままの引用だ。〝われわれのビジネス・パートナーを怒らせるな〟と。ヤセフは、よくわかった、フェリクス・ロマノヴィチによろしく伝えてほしい、と答えた」

最後までたどりつき、カウリーはほっとした。それでも編集した会話を伝えたという後ろめたさが、パーカーがうなずいたせいで、よけいに強まった。

レナード・ロスがすぐに、手元のコピーに目を落として言った。「〝ペトロフカはわれわれの手の内にある〟とは？」

「そこは、何も心配はない、と言い換えたところです。すべて処理できる、と」

「ペトロフカか」パーカーがその一語に食いついた。「組織犯罪局の本部ですね。その長はあなたの友人、ディミトリー・ダニーロフ将軍だ」

「彼はだれの手の内にもない」カウリーはすぐにやり返した。「ロシア民警の腐敗がどうのといった言い古された話をうのみにするのはよそう」

「無視するべきでもないでしょう。われわれが合同で捜査をおこなうはずの組織の内部に情報源があると、ギャングの頭目が誇らしげに言っているんですから」

「無視してはいない。それはダニーロフも心得ている。こちらがそのことを知っていることで、逆に有利になるという可能性は思い浮かばないかね？」

「オルロフの情報源の正体がわかっているのなら」とパーカー。「どうなのです？」

ちくしょう。痛いところをつかれた。「ダニーロフが探りだすだろう」

パーカーの沈黙は、カウリーの弱々しい確約をあざけるのに十分だった。その気まずい時間をたっぷり引き延ばしてから、彼は言った。「フェリクス・ロマノヴィチというのは？」

「まだ確認できていない」

「しかしダニーロフが調べている、と？」パーカーがからかうように言う。

「そうだ」カウリーはきっぱりと答えた。まっとうに調べてくれていればいいが、と心で思った。自分の胸に秘めた復讐（ふくしゅう）の念にかられてではなく。

「オルロフはスイスからイタリアへ飛んでいますね」パーカーが指摘した。「〈オデッサ〉はジュネーヴの持ち株会社が所有している。トロントの監査ずみ記録によれば、〈オデッサ〉がこの四年間にあげた利益は、五百万ドルを超える。ふつうの営業では不可能な数字だ。これはマネーロンダリングでしょう」

「その点は、PFホールディングスの情報開示をスイス当局に求める文書に、十分かつ明瞭に記してある」そのときカウリーは思い当たった。おれが長官に提出した報告すべてに、パーカーは目を通しているにちがいない。

「それはよかった。ほかに、実際の言葉どおりの逐語訳で聞かせていただくべきことは？」

カウリーが答える前に、ロスが引用して言った。「〝もうだれもあんな誤りはくりかえさない〟。どんな誤りをくりかえさないというのだ？」

カウリーにはまだ話すチャンスがなかった。パーカーが言った。「ブライトン・ビーチは見せしめでした。ニューニン、グセフ、ズボフは、何かしら一線を越えるようなまねをして、文字どおりたたきつぶされた。ビジネス・パートナーを怒らせるな、という言葉とつじつまが合います」

「ビル？」長官が声をかけた。

またビルにもどったわけか。「まったく自明の解釈でしょう。しかし三人を同列に扱うことには疑問があります。ニューニンとグセフは地元のチンピラでした。ズボフはちがう。わたしの感覚では、何かしら差があるはずです」

「それは、この会話のとくに重要な部分ではないでしょう」パーカーが苛立たしげに割りこんだ。「問題なのは、各国の組織犯罪の連係が明るみに出たことです」

「わたしは最初からそう判断していた」レナード・ロスが言った。「まだ反論があるかね、ビル？」

「反論したわけではありません、長官」カウリーは訂正した。「それは可能性のひとつだが、ほかの可能性もあると言ったのです」

「それでもリストの最初にくるのは、世界規模の連合の件でしょう」パーカーが執拗に続けた。「計画担当者からの評価をお求めでしたね、長官。わたしの意見では、この捜査にはタスクフォースが必要です」

「それもわたしの、当初からの判断だった」ロスが言う。

長官はこの男の前で自分の力量を証明しようとしているようだ、とカウリーは思った。「そのための条件はすべて整っています。ブライトン・ビーチでの態勢に抜かりはありません。シカゴもです。ローマとジュネーヴにも捜査員を待機させている。わたしが直接行けば、一日かけてくわしい状況説明ができます――もし必要であれば、モスクワに向かう途中で」

「いや」ロスが言った。

「はい?」カウリーは眉をひそめた。

レナード・ロスは大げさに手を広げ、指を折りながら数えあげていった。「ブライトン・ビーチ……シカゴ……モスクワ……ジュネーヴ……ローマ。捜査の焦点は四カ国の、五つの箇所にわたる。タスクフォースには全体を統括する管理官が必要だ。きみにやってもらおう、ビル。しかしモスクワにいるわけにはいかない。ここに残って、万事うまく処理してもらいたい」

「だれがモスクワへ？」カウリーは訊いたが、見当はついていた。

「ジェッドだ」

すべてリハーサルずみということか。無造作にずばりと、パーカーに向かって訊いた。「現場の経験は足りているのか？」

パーカーは微笑んだ。「ボリビアとコロンビアで、二年ずつ。モスクワで二年半。長官もわたしの履歴には満足しておられるようです」

かえって間抜けをさらしたようだ、とカウリーは認めた。「タスクフォースを率いるときの、不測事態対応マニュアルを渡しておこう。名前のリストも」

「それから〈オデッサ〉の傍受記録を、ロシア語のテープのままでもらえますか。言葉の抑揚やほのめかしまでわかるように」

「いいとも」カウリーは怒りが燃えあがるのを感じた。

「今後のやり方を確認しておこう」長官が言った。「ビルは捜査の統括管理官だ、ジェッド。彼が命令系統の中心となり、きみとはたえず連絡をとりあう」

パーカーの悦に入った顔に、初めてほころびが入ったが、その渋面はすぐに消えた。

「わかりました」

「けっこう」ロスの声には熱がこもっていた。「では仕事にかかろう。このやっかいな事件を片づけるのだ。大急ぎでな」

「こちら〈オデッサ・バー&グリル〉」ヴェニアミン・ヤセフの声は温かく、愛想がよかった。

「わたしだ」イーゴリ・オルロフの平板な口調には、問いかけるような響きがあった。

「これはこれは。何かありましたか?」

「こっちが聞きたい」

「どういうことでしょう?」

「さっきスイスから電話があった」

「どのような?」

「FBIだ。PFホールディングスのことで、政府から公式の問い合わせがあった。組織犯罪の利益をめぐる法的な協定がどうのと言ってな!」

「ちくしょう!」

「問題はない。ヴォルフガングが、情報開示に足るほどの証拠はないと反論して、認められた。われわれは別会社に移行する。処理はすべて直接、弁護士から弁護士へと受け渡される。しかしおまえは、捜査の規模が縮小されていると言ったな」

「やつらがたしかにそう言ったんです。ふたりの捜査員が」

「まだうろついているのか？」

「ここ一日二日はいません」

「そっちは、万事抜かりないのだな？」

「はい」

「だれにも忘れてもらっては困る」

「もちろんです。やつらはどうして、スイスのことをかぎ出したんでしょう？」

「ヴォルフガングの話では、企業登録を調べたようだ。われわれはＰＦホールディングスから移行する。ヴォルフガングによれば、何も問題はない」

「ヴォルフガングにしてみりゃ、なんの問題もないでしょう。スイスで安全にぬくぬくしてるようなやつには」

「やつはちゃんとやっている！」オルロフの声が怒りに高くなった。「ＦＢＩがスイスで何かをつかむことはない。何度やってみようと、ＰＦホールディングスはもう消えている。別の会社があるだけだ。だがそっちは注意しろ。やつらはまだかぎまわっ

ている。規模の縮小などどうそっぽちだ。この電話はもう使うな。携帯は持っている
か？」

「もちろん」

「これからは携帯で話をする。端末は毎週変えろ。番号も新しくする。端末は残すな。

盗まれたか、置き忘れたと言ってな」

「この電話のことを、みんなに知らせなきゃなりません」

「すぐやれ。今日じゅうに。だからこうして連絡しているんだ」

「ところで……？」ヤセフは言いかけて、口をつぐんだ。

「なんだ？」

「いえ、なんでも」

「なんだ！」オルロフの声が、また苛立ちに高まった。

「例の友人たちのほうは？」

「連中のことを気にする必要はない。おまえは自分のレベルのことだけやっていれば
いい」

少し間があいた。ヤセフが言った。「ほかにおれのやることは？」

「これでぜんぶだ。すべて言ったとおりにしろ」

「モスクワのほうは？」

「予防策はちゃんと講じている」ふくみ笑いがひびいた。「こっちは楽しませてもらおう。やつらがどこまで頭がいいか、お手並み拝見だ」

ディミトリー・ダニーロフが言った。「きっとあなただと、期待していたのですが」

カウリーが言う。「わたしも同じ気持ちですよ」

「何か問題でも？」

カウリーは言葉に詰まった。それでもプロとしての矜持があった。「ジェッド・パーカーには政治的なコネがあります」

「わたしは協力を拒めません。それは不適切でしょう」

「怒りますよ、ディミトリー！」

「すみません……そんなつもりは……」

「あなたが百パーセント協力しないなど、考えられないことです」

「それでも話はできますね。直接ふたりで」

カウリーはためらった。「同僚の陰に隠れて、取引をしたくはありません」

「さっき聞いたかぎりでは、あなたも同じことをされたのでしょう」

「だからといって、同じレベルまで落ちろと？」

「そうです」ダニーロフが間髪入れずに言った。「この先、生きのびようとするなら、それこそあなたのやるべきことだ」

「この仕事を始めてからずっと、そんなまねはしてこなかった」だれかの背中をたたくことも、背後から刺すようなことも。

「すでに過去形で話しているではないですか」ダニーロフが言った。「現在へようこそ、ビル。現実の世界へ」

「やっとわかったのね、あの男のやったことが！」パメラの声はとげとげしかった。「レナード・ロスはあなたを陥れたのよ。あなたをだまして、こけにして、利用したのよ！ あなたとパーカーを戦わせるように仕向けた。あなたは正式な統括管理官になる。そして何かまずいことになれば、一切の泥をかぶせられる。あなたはまちがいなくあのジェッド・パーカーの上役よ、正式に任命されたのだもの――きっとそうなるわ、まちがいない。それでジェッド・パーカーはなんのお咎めもなし、染みひとつないきれいな体でいられる。あいつは自分を守るのに承認をもらえばいいだけで、あなたはだれの陰にも隠れられない。命令系統の中心だなんてお笑いぐさよ。災難はあなたのもの。成功はパーカーのもの。そしてどっちに転ぼうと、レナード・ロスに危険はおよばない！」パメラは息を切らし、口をつぐんだ。

その日の午後いっぱい、カウリーは思案を重ね、状況を分析してきた。「そのへんは、もう考えつくした」

「あの悪党！」パメラはまたくりかえした。もはや怒り以外、何も残っていなかった。

「全体像もつかんでいる」

「ジェッド・パーカーにじゃまされなければね」

ダニーロフとの会話のことを話さなくてよかった、と思った。これほどの剣幕なら、彼女も怒りにまかせて賛成するだろうし、実際まだほのめかしていないほうが驚きだった。それでも自分から裏工作を弄することには、名状しがたい感情があった——当惑のようなものが。「ぼくはだいじょうぶだ」

パメラはしばらく脚を開いて立ち、両手を腰に当てながら、疑わしげに彼を見つめていた。「ねえ、あなた、一杯飲んだほうがいいんじゃない」

「きみがそんなことを言いだすとはな」

「なんであれ、ふさわしい時ってものがあるわ。ふたりとも今がその時よ」

二度目のベルで、パメラが電話に出た。受話器をカウリーに差し出して言う。「監視室からよ」

J・エドガー・フーヴァー・ビルの夜番の当直官からだった。「マンハッタンが何か傍受しました。すぐあなたに知らせたほうがいいと言っています」

カウリーは言葉をはさまずに、最後まで聞いていた。受話器をもどすと、パメラに向かって言った。「また理由が増えた。今はたしかに、一杯やらずにいられない」

10

ワルワールカ通りにあるイーゴリ・ガヴリロヴィチ・オルロフの自宅がつきとめられたのは、ユーリー・パヴィンの地道な電話番号の捜索のたまものだった。これまで最高の収穫といえたが、その彼も公式の土地登記や所有者登録を見つけることはできなかった。ヴィターリ・ミッテルの電話帳がわりの手帳にあった〈オデッサ・バー&グリル〉の番号は、アメリカみやげのブックマッチとの照合ですぐに確認できた。しかしほかに役立ちそうな住所は、スコルニャズヌイ通りの〈ブルックリン・バイト〉という英語名のレストランだけだった。それ以外の番号は、なじみの娼婦(しょうふ)、ガソリンスタンド、自動車修理工場のものだった。英語名のレストランの所有者登録を調べたところ、フェリクス・ロマノヴィチ・ジーキンはオルロフの共同経営者で、そこからFBIが最初に傍受した通話でヤセフがよろしく伝えてほしいと言った相手の身元がはっきりした。フェリクス・ロマノヴィチ・ジーキンという男の名前は、どの犯罪者記録にも載っていなかった。

ダニーロフの提案で、彼とパヴィンはそうした収穫を、内通者だらけのペトロフカからアメリカ大使館まで持っていった。ジョン・メルトンのオフィスに腰をおろしたとたん、自分が仕事をするうえでの支障に気づいた。コーヒーメーカーは置いてあるが、アルコールがなかったのだ。

「本部にいるオルロフの情報源の正体は、まだわかりません。しばらくはここで会うほうがいいでしょう。その正体がわかれば、それを逆手にとって、こちらがオルロフに聞かせたいことをそいつの耳に入れることができる」昨夜の電話で急いで話したとき、カウリーがことさらに何度もくりかえしていたことだった。

アル・ニーダムは、ダニーロフから渡されたものを見ていたが、やがて目を上げた。

「で、どうやってそいつの正体を？」

「われわれも盗聴器を、オルロフの自宅とレストランにしかけるつもりです」パヴィンが言った。

メルトンは首を横に振り、ダニーロフに一枚の紙片を渡した。「オルロフと〈オデッサ〉のヤセフとの通話を傍受しました。手短にいえば、スイスがわれわれの情報開示要請を拒否したという連絡が、弁護士からオルロフに入った。やつはわれわれの手が伸びていることを知り、予防策を講じると言っています。これからはヤセフとの連絡のときに、携帯電話を使うと」

「これまでの通話に関する法的な見解は？」

「犯罪意志の証明にはなりません」

カウリーの電話からすでに内容は知っていたので、ダニーロフはほんの数分で傍受記録を読みおえた。「予防策をとろうと言っているのは、アメリカとの通話だけです。やつの情報も、やつの警戒も、アメリカからきている。自分の家やレストランのほうは疑っていないと考えていいでしょう。その両方をわれわれが盗聴しているとは、たしかに思っていない」

「盗聴器はいつしかけられます？」ニーダムが訊いた。

「一時間以内に」パヴィンが請け合った。

「われわれがペトロフカ周辺に、何かしら適当にリークをします――いかにも重要そうだが、実はでたらめな情報を。それから反応を待ちましょう」

「時間がかかりそうだ」ニーダムがぼやいた。

「やってみるしかないでしょう」パヴィンが主張する。

「しかしこの場合、あきらかに問題があります」ダニーロフが言った。「こちらがワルワールカの家と〈ブルックリン・バイト〉の存在をつかんでいることを、オルロフに気づかれる危険は冒せない。実のところ、ペトロフカで知っているのはユーリーとわたしだけです。機械をしかけるのも、ユーリー自身でやります」

「しかし、人間による監視も必要になるでしょう」メルトンが言った。

「とりあえず大事なのは、そのくず野郎の見てくれを知ることだ――顔写真でもあれば、どいつが標的かわかるんだが」とニーダム。

「オーケイ」とメルトンが応じた。「その監視はこっちでやろう」

「われわれも近づいたわけではなく、文字どおり車で通り過ぎただけですが」パヴィンが釘（くぎ）を刺した。「屋敷の両側には小路があって、隣の建物から隔てられています。あきらかに革命以前の建築なので、召使が行き来するための出入口があるでしょう――それもひとつや二つではなく。レストランの裏手には、配達用の通路もあるようです」

「なんとかなりますよ」メルトンが冗談めかして言った。

「車の窓から見えたものを並べただけですから」からかいではなく仲間意識のあらわれと認めて、パヴィンも笑みを返した。

「ところで、ワシントンにタスクフォースが設置されました。ここへも応援の連中が大勢やってきます。責任者はパーカーという男です。こちらに着いたら、すぐに顔合わせをしたいと伝えるようにとのことでした」

いささか高圧的だ、とダニーロフは思った。アメリカ側がタスクフォースのことを明かすかどうか、彼はずっと疑問に思っていた。「いつでも、お好きなときに」

「例の家とレストランの監視を控える理由はないだろうな」ニーダムが言う。

「パーカー本人が来るまで、ことを起こすのは待てとのことだった」

「おたくの上役だろう。おれのボスじゃない」ニーダムはずばりと言った。

「ラングレーとも話をしたと言っていたぞ」とメルトン。

「まだラングレーから話はない。おれが命令を受けるのはそっちだ」

FBIとCIAの敵対関係が表にあらわれるのはいつのことだろう、とダニーロフは思った。いずれは避けられないことだ。三者間での調整はどれだけたいへんだろうか？

「なぜこんなことになった！」レナード・ロスの顔は怒りのあまり、赤く斑に染まっていた。彼とウィリアム・カウリーにはさまれた机の上に、二回目のFBIによる傍受記録のコピーがあった。カウリーはそれ以上の怒りにさいなまれていた。スイスでの失敗が彼個人の責任として、公式に記録されることはまちがいない。

意を決して、彼は言った。「バーゼルへの正式な法的要請には、送られる前に長官も目を通されたでしょう。FBIの法律部門と国務省の顧問が共同で準備したものです。どちらもそれぞれ独自に、スイスに同意させるだけの証拠は十分にあると判断していた。今朝ここへ来る前に、法律顧問と話をしました。こちらは不服を申し立てることができるとのことです。あるいは、さらに証拠が得られたときに再提出できると」

「もう遅い！」ロスは傍受記録とスイスの公式文書を持ち上げ、またテーブルに落とした。「われわれは後手を引いたのだ。オルロフはすでに、新しいスイスの持ち株会社に移っている。こちらはその名前もわからないし、手の出しようもない。やつの言ったことを聞いた——読んだだろう。PFホールディングスはもはやただの郵便局だ。何もかもそこから細かい網の目を通って消えていくだけだ。しかもやつはあきらかに、通常の電話に疑いを抱いている。つまりこちらの手がかりも失われるということだ。これはまずいぞ、ビル。それどころか、最悪の事態だ」

「すでに技術担当の連中に言って、デジタルスキャナーをニューヨークへ送るよう手配してあります。パーカーもモスクワじゅうの携帯電話を傍受できるだけの数を持っていきました」

「オルロフは携帯電話を毎週変えるよう命じている」ロスが机の前の紙の束をたたいた。

「技術担当によれば、対処できるとのことです。ヤセフのアパートにも盗聴器を取りつけました」

「やつの車には？」

「まだです」

「どういうことだ、ビル！」

「やつが怯(おび)えるようなまねをすれば、ますます泥沼にはまりこんでしまいます」

「これ以上の泥沼があるのならな」

カウリーは早朝に届けられた電信のほうを示した。今日この上司と初めて会ったとき、ほかの資料といっしょに渡したものだった。「ダニーロフがオルロフの自宅とレストランに盗聴器をしかけています……」ことさらに腕の時計に目をやる。「もう取り付けは終わっているでしょう」

「ジェッドが今日、向こうに着くのは幸いだ。彼をバーゼルに向かわせられないのは残念だが。モスクワにはこの大失態を伝えたのか？」

「昨夜のうちに。向こうに着き次第、ジェッドにも知らされるでしょう」

「われわれがどんな事態から抜け出さねばならんか、ジェッドは知っておく必要がある。スイスを失ってはならなかった」

カウリーは現実を受け入れた。たとえあの法的要請を準備したのが専門の法律家であろうと、また前もってその申請を認可したのがレナード・ロス本人であろうと、ロスの言う大失態の責任を負わされるのはこの自分なのだ。怒りにかられて無礼も顧みず、カウリーは言った。「傍受記録の最後を見てください！」

「なんだ！」

「オルロフは、われわれが負けたと思っている。自分のほうが上手だと思っています」

「これまでのところ、そのとおりの結果が出ている」

「これまでのところ、まだなんの結果も出ていません」カウリーは調子を合わせようとはしなかった。「われわれは一度、不利をこうむった。それだけのことです。ペトロフカ内部にオルロフの情報源がいることがわかっているのだから、ダニーロフがその正体をつかめば、パイプ役として利用できる。それと同じように、この油断につけこむこともできる。やつは心配していないし、あわててもいない……」カウリーは自分の前のコピーをつかみあげた。「〝こっちは楽しませてもらおう。やつらがどこまで頭がいいか、お手並み拝見だ〟」と引用した。「どっちの頭がいいか、かならず思い知らせてやります！」

「ＯＫ牧場の決闘ではないぞ！」

「わたしはそう思っています」カウリーは頑として言った。おれには何挺の銃が向けられることになるのだろう？　それもどれだけの方向から？


シェレメチェヴォ空港に着いたジェッド・パーカーは、大使館の車でノヴィンスキー・ブリヴァールに向かう途中、車内電話で会議を招集し、同行した局員たちがサヴォイ・ホテルに落ち着く猶予は一時間だけだと告げた。彼はその一時間を利用して、ワシントンから新しく届いた資料すべてに目を通し、ジョン・メルトンから今朝のディミトリー・ダニーロフとの打ち合わせについて報告を受けた。そしてＣＩＡのアル・ニーダムに向かって、ワルワールカ通りのオルロフの屋敷とアメリカ風のレストランの予備調査をしたのはなぜかと問いただした。

「わたしはラングレーから、そちらのタスクフォースに加わるようにとの指示を受けていませんでした」ニーダムはすらすらと言った。部屋は新来のアメリカ人で満杯だったが、パーカーの要請どおり、ニーダムはその最前列の席にいた。

「だが、いま受けたわけだな？」パーカーが訊いた。

「はい」ＣＩＡ要員は、あいかわらず淀（よど）みなく答えた。

「今後はどんな誤解も生じないようにしよう」パーカーは念を押すと、すでに満員の会議室に移動し、ひと演説ぶった。「これからわたしの率いるグループは、いまだかつてない統制のとれた組織となる。きみたちが考え、見聞きし、話すことはすべてわたしの耳に入る」ここへ到着してから、ワシントンが前夜よこした情報を読んだあとのごく短い時間で、パーカーはスイスからの拒絶通知をプロジェクターで拡大し、いま自分の背後のスクリーン上に映し出していた。そちらに手を振ってみせながら、彼は言った。「こうした事態は、わたしがいるかぎり断じて起こらない――いいか、諸君、起こらないというのは、わたしが断じて起こさせないという意味だ。今きみたちが見ているものは恐ろしい失態であり、これによってもたらされる痛手は計り知れない。このタスクフォースでこのようなへまをしでかす者は、ただちに放り出され、車が空港に着くまでに完全に忘れ去られる。全員、いま言ったことがよく聞こえたか？」

ぎごちない身じろぎに、うなり声が混じった。

「ロシア側にはさらに、固有の問題がある」パーカーは言葉を継いだ。「ここの体制は骨の髄まで腐っている。事実、われわれが協力することになっている機関の本部ビルには、めざす標的のスパイが入りこんでいるのだ。したがって彼らとの協力はありえない。ロシアとの交渉は、すべてわたしを通しておこなわれる。わたしは彼らの情報をすべて得るが、彼らが得るのはわたしが選んだ一部の情報だけだ。わかったか？」

また同意を示す動作があり、声がひびいた。

「質問は？」

だれも動かず、答える声もなかった。ニーダムが隣のメルトンのほうにかすかに体を寄せて、こうささやいた。「勘弁してくれ！」

パーカーが言った。「なんだね、聞こえなかったが！」

「たいへんな捜査になりそうだ、と言ったんですよ」ニーダムは無表情に言った。

「そう、心しておいたほうがいいぞ！」

ディミトリー・ダニーロフにこの情報を明かせばどんな結果になるか、自分にもある程度見当はつく。ユーリー・マクシモヴィチ・パヴィンはそう思った。それでも、あの憑(つ)かれたような復讐(ふくしゅう)の念と、墓前での熱い誓いを何度も見てきたあとでは、たしかなところは決してわからないという気もした。それから三十分以上、パヴィンは自室に錠をかけたまま閉じこもっていた。やがて勇を振るって廊下の奥へと歩いていったが、まだ何をどう言えばいいか迷っていた。

補佐役の表情を見て、ダニーロフは眉根(まゆね)を寄せた。「どうした？」

「完璧(かんぺき)に傍受できました。フェリクス・ジーキンはレストランの私用電話を使って、ワルワールカのオルロフの家に連絡をとっています」

「それで、どうだったんだ？」

「ここの内部にいる情報源からは、何も役に立つ話は聞けていないそうです」

「まだこちらがエサをまいてないからな。なぜそんな顔をしている？」

「オルロフが最後に言ったのは、こうでした。〝あのときエヴゲニー・グリゴレヴィチを始末せずに、生かしておいたほうがよかったかもしれんな。大佐ともなれば、もっとましな情報を仕入れられただろう〟」

エヴゲニー・グリゴレヴィチ・コソフ——マフィアの期待を裏切った民警の大佐——の隣には、ラリサが座っていた。夫と別れ、ダニーロフと結婚すると誓いながら、自動車爆弾の破裂とともにこの世から消え去った女が。

11

ラリサを殺した犯人を探しだすという妄執に長らくとりつかれ、ありとあらゆる手段での復讐を、いったい何度夢みてきたことだろう。最初の何秒か、ダニーロフの頭は完全に真っ白になった。いまだかつて感じたことのない感覚だった。気が遠くなるという経験をしたことはないが、この失見当識から回復するような、ぼうっとした非現実感は、それに近いものかもしれない。口を開いても、まともにしゃべれるとは思えず、無言で手を差し出してテープを受けとり、ぎごちない動きで再生装置に入れた。

パヴィンがドアをロックし、〈会議中〉の札を外に向いたパネルにすべらせたあとも、まだダニーロフは機械の操作にもたついていた。パヴィンがさらに、外の廊下に聞こえないよう音量を下げる。やがて会話が始まった。

「フェリクス・ロマノヴィチです。こちらへいらっしゃいますか？」

「どうかな。行くかもしれん」

「何人か来ていますよ」

「ほかのファミリーの人間は？」

「今のところいません」

「そういう客が来たら、連絡をよこせ。かならず行く」

「迎えにいきましょうか？」

「いや。ここのだれかに運転させる」

「新しいパートナーたちから、何か連絡は？」

「たぶん来ないだろう。会議のお膳立て(ぜんだ)をするのはこっちの役目だ。向こうがじっくり考えて、それぞれのファミリーの連中とたっぷり話し合ったあとでな」

「スイスのほうは？」

「すべて片づいた」

「あれはまずかったですね」

「もう心配はない。明日、ヴェニアミン・キリロヴィチに連絡する」

「向こうがどうなっているか、知る必要があります」

「ペトロフカの友人とは話をしたか？」

「今日の午後に。ダニーロフも、やつの腰巾着(こしぎんちゃく)のでかぶつも、たいしたことはしていないそうです」

「大盤振る舞いの話もしたのか？」

「もちろん。まもなく何かつかめるだろうとのことです」

「あのときエヴゲニー・グリゴレヴィチを始末せずに、生かしておいたほうがよかったかもしれんな。大佐ともなれば、もっとましな情報を仕入れられただろう」

「客が来たら、また連絡します」

別れのあいさつもなく、通話は切れた。

「今度は予感がする、言ったとおりだ」ダニーロフの口から、やっと言葉が出た。「つきとめた。ついにつきとめたぞ！」

パヴィンは深い安楽椅子の上で身じろぎをした。ずっと恐れてきたことに、いよいよ直面しなければならない。釘を刺すように言った。「あなたは警察官です、ディミトリー・イヴァノヴィチ。まっとうな警察官は、自分の手で悪を裁こうとするのではなく、法を遵守し、従おうとするものです」

「説教はいらない――聞く気もない」

「説教などではありません」

「まだ、どうするか決めたわけじゃない」空想のなかで復讐を遂げるとき、ダニーロフはいつもラリサの殺害犯に、おそろしく無慈悲な、モスクワ川に浮かんだ被害者たちが受けたような拷問を加えていた。だがその残酷さとはうらはらに、いつもその犯人には顔がないのだった。

「どうするのです?」パヴィンが執拗に訊く。

ダニーロフは自分の補佐役を、おそらくウィリアム・カウリーに劣らず尊敬している男をまっすぐ見すえた。「犯罪には罰を与えるのみだ」

「犯罪に罰を与える方法はひとつしかありません――法にもとづき、法を使うことです」

「それには動かぬ証拠が要る。法廷に提出できる証拠が。このテープではだめだろう?」

パヴィンはまた身じろぎをした。「ええ」

「しかしいま聞いた会話からは、イーゴリ・ガヴリロヴィチ・オルロフがラリサ殺害の当事者であることに――実行犯にしろ、命令を下したにしろ――疑いはないな?」

「エヴゲニー・グリゴレヴィチ・コソフ殺害の件では有罪でしょう。しかし爆弾が破裂したとき、ラリサが同乗していたことを知っていたという証拠はありません」

「そんな細かい話に意味はない」ダニーロフははねつけた。混乱に氷のような明晰さがとってかわり、思考も感情も完全にコントロールできていた。「もちろんやつは、爆弾が破裂したとき、あの車にラリサやほかのだれかが乗っているとは知らなかった。だが知っていたとしても、歯牙にもかけなかっただろう。やつはあの車にいる全員を抹殺するつもりだった。そしてやってのけた」

「下手をすれば、あなたも抹殺されることになる」

「そんなことにはならない」自分がどれほどきつくテープを握りしめていたかに、ふとダニーロフは気づいた。決して手放すことのできない聖杯をつかんでいるように。

「アメリカには話すのですか？」

ダニーロフは少し考えた。「傍受の記録は、ぜんぶで何本ある？」

「これは四本目です。夜間の傍受でした」

「ほかの三本には、どんな情報が？」

「オルロフ、ジーキン本人の通話はありません。盗聴器を取りつけてから、あの屋敷はずっと静かなものでした。三本の通話はすべてレストランのほうです。ただのテーブルの予約や、料理やワインの注文の電話でした」

ダニーロフはまた間をおいた。テープを自分の前に持ち上げながら、言った。「現時点での捜査には、これはなんの役にも立たない」

「そのテープには、つぎの国際的な会議がもたれるという情報があります」パヴィンは異を唱えた。

「それはもう知られている」

「スイスのほうがすべて片づいた、とも言っていますよ」

「それも周知のことだ。ほかの三本をアメリカ側に渡そう」

「それこそ、なんの役にも立ちません」

「われわれがちゃんと盗聴装置をしかけたという証拠だ」

「ビルには話すのですか？」

「いや」ダニーロフは即座に判断した。「彼を巻きこむことになるだろう」補佐役に向かって笑みを向ける。「きみも巻きこむつもりはない。この先、何が起ころうと」

「あなたが不正をすれば、わたしも無事ではいられません」

「やつとまっこうから向き合いたいんだ」ダニーロフは言った。今度は自分に対しての決心だった。「イーゴリ・オルロフと面と向き合って、おれは知っているぞと言ってやりたい。きさまが何をしようが――たった今もしていようが――ラリサ殺しの罪の深さにはおよばないと」

ダニーロフはＦＢＩの支局に足を踏み入れるなり、ジェッド・パーカーがこの場所をすっかり占拠していることを知った。かつてジョン・メルトンの部屋だったときに見たものは、たとえば机に置かれた銀のフレーム入りの家族写真から、壁にかけた資格証明書、ファイルキャビネットの上の二鉢のサボテンにいたるまで、残らず消えていた。掃除もよほど徹底的にやったのだろう、まるで無菌の部屋のようだった。

パーカーが笑みをたたえて机の後ろから立ち上がり、手を差し出しながら近づいてきた。「さっそく来てくれましたね、ディミトリー。ありがとう。心から感謝します」

「ぐずぐずする理由はありませんから。しかし、少し睡眠をとらなくてもよろしいのですか」目の前にいる男には、五千マイル以上の距離と多くの時間帯を越えてきた様子はかけらもなかった。スーツはしわひとつなく、シャツは清潔で、ひげも剃ったばかりのようだった。無菌のオフィスに、無菌の男だ。

「体は雄牛なみにじょうぶですよ」パーカーは誇らしげに言い、机の向かいにある椅子を手振りでダニーロフにすすめ、自分は机の後ろにもどった。動作には急き立てられるような緊張感があり、口調もそれに釣り合っていた。「ではさっそく、こいつをどんどん進めていきましょう!」

「こいつとは?」ダニーロフは訊き返した。この顔合わせは穏やかにはすむまいという悪い予感がした。

パーカーはまた手を振るしぐさをした。「今回の捜査ですよ」手を振ったあとで、隣り合った二本の指を立ててみせる。「われわれはこんなふうに協力しあわなければ。がっちりと」

予感が当たったようだ、とダニーロフは思った。「では、そういうことで。そのための方法も決める必要があります」

「管轄権は微妙なことになるでしょう」パーカーが水を向けた。

「標的はこのモスクワにいますが、犯罪はアメリカでおこなわれたものです。法的には、たしかに問題になりますね」

「わたしは捜査の方針のことを考えていたのですが」とアメリカ人が言う。

言われなくてもわかっている。「どのような?」

「ジョンから、そちらの本部内に問題があることを聞きました」

「その問題には対処が可能ですし、逆に利用することもできます。われわれは情報源の存在を知っている」ダニーロフはリハーサルずみの返答を返した。「まだどの人間かはつかめていませんが」

パーカーは首を横に振った。「たしかに、ある程度は利用できるでしょう。しかしその使いみちは著しく限られます。二つの拠点から仕事をしようとすれば、望ましからぬリークが起こらない保証はない。ここからすべてを調整するほうがいいと思います」

「すべてにおいて協力はするつもりです」ダニーロフは訂正した。

「協力も調整も、同じことでしょう！」アメリカ人がまた手を振ってみせる。

「そうはいえません」テーブルごしに、三本のテープを差し出す。「仕事を始めましょう。スコルニャズヌイ通りのレストランからオルロフの屋敷にかけられた電話の傍受テープです。どれにも役に立つ情報はありませんが」

「ワルワールカ通りの、オルロフの家からの電話は？」

「屋敷からの電話は、傍受していません」

「では、装置がうまく働いているかどうかわからない！」

「もちろん働いていますよ！」相手の尊大さに風穴をあけるチャンスだと、ダニーロフは見てとった。「そちらの路上からの監視では、何がわかりました？」

パーカーは苛立ちをまぎらせるように、カセットを手でもてあそんでいた。「あれはかんたんな標的ではありません。あの交通量の多い道路は、うまく身を隠せる場所がないし、小路のほうはひどく狭くて、屋敷の内部から見られる危険が大きい」

「それで、何がわかったのです？」

「内部の動きはよくわかりました」

「個々の人間の写真は？」

「じゃまのない状態で撮れたものはありません。まだ十分な準備ができていないので」

「〈ブルックリン・バイト〉のほうは？」

「あちらははるかにいい状況です。アメリカ風の内装が幸いしました。本国の味が懐かしくなった旅行客になりすまして、店に入ることができる」

「もうだれかをやったんですか？」

「ニーダムが夕食をとっています」パーカーの口調は苛立っていた。「それより、電話の傍受の話を続けましょう」

ボールの打ち合いならこちらのほうが上手だ。ダニーロフはそう判断し、とたんにおのれの尊大さを意識した。「その話はもうしたでしょう。取り付けは七時間前に終わりました。先ほどお渡ししたものがこれまでの成果で、すでに言ったとおり、目ぼしい情報はゼロです。盗聴に関わっているのはわたしと補佐役だけ。リークの心配はまったくありません」

「電話交換の技術者は？」

「電話交換の技術者が、どうしました？」隙だらけのロブは、ボレーで返してやるまでだ。

「そこから洩れるということはないですか？」

長いフライトの疲れが、パーカーの理性を曇らせているにちがいない。雄牛の頭の弱さは筋肉隆々の体の強さに見合ったものだが、ますます落ち着きを失いつつあるこの男は、筋肉などほとんどない貧弱な体つきだった。「だれにです？　どこへ？」パーカーの前の小さな空間をカセットのケースが激しく行き来し、大道芸人の三文手品さながらの動きになっていた。「われわれの協力関係が、幸先の悪いスタートになることは望んでいません」

「こちらもです。そんな理由があるとも思えない。あなたがアメリカ側の指揮をとるためにここへ来る前から、捜査はしごく順調でした。そちらは人間による監視をおこない、こちらは盗聴を扱う。まったく対等な仕事の分担ではないですか」この男がうかつにも洩らしてしまった本音とは相容れないことだろうが。そう思い、ダニーロフは満足した。こちらの提案は、目的の達成により近づこうとする方法だ。今は個人的な目的を優先し——いや、それだけを考えなければならない。パヴィンは否定していたものの、あれはたしかにプロの警察官のあるべき姿についての説教だった。だが、そんなことに耳を貸してはいられない。

「今回の捜査がすでに一度失敗し、むずかしいものになっていることはご存じでしょう？」パーカーが訊いた。

「ほう？」ダニーロフは無邪気なふうを装って訊いた。

「スイスでの大失態の話ですよ」

「たしか、スイスがあなたがたの情報開示の要請を認めなかったのですね？」

「オルロフにはわかっている。自分が標的であることを知っているのです！」

「それでこちらの捜査が危機にさらされるわけではない。スイスの決定のせいで、少し仕事がやりにくくなったというだけです」

「わたしは責任を――」パーカーは言いかけたが、ふいに口をつぐみ、こう言いなおした。「わたしたちは責任をもって、ここでそのような事態を招かないようにしなければなりません」

「そのとおりです」ダニーロフは言った。自分を優位に置こうとするジェッド・パーカーの策略を阻止すれば、天まで届きそうなこの男の自惚れに傷をつけてやれる。

「あなたはビル・カウリーの友人でしたね？」パーカーが訊いた。

「以前の事件で何度かいっしょに捜査をしました。彼の力量は尊敬しています」ダニーロフは慎重に答えた。

「このタスクフォースの担当捜査官はわたしです」

ダニーロフは肩をすくめた。「よくわかっていますよ」

「その点をはっきりさせておきたかったもので」とパーカー。「すべてわたしを通してもらわなくては」

憤慨したという間の長さを完璧に計算できた、ダニーロフはそう確信し、口を開いた。「そういったほのめかしは心外です。無礼ではないですか！」

「無礼なことを言っているつもりはありません。おたがいに誤解が生じるようなことは望まないというだけです」

おまえの望みはこっちの服従だけだろう、そうはいくものか。「では、誤解の生じるような状況はつくりださないようにしましょう」

「決してそんなことはしません」パーカーはうそをついた。

「こちらもです」ダニーロフもうそで返した。

「イヴァンには、なんと言ってきたんだ？」オルロフが訊いた。

「ゲオルギーのお墓参り」イレーナが答えた。

「ついてこようとしなかったのか？」

「自分に息子がいたことを無視するのが、あの人の悲しみ方なのよ」

「おまえの場合は？」

「息子がいたことを片時も忘れずにいること」

「おれたちがこうやって寝ていると知ったら、あいつはどうする？」

「どうもしないわ。泣くぐらいかしらね」

「そこまで嫌っているなら、なぜ別れない？」

「あたしといっしょになる？」いつもながらの、期待にみちた質問だった。

「いや」オルロフは即座に答えた。

「だったら、今のままのほうが便利だわ」イレーナは落胆して言った。いつものようにセックスはよかった。やはり愛はなかったけれど。ベッドの上で体を横に向け、隣のオルロフのほうを見た。「あなただって便利でしょう、あたしはなんの危険にもならないから」

オルロフは彼女を見返した。「そんなことを考えていたのか？」

「あなたはだれも信用していないでしょうけど」イレーナは片手を上げ、人差し指と親指の間隔を少し近づけてみせた。「でも家族にだけは、ほんのこのくらい気を許してるんじゃないかしら」

「そうかもしれん」不安をかきたてる指摘だった。この女が今後やっかいな存在にならなければいいが。だが、こっちには貸しがある。ゲオルギーを殺した連中をつきとめ、復讐（ふくしゅう）に協力してやったのだ。それにイレーナとイヴァンには、まだ使いみちがある――いま頭のなかで組み立てている計画を実行すると決めたときは。このおれがだれも法的に手を出せない存在であることを、ジョゼフ・ティネリとルイージ・ブリゴーリに証明してみせねばならない。

「やっぱりね」

「例のレストランへ行くか？」

イレーナは少し考えた。「いいわ」

「イヴァンに電話は？」

「しない。面倒だから」

地下通路を通ってリブヌイ通りの家へ向かっているとき、イレーナが言った。「ここはもともと何だったの？」

「召使用の通路だ。寝泊まりしていた家から出入りするための」オルロフは言った。

「しかしあの屋敷を建てた公爵（こうしゃく）は、隣の家に愛人を囲っていたんじゃないか。でなけりゃ、人目につかないように出入りできる道がほしかったのかもしれん。このおれのように」

「戦争は終わったと思ってたけど?」

「もうひとつ残っている」

オルロフの車が着いたという知らせをドアマンから受けたフェリクス・ロマノヴィチ・ジーキンが、レストランの裏手から現れ、すぐに言った。「どうやら、招かれざる客が来ています」

「たしかか?」オルロフも言下に訊いた。

「おそらくは。たしかめる必要はあるでしょう」

「よし、やろう! 楽しもうじゃないか!」

「食事は奥の部屋でされますか、それとも表のダイニングで?」

「表で食べる。だがそのあと奥の部屋で、今後の方針を決めよう」

ジーキンが用意していたテーブルにふたりを案内していくと、周囲はオルロフのファミリーの人間たちで占められていた。「ほかのファミリーからは、だれも来ていません」

「新しい体制に慣れてきたようだな」オルロフの声は満足げだった。「まもなく敬意を払うようになるだろう。そうせざるをえなくなる」

「ここで黒人を見かけるなんて初めてね」イレーナがレストランのほうを見て言った。

「アメリカ人ですよ」とジーキンが応じる。

「店の装飾の効果だな。マクドナルドのように」オルロフは言った。

12

ＢＭＷは川に沿ったモスクヴォレツカヤ河岸通り（ナービリジナヤ）のほうへ進み、午前十一時きっかりにワルワールカ通りの屋敷の前に止まった。運転手はエンジンをかけたまま車から降り、恭（うやうや）しくドアを開けた。現れた男はひどく背が低く、足取りもおぼつかないほどの肥満体で、ふたりの男にぴったりと付き添われていた。車は少し川に沿って走ったあと市街に入り、やがてアルバート通りまで来ると、駐車禁止の標識の下で止まった。乗客の男はほかの三人を待たせたまま、しばらく店のウィンドウをひやかし、宝石店に入って銀のペンダントを買った。

メトロポーリ・ホテルのバーには、ふたりの男とひとりの女が先に来ていた。よく冷えたシャンパンのアイスバケットを前に、三人が待っているところへ、ＢＭＷの乗客たちが入ってきた。握手がかわされ、女には頬へのキスが続いた。ここでも敬意が払われた。護衛たちは隣のテーブルについた。グループは一時間ほどバーにいたが、やがてグリルのほうに移った。そこでも護衛たちは隣のテーブルに座った。のんびりした昼食のあと、男とふたりの護衛、そして女がふたたびＢＭＷに乗りこんだ。車はラジソン・スラヴャンスカ・ホテルまで行き、男と女はヘルスクラブのサウナに入って、マッサージを受けた。護衛のひとりがサウナまで付き添い、もうひとりは外で待っていた。ＢＭＷはホテルからムーシスカヤ・モーダに向かい、やはり駐車禁止の標識の下で止まった。男は護衛にぴったりと付き添われながら、ある店でイタリア製の輸入物の絹のネクタイを三本買った。午後五時の直前に、車はワルワールカ通りの屋敷にもどった。外の歩道で短い立ち話があったあと、男と女、ふたりの護衛は家に入っていった。

ジェッド・パーカーがあたふたと大使館のＦＢＩ支局に駆けこんできた。「すまなかった、アル。ずっと作戦の調整をしていたんだ」

「なんです？」ＣＩＡ要員が訊いた。

「ついにオルロフを見つけたぞ！　こっちは準備ができていた。やつの行くところ、すべてついてまわった。たっぷり収穫があった。写真も、スキャナーの傍受も、何もかもだ！」

「それはよかった」ニーダムは言った。キツネ野郎め、と心で思った。

「今後もずっとこの調子でいけるぞ！　で、昨夜の様子を聞かせてくれるか？」

「いい店でしたよ」とニーダムは切り出した。「スペアリブは絶品だった。席数は五十ぐらいですが、奥にも部屋があるようでした。レストランとのあいだに自動で動く仕切りみたいなものがあります。後ろのほうの席に、いかにも胡散臭（うさんくさ）い連中が固まってました。おれはそれとは反対側の、入口のそばにいたんですが。なんてこともないまま飲み食いしてると、八時ごろに長身の男と女のふたり連れが入ってきた。店の奥から男がひとり迎えに出てきたし、例のあやしげな連中も最敬礼って感じでしたよ。男と女はそのグループの真ん中に座りました。つまり、完全警護ってことです。こっちはぎりぎりまでねばってから、外をぶらついて待ってました。あんまり楽しくはなかったですよ。例の男と女が出てきたのは真夜中過ぎでしたから。運転手つきのリムジンの前後を、メルセデス、護衛の車、別のメルセデス、ＢＭＷが固めてました。プラスヴィン横丁（ペレウーロク）の信号で見失ったので、まっすぐワルワールカまで行ってみたんですが、連中は現れませんでした。屋敷のなかは明かりがついてましたが」

「長身の男の身長は？」

「六フィート四インチか、もう少し上かな。体重は百六十五から百八十のあいだってとこです」

「ハイアット・リージェンシーのベルボーイは、例の三人組のなかに背の高い男がいたと言っていたな」

「そうでしたね」

「もう一度見分けられるか？」

「背の高い男と連れの女なら、問題ありません。ほかの連中もあらかたわかりますよ」ニーダムは自信たっぷりだった。「面割りは専門ですから」

パーカーはこれ見よがしに腕時計を見た。「その面割りの技術を見せてもらおう。今日撮った写真の現像ができてくるころだ」

接収された大使館の会議室は、壁じゅうべたべたと写真が貼られていた。ワルワールカのグループに、メトロポーリでいっしょに昼食をとった人間たちの写真。街で撮った写真もいろいろあった――アルバート通り、メトロポーリ・ホテル、ラジソン・スラヴャンスカ・ホテル、ムーシスカヤ・モーダ、また最後にワルワールカ。

アル・ニーダムは自分用の写真を一そろい渡され、三十分以上じっくり眺めていた。ときどき短いうなり声を洩らす。何度も顔をしかめる。見直しをぜんぶで五度重ね、最初につけた印を消していく。そしてとうとう言った。「見覚えのあるやつに、印をつけときました」

「長身の男と、連れの女は？」

「このなかにはいません。昨夜レストランに来た男は、ワルワールカからメトロポーリへ昼めしを食いにいった男じゃないってことです」

「たしかか？」

「もちろんですよ」

「もう一度見てくれ」

ニーダムは言われたとおりにしたが、今度は三十分もかけなかった。「たしかです、このなかにはいない」

「この女は？」パーカーはこの日の昼食のあとメトロポーリから出てくる女の写真を指さした。

「言ったとおり、これも昨夜の女とはちがいます。それから、たしかかと訊く必要はありません。絶対たしかですから」

「印をつけたやつらのほうは、まちがいないな？」

「みんなレストランにいましたよ。奥のほうに固まった、あやしげな連中のなかに」

「それだけでも収穫だ」

ニーダムは無言だった。

「今日はいい日になった」

「そうですね」

ワシントンへ送る自画自賛の電信文は、すでに頭のなかで練りあげてあったので、実際に書くのに長い時間はかからなかった。ジェッド・パーカーはその文を書きながら、写真を一枚残らずアメリカに電送した。これらの写真はオルロフ・ファミリーの構成員の初めての記録となる。今のところオルロフ本人の顔は未確認だが、もうまもなく特定できるだろう。数日以内には可能だと思われる。スコルニャズヌイ通りのレストランはあきらかにギャングたちの会合場所で、内部の配置はわれわれが確認した。このレストランについては、ロシア側が公的な記録と見取図を首尾よく見つけだしてくれることを望む。オルロフの屋敷に関するかぎり、ロシア側はその公的記録や記載された見取図、なんらかの記述、建物の沿革などは何ひとつ見つけることができず、捜査の大きな足かせとなった。そうした障害に加え、現場はきわめて照明の多い幹線道路であるため、活動は制限されるが、それでも可能なかぎり完全な監視態勢を整えている。

最初の送信から、パーカーは一時間近くじりじりと待っていたが、やがてウィリアアム・カウリーに電話をかけた。

「すべて届いたでしょうか？」と、すぐに訊いた。

「もちろんだ」不必要なものも多いがな、とカウリーは思った。ちょうどユーリー・パヴィンとのひどく気がかりな会話を終えて、受話器を置いたばかりだった。

「長官に見せるよう注意書きをつけておきましたが」

「それは見た」

「では、もう長官が！」

「まだわたしが読んでいるところだ。写真も多いし、目を通すには時間がかかる」

「すべて重要なものです」

「その注意書きも見た。オルロフの顔が確認できなかったのは残念だな」

「この二十四時間程度で、先週一週間より多くの収穫があったのですよ！」パーカーが身構えるように言った。

「じつによくやってくれている」

「つぎの長官との会見はいつですか？」

「まだ予定は入っていない」

「これだけ重要なことなんですよ」

「すべて目を通してから決めよう」

「そちらはどうなってます?」

「やっとヤセフの車に盗聴器をしかけた。〈オデッサ〉とヤセフのアパートの周辺には携帯電話のスキャナーも配置している。完全とはいかず、ときどき電波がとぎれるが、十分理解できるし、何も聞き逃してはいないのはほぼ確実だろう」

「ほぼ確実?」

この男は、FBIの自動録音とはまた別に、今の会話を記録しているにちがいない。

「高音質処理をさせているところだ」

「これまでに得られた情報は?」

「何もない」カウリーは認めた。「もうディミトリーには会ったか?」

「昨日に」

「どうだった?」

「まあまあです」

「まあまあ、とは?」

パーカーは間をおいた。「ペトロフカの危険要因を取り除くために、調整はすべてこの支局からおこなうべきだと提案したんですが。彼に言わせると、あちらで対処できるとのことで」また間があいた。「われわれの弱点になりかねません。こちらでのスタートはすばらしかった。これ以上ないほどに。それが台なしにされるようなら、ロシアの責任ですよ」

自分を守るためのこうした主張が裏目に出れば、それはこの男の命とりになるだろう。いや、死ぬのは別のだれかか。そう考えたのがきっかけで、カウリーはパヴィンとの会話をまた思い出した。

「きみの得た情報は、すべてディミトリーに伝えたか？」

「今までずっと忙しかったので。優先順位がありますから」

「だが、もう伝えられるのだな？」

「もちろん」

「写真を渡せば、犯罪者記録から何か出てくるかもしれない」

「冗談でしょう！」

「手順どおり、ことを進めよう」

「ちゃんと渡しますよ」

「ほかには？」

沈黙があった。「そちらも、幸運を祈ります」

「たしかに運が必要だ」カウリーは怒りがおさまるのを待ちながら、今の会話の意味をしばらく考えていた。ディスクを装置から取り出し、規則どおり時刻と日付を入れて封をしたあと、レナード・ロスの個人秘書を呼び出した。それから自動録音のシステムを避けるために、モスクワへの直通ダイヤルで電話をかけた。

「彼らはうまくやっているようですね」ダニーロフが賞賛した。

「民警の記録との照合ができるように、あなたの手に写真がすべて渡るようにしたいと思いまして」そしてあなたにも、傍受のテープからわかったことをすべて自分の口から言ってもらいたい、とカウリーは思った。

「彼が出し惜しみをした場合は？」

「そんなまねをする理由はないですよ。彼は野心的すぎるが、決してばかじゃない」

「名前がないとなると、照合には時間がかかるでしょう」もしラリサを殺した男の顔を目のあたりにしたら、おれはどう感じるだろうか。

「運がよければ、あなたかユーリーに見覚えのある顔かもしれません。そこから手がかりが得られるかも」

その悲観的な発言に、ダニーロフは眉をひそめた。「早いか遅いかはともかく、かならずできますよ」必要とあればおれ自身でやってやる、どんなに時間がかかろうと。そのとき突然、オルロフの正体をカウリーに伝えてしまいたくて矢も盾もたまらなくなったが、すぐまたその衝動を抑えこんだ。説明と謝罪は、まだ先のことだ。

「明日また電話します、写真がすべて渡されたかどうか、確認のために」カウリーは電話を切った。自分たちふたりのあいだには、亀裂が、溝ができてしまった。そう認めざるをえなかった。パヴィンによれば、ダニーロフはふたりのどちらも決して巻きこむつもりはないと言ったらしい。ついさっきかわした会話を思い返し、カウリーは不安にかられた。ダニーロフは何か本気でばかなことを考えているのではないだろうか。

ほとんど間をおかずに、私用の電話が鳴りだした。ハンク・スローンが言った。

「スキャナーがオルロフとヤセフの携帯の通話を捕捉しました。とぎれがちですが、おおむね理解できます。あなたにはいささかうれしくない内容でしょう」

レナード・ロスにとってもだ。五分後に受話器を置きながら、カウリーは思った。

13

「まちがいということはありえないのか？」長官が訊いた。

「断じてありえません」カウリーは答えた。「受信のずれはありますが、すべて理解可能でした。しかもヤセフは車にいたので、車にしかけた盗聴器から、会話の半分は完全に再現できました」

「パーカーには知らせたのか？」

ジェッドではなくパーカーか。カウリーはすぐに気づいた。「完全な傍受記録を送り、スキャナーが傍受したロシア語もボイスメールに入れました。さらにバックアップとして、車のほうの盗聴も。こちらで得たものはすべて、パーカーの手もとに届いています」プロの捜査官としては、これは災厄であり、作戦の失敗であり、屈辱だと考えるべきだろう。しかしロスはまだそうした言葉を口にしていない。それともまだ脳裏に浮かんでいないのか。まったく五里霧中の、にっちもさっちも行かない瞬間だった。カウリーには船を漕ぐための櫂もなく、どちらへ向かって漕げばいいかもわからなかった。

長官はカウリーの最新のフォルダーをじっと見ながら、顔をうつむけたまま言った。

「聞かせてくれ」

「オルロフはモスクワで、われわれをはめました——完全にはめて、手玉にとったのです」カウリーは断言した。それでも慎重を期して、ほんの三時間足らず前に自分の手柄を早く長官に知らせろと要求した男の名は出さずにおいた。「前の傍受のときに、やつが予防策を講じると言ったのは、このことだったのでしょう。やつは監視に気づいた——」

「監視役はだれだったのだ！」ロスがすぐにさえぎって訊いた。「ＦＢＩか？　ロシア人か？」

「ＦＢＩです」カウリーもすかさず応じた。「われわれは尾行しているわけではありませんでした。一瞬たりとも！　オルロフはこちらの鼻面(はなづら)をつかんで引きまわし、やつを監視していると思いこませた。われわれを連れていった先々で、自分の手下を用意して待っていた。やつからその話を聞いて、ヤセフはばか笑いをしていました。オルロフによれば、偽(にせ)のオルロフや偽の手下たちにカメラを向けているわれわれを、やつらが逆に撮ったそうです」

「もういい」ロスがさえぎった。「あとは自分で読んで、テープを聞く」

「とにかく、そういうことです」

「最悪の事態だ」

ずっと前から耳慣れていた言葉だが、今度はまさしくそのとおりだ。「たしかに最悪です」

「うちの捜査員が写真に撮られたというのは、本当だと思うか？」

「そう考えるべきでしょう」

「何人だ？」

「ほかの件ともども、ジェッドに問い合わせています。全員、入れ替えるしかありません」連中が帰ってくるとともに、この大失態の一部始終が伝えられ、そして広まるだろう。

「当然だろう」

「ジェッド本人が監視に加わっていたかどうかは、まだわかりません。その点についても問い合わせています」

「もし加わっていれば、彼も危険だ」口にするまでもない指摘だった。

「ほかの連中といっしょに帰還させますか？」いくらパーカー本人がマッチョぶろう

としても、下院議長の甥(おい)っ子を命の危険にさらすわけにはいくまい。

「くわしい説明が聞きたい！　なぜこんなことになったのか、その理由も。今朝までこう言われていたのだ、今度の捜査全体で、モスクワでの作戦は初めての成功だと」――告白するような間があった――「ホワイトハウスの首席補佐官にも、わたしからそう伝えたばかりだった」

　おれの力による成功だとは言われなかったのか。カウリーはそう思い、すぐに自分に腹が立った。おれもとうとう、ずっと嫌ってきた本部の政治に巻きこまれてしまった。これが初めてというほうがむしろ驚きなのだろう。この不慣れな争いのなかで、最初は打ちのめされた。だが、こんな発想をいつまでも続けるのはばかげている。おれ自身がつい最近まであざけっていたような、幼稚でパラノイア的で、救いようのない態度だ。いくら不利な状態とはいえ、これまでずっと自分のモットーにしていたプロ意識はどこにいった？「たしかに、われわれはまだオルロフの正体をつかめていません。しかし写真に写った連中は、やっと関係があるはずです。アル・ニーダムは前夜のレストランにいた何人かの顔を覚えている。そこからオルロフにたどりつく可能性があります。また、いくらか疑いをもっているとはいえ、オルロフはわれわれの盗聴の範囲をよく知りません。そしてあの傲慢(ごうまん)さも、もしうまく利用できるなら、有利に働くはずです」

レナード・ロスには、心を動かされたという様子はなかった。だが久しぶりに、その顔から心配の色が消えたように見えた。「ジェッド・パーカーの説明を聞こう。いいな？」

「くわしい説明？」ジェッド・パーカーはおうむ返しに言った。

「長官からの要請だ」カウリーが言った。

「長官はほかに、なんと言っていました？」

「とくに何も。ほんとうの状況がわかる前に、きみから聞かされたことをホワイトハウスに伝えてしまったとは言っていたが」

パーカーの声は沈んでいた――小さな声でも、謙虚な口調でもなかったが、どこかためらうような響きがあった。この男には考えられないことに、卑屈になっているとれなくもないような響きが。「失敗したようです」

「いやちがう」カウリーは否定した。「たしかに失敗したのだ。今は立て直しを――対抗策を考えなければならない」これは非難ではないし、そういった言外の意図もない。こうした通話を自動的に録音するテープに向けた言葉でもない。まぎれもなく厳密に、プロとしての行動だ。これからはつねに、プロらしく行動しなければ。

「リークがあったにちがいない」

「どこからの？」

つかのま、ためらいがあった。「ペトロフカの情報は筒抜けです」

ジェッド・パーカーはどうかしている。カウリーは驚きとともにさとった。いや、五千マイルも彼方から、これほどあからさまにおのれの無能ぶりをさらせる神経のほうが驚きだ。「きみはあらかじめ、自分たちがどこで何をしているか、ペトロフカに伝えてはいなかったのだろう？——ダニーロフにも、パヴィンにも？」これは公式の記録のためだった。ダニーロフに火の粉が降りかかるのを見過ごしてはおけない。

「いろいろ調整があったのです」パーカーが言い張った。「われわれはきわめて困難な状況で、人間による監視体制を整えねばならなかった。あなたの特別な友人ふたりも、始めからわかっていたことです」

「きみがいつ何をするつもりか、彼らはあらかじめ知りはしなかった。わたしも知らなかった。きみははめられたんだ、ジェッド。単純明白な事実だ。何人やられた？」

「オルロフの言葉だけでは、何人かはよくわかりません」

「監視グループがワルワールカ通りを離れ、また帰ってくるまで、監視に関わっていたのは何人だ？」カウリーは容赦なく訊いた。

「十六人です」パーカーの声は低く張りつめていた。

「送り返すんだ。全員交代させる」

「彼らの顔が割れたかどうか、わからないでしょう！」

「交代させるしかない。きみはどうだ？」

「わたしが？」

「きみは監視グループの一員として、現場にいたのか？」

「いいえ！」パーカーはすぐに言った。

長い間をおいてから、カウリーは答えた。「今はただ、捜査のためだけを考えて話しているんだ。もしきみがどこかで写真を撮られたのなら、きみは顔の割れたほかの全員といっしょにモスクワを出るしかない。残りの要員はまだそっちで働けるかもしれないが、やはり今の時点ではなんともいえない。しかしきみといっしょにいるところを見られれば、その全員が確実に危険にさらされる」

「この会話は録音されているんですね？」

「訊くまでもないだろう。これも捜査のための手続きだ」いたるところでテープが回っている。そして不適切な発言を拾い出そうとしている。

「この発言が記録されるものとして言います。わたしは物理的監視にはまったく関与しておらず、したがってわたしが写真に撮られる等、いかなる方法によっても正体を知られている可能性はない。わたしは大使館のこの事件対策室から、無線および電話ですべての調整をおこなっていた。これでいいですか！」

「それをたしかめたかったんだ、ジェッド。ほかの全員がだいじょうぶだということを」

「言ったとおりです」

「よし！　では、これからプロらしく考え、行動しよう。きみは調整をおこなっていたと言ったな？　あらゆる電話を聞いていたと？」

「はい？」ためらいがちな、疑念にみちた返事だった。

「それ以外にも、車に積んだ無線や電話がある。携帯電話のスキャナーも使っていたのだろう？」

ふたたび間があき、さらに問いかけるような答えがあった。「はい？」

「今回のことが起こっているあいだ、ワルワールカにも配置していたのか？」

「はい」

「今回のことが起こっているあいだ、ずっとだな？」

「はい」

「それからあの、ふざけた名前のレストランにも？」

「はい」

「ではどうして、こちらが何千マイルも離れたブライトン・ビーチで傍受した会話が、きみの側では捕捉できなかった？」

今度の沈黙はずっと長く続いた。「それは気づいていてもよかったですね」身構えるような口調だった。

「相対性理論の話をしているんじゃない——ただの論理だ。オルロフだと思われていた男が屋敷を出たあとも、きみは屋敷周辺の道路と小路を見張らせていたのか？」

「もちろんです。二十四時間体制の監視でした」あきらめまじりの告白のようだった。

「やつが一日外を出歩き、こっちがモスクワ観光をさせられているあいだ、だれか屋敷に出入りした者はいたか？」

「記録（ログ）によれば、いません」パーカーの声は平板で、打ちひしがれていた。

「そのログとニューヨークとモスクワの時差から、時間は秒単位でわかる。オルロフがヤセフと電話で話したのは、あの偽者がワルワールカにもどってきてから三十五分後だ。やはりきみのログによれば、今回のペテンが実行されているあいだ、屋敷を出入りした者はいなかった。しかし、ダニーロフのしかけた盗聴器からは、オルロフがたしかに――しかもときどき――そこにいたことがわかっている。どうしてそんなまねができた？」

「ダニーロフは屋敷の見取図を見つけだせていません」

「注意しておけ。交代要員の十六人は、今から四十八時間以内に着く。そっちの連中をすぐに送り返すんだ。それから、長官が今すぐくわしい説明をほしがっている。忘れるな」

「まるで忘れるといわんばかりですね！」パーカーが弱々しく抗議する。

「すべてわたしを通すんだぞ」カウリーは締めくくった。これも捜査上の手続きだ。自分を守るためではない。

ダニーロフが言った。「パーカーの電話は、わたしが写真を受けとってから三十分後にかかってきました。だれかの身元が割り出せ次第、すぐに連絡がほしいと。今その理由がわかった」

「それで、身元は割り出せましたか？」カウリーはすぐに訊いた。やはり自分たちには距離ができてしまった、と悲しい思いで認めた。

「名前がないぶんむずかしい、と言いましたね。それでも近道を試しています。パヴィンが本部じゅうの人間に、写真を見せて訊いてまわってるんです。写真のだれかの名前がわかると同時に、オルロフの情報源もつきとめられるかもしれない。そいつはたぶんオルロフに知らせるでしょう——何も心配ない、たとえだれか写っていても、自分もほかのだれもその正体を明かしていないと」

「それはいい。うまくいくかもしれませんね」

「何かひとつぐらいは、うまくいかないと」ダニーロフは沈んだ声で言った。「これ以上悪くなりようのない状況ですから」

だが実のところ、まだその先があった。

14

カウリーは酔っていた。

酔おうと思って飲みはじめたわけではない——そんなことはありえない。それどころか、その夜は深酒をするつもりはまったくなかった。パメラがまた読書サークルに出かけたので、人目につかないアーリントンのバーに寄る時間ができた。カウンターではなくブース席に腰をすえ、一杯目をちびちび飲みながら、周囲を遮断した状態で頭を働かせ、分析しようと——あらゆる疑問から自分自身のばかげた強迫観念を取り除き、プロらしく考え、分析しようとした。

標的である人間が、自分はまさしく標的になっていると自覚するのは、決して珍しいことではない。アメリカのあらゆるファミリーの首領(カポ)は、自分たちがつねにFBIの捜査対象となり、そのファイルがたえず更新されていることを知っている。ジョゼフ・"スロー・ジョー"・ティネリにも、彼の名がボス中のボスとして、J・エドガー・フーヴァー・ビルの最重要指名手配者リストに載っているのは重々承知のことだ。

ＦＢＩの問題は、その疑心暗鬼な態度にある。自分たちが政治的な詮索を受けていると、実際の真偽とは無関係にそう思いこみ、だれもが――ありていにいえば長官が――あらゆる問題を誇張された尺度に照らして考え、ごく小さな揺れを大地震に変えてしまい、みずから笑いものになるのだ。

お代わりを勧めるウェイトレスの声に、カウリーはうなずいてみせた。

だがカウリー自身も、これほど大規模な、あるいは複雑な捜査に加わった経験はなく、そうした判断を下せるような尺度をもってはいなかった。

空のグラスのかわりに新しいグラスが置かれた。パメラが帰るまで、まだ一時間はある。べつに問題はない。

顔はともかく、すでに名前の知れたロシアの首領が、イタリア、アメリカとの接触を保っている。さらにジョー・ティネリのお膝元のシカゴまで行ったとすれば、このオルロフの旅行が国際的な犯罪に大きな影響を与えるものだと仮定することは、妥当かつ有用といえるだろう。タスクフォースが動きだし、必要な場所すべてに人員が配置され、そのすべての調整をおこなうピラミッドの頂点にはカウリーがいる。オルロフのアメリカでのパイプ役は、名前だけでなく顔も知れているし、その写真はあらゆる場所に電送され、二十四時間体制の監視下に置かれている。ブライトン・ビーチにあるオルロフの店も同様だ。ワルワールカ通りの屋敷とスコルニャズヌイ通りのレストランには、ディミトリー・ダニーロフが盗聴器を取りつけたし、携帯電話のスキャナーも配置してある。オルロフがモスクワの通常の電話線に疑いを抱いたとしても、携帯電話まで傍受されているとは考えないだろう。

通りかかったウェイトレスに、彼は空のグラスをかかげてみせた。

最もあきらかな減点材料は、スイスの企業登録の情報開示が拒否されたこと、FBIの監視がオルロフにたやすく見破られたことだ。モスクワの要員を十人以上も交代させるのはばつの悪い話だが、せいぜいコップのなかの嵐にすぎない。もう今ごろは、イーゴリ・ガヴリロヴィチ・オルロフ本人のたしかな写真が手に入っているだろう。モスクワの縄張り争いと、ブライトン・ビーチで殺された三人との関係もわかるはずだ。それから……たしかもうひとつ減点があったはずだが、なんだったか……まあい い。ほんとうに重要なことなら、あとで思い出すだろう。

つぎのお代わりの勧めは首を振って断り、勘定書を持ってこさせたとき、はじめて自分の飲んだ量に驚いた。手持ちの現金では足りず、アメリカン・エキスプレスで清算するのにまた少し時間がかかった。この店に寄ったのは正解だった。ひとりで静かな時間を過ごし、考えを整理することができたのだから。

外は思いがけないほど明るくて、目を細めずにはいられず、自分の車もすぐにはわからないほどだった。ほかの車が周囲にぎっしり詰まっていて、前後に何度も切り返したあげく、やっと出ることができた。何台かのフェンダーとこすった気がしたが、べつに調べようとも思わなかった。フェンダーはそのためにあるのだ。じゃま物をよけるために。アパートの駐車場にはたっぷり余裕があり、ややこしい操作をせずにすんでほっとした。まぶしい光に、頭痛がしはじめていたのだ。

部屋に入ると、姿は見えなかったものの、パメラの気配を感じた。こんなに早く帰っていたのか。驚いた拍子に、鍵を落とした。拾いあげようとして、壁に寄りかかった——これは本能的な動作だ、それ以外の理由はない。体を起こしたとき、パメラがリビングに立って、こちらを見ているのに気づいた。

「やあ」

「どこへ行ってたの?」

「仕事だよ」

「オフィスに電話したわ。どこにもいなかったし、携帯は電源が切れてた」

「ちょっと寄り道したんだ。いろいろ考えることがあってね。モスクワで、とんでもないことが起こった」パメラは腹を立てている。それでもジェッド・パーカーがまんまと一杯食わされたと聞けば、怒りもおさまるだろう。彼は急いで説明を始め、話の筋道を追うために何度か言葉を切ったが、パメラには口をはさませなかった。「ロスは最悪の事態だと言っていた」

「酔ってるのね」

「一杯飲んだだけさ」

「何杯も飲んだはずよ。ろれつが回っていないし、足ももつれてる。もし運転中に止められていたら、今ごろブタ箱だわ」

「そんなに飲んでないし、口も足もまともだ。それに酔ってもいない」

「いろいろ考えてたわけね」

「ああ」そんなつもりはなかったが、ついけんか腰になった。

「これからどうなるか、わかった？」

「だいたいはね」

「じゃあ聞かせて。今後の捜査がどうなるか、だいたいのところを」

「言ってる意味はわかるだろう」

「いいえ、ビル、あなたの言ってることはわからない。だれが聞いてもわからないわ。ほとんど支離滅裂よ」

「ぼくはだいじょうぶだ」

「あなたは足がもつれるほど酔っていて、意味のあることもしゃべれない。そしてFBIタスクフォースの統括管理官だというのに、携帯電話の電源を切ったまま、三時間近くもショットグラスの底に沈んでいた。もし今この瞬間に呼び出しがあったら、あなたが大事な決断を下せるとどうして信用できるの？　パーカーがモスクワで命の危険にさらした人数の四倍を救わなきゃならないとしたら？」パメラは怒りに身をこわばらせ、蒼白な顔で、両腕を体の横に押しつけていた。

「だいじょうぶだと言ったろう！」もうけんか腰だろうとかまわずに、カウリーは言った。ある程度酔いもさめ、パメラが非難する理由もわかってきたが、断じてそれを認めるまいと思った。

「わたしにつらい選択をさせないでちょうだい、ビル」

「どういう意味だ？」

「わたしの愛する人は、仕事にかけては——何をやらせても——おそろしく有能なスーパーマンだし、これからも一生いっしょに過ごしたい、そう思いはじめてた。その人は決して、自分の同僚の安全や国際的な犯罪捜査より、お酒のほうを優先させるような人じゃない。でも、もしほんとうにそんな可能性があると思ったら、わたしはプロとしての義務にのっとって、正式に警告しようとするかもしれないわ」

カウリーは酔いもすっかり醒め、言葉もなく部屋の中央に立ちつくし、パメラの顔を見つめていた。やがて言った。「まさか、そんなことを」

「わたしにつらい選択をさせないで」パメラ・ダーンリーは静かに言った。

イーゴリ・ガヴリロヴィチ・オルロフの山荘は、おおむね木の骨組からなる一枚屋根の建物で、冬のあいだ雪に埋もれるのを防ぐための脚柱のある造りだった。モスクワ周辺から最も遠い丘陵地帯の、ザゴルスク近くにあり、隣の山荘からは松や樅の森で隠されている。最も近いのはフェリクス・ジーキンの山荘だが、その主はいま、家の側面にあるテラスで、オルロフの向かいに座っていた。ふたりの前の低いテーブルには、二個のグラスと、ウォッカや輸入物のスコッチのボトルが置かれていた。オルロフが飲んでいるのはウォッカで、スコッチはジーキンの好みだった。ブリニとベルーガ・キャビアの食べ残しもそばにあった。

オルロフが言った。「今夜はレストランまで行こうと思っている。そのあとは屋敷に泊まる。ここにはもうあきた」この山荘に来て、まる二日たっていた。この小高い場所では、携帯電話の通信状態は良好だった。

「食事のあと、ナイトクラブに行くのはどうです？」ジーキンが水を向けた。

「〈ナイト・フライト〉がいい。イレーナに電話しよう」

ジーキンがふくみ笑いをした。「敏腕捜査官という触れこみのあの連中が、ワシントンへの夜間飛行（ナイト・フライト）を楽しんでいるとは思えませんね」

オルロフはあからさまに笑い声をあげた。「おれがシェレメチェヴォにいて、別れぎわに手を振っていたと知ったら、もっと腸（はらわた）が煮えくり返ったろうよ」

ジーキンは山荘を取り巻く柵（さく）の向こうを眺めた。三台の車が明瞭（めいりょう）な半円形を描くようにとめられ、六、七人の護衛がまわりをうろついている。そのグループのほうをあごで示しながら、彼は言った。「アメリカ人たちの手もとには、アルカージー・アレクセーヴィチの写真があります。ヴァレリー・ドロフェヴィチと、あの日いたほかの連中の写真も」

オルロフはその意味を察してうなずいた。「なんとかしろ」

ジーキンは思った。この男はいま、ウォッカの酔いと帰国していったアメリカ人たちの記憶に浸って、すっかりくつろいでいる。こちらの疑問を持ち出しても、例の予測不能なかんしゃくを破裂させることはあるまい。「アメリカ、イタリアとの会談を、そろそろ準備する必要がありますね」と慎重に切り出した。

オルロフはまたうなずき、両方のグラスに酒を注ぎ足したが、口は開かなかった。

その沈黙に、ジーキンは不安にかられた。「出すぎたまねをするつもりはないのですが」

「いいだろう」

くそ野郎め。ジーキンは思った。最近はほとんどいつも、そう思わずにはいられない。「アメリカ人たちは、かなり近くまで迫っています――ペトロフカもですが、そっちは問題ではないでしょう」

「それで？」

ジーキンは不安のあまり、文字どおり胃がよじれるように感じた。オルロフはゆったりと椅子にもたれ、ウォッカを少しずつなめながら、グラスをのぞきこんでいる。待っているのだ。「じゃまになるかもしれません。面倒なことになるかも」

オルロフはまたうなずいた。「わかっている。これまでは遊びだった。もう遊びは終わりだ。大勢のやつらに、たっぷり教訓を与えてやらねばならん」計画はすでに、ほぼ頭のなかで練りあげている。これを実行に移せば、ブリゴーリやティネリがこちらの実力をどう見ているにしろ、その疑いは一掃できるだろう。派手な花火を打ち上げて、すでに支配下にあるロシアのファミリーだけでなく、イタリアやアメリカの連中にも見せつけてやる。

相手の怒りの突発を避けようと、ジーキンは慎重に言葉をついだ。「最初の会議をこのモスクワで開くのは、安全だと思われますか？」

オルロフはまたしばらく黙りこみ、思案げにグラスをのぞきこんでいた。「いや」

うまく話を運べたようだ。「では、どこで？」

「われわれの手はベルリンにも伸びている。あそこで会議をもとう。ただし控えめにやれ。目立つことはなしだ。車、護衛、隠れ家は当然用意しろ。だが、印象づけようとはするな。その必要はない。われわれの取引なのだ。おまえがすべて調整しろ。いいな？」

「わかりました」この能なしの変態野郎に、いったい何をする頭がある？　だれかを拷問（ごうもん）して服従させては、あとで自慢することだけが生きがいの男に？

「イレーナに連絡しろ。今夜の予定を知らせるんだ」オルロフは命じた。「あの女が必要になる。イヴァンもな」

「イヴァンが？」ジーキンもこの兄弟の不仲は知っていた。

「ふたりともおれに借りがある。そろそろ返してもらわんとな。クラブにも電話しておけ。いつものバルコニーの席がいい」

「アレクサンドル・ミハイロヴィチだと伝えてくれ」

テープから、遠ざかっていく足音、ドアが開いて閉まる音、またドアが開く音が聞こえた。足音が近づいてきて、受話器が取り上げられた。

「なんだ？」あいさつの言葉もなく、ジーキンの声がひびいた。

「ダニーロフが本部の連中に写真を見せて、見覚えのある人間がいないか調べてまわってます。写真のなかに、アルカージー・アレクセーヴィチの顔がありました。チョボトフの兄弟も」

「何が狙いだ？」

「身元の割り出しです」

「結果は？」

「おれと同じシフトのやつらは黙ってました。ほかの連中がだれか見つけたという話も聞いてません。はっきりとはわかりませんが」

「記録のほうは？」

「兄弟の記録はたっぷりあります」

「イーゴリ・ガヴリロヴィチについての情報は？　おれのはどうだ？」

「あなたたちのはもう消しておきましたよ」悦に入った笑い声が聞こえた。

「よくやってくれた、アレクサンドル・ミハイロヴィチ」

「ペトロフカのほかの人間が、だれかの顔を見分けるかもしれません」

「あの連中はベルリンのグループに移す。まもなく向こうでも、人手が必要になるだろう」

「じゃあ、今度の情報には満足してもらえましたか?」へつらうような猫なで声だった。

「もちろんだ。明日ここまで、金を取りにきてくれ。イーゴリ・ガヴリロヴィチ本人からも、感謝の印があるかもしれない」例によって別れのあいさつもなく、通話は切れた。

「なんだ?」ジーキンがレストランにもどると、オルロフが訊いた。

「ペトロフカへの投資が役に立ちましたよ。やつが問題の種になりそうな事態を解決してくれたんです。ここに置いておくわけにいかない連中をどうするかも決めました。わたしといっしょにベルリンへ連れていきます。これからは向こうで仕事をさせられる」

「そいつはいい」

「オグネフが明日、金を受けとりにきます。あなた自身の口からねぎらいの言葉をかけてもらったほうがいいかと思ったので。わたしがベルリンにいるあいだは、やつと直接、話をしてもらわねばなりません」

その理由を聞けば、オルロフの同意なしに手配が進められたことも納得がいっただろうが、それでもオルロフは眉(まゆ)をひそめていた。「いいだろう」イレーナを隣に置く身振りをする。「〈ナイト・フライト〉のバルコニー席はどうなった？」

「もちろん、われわれの席です」くそ野郎め。ジーキンは思った。

「そうか、今日はいい一日だった」

ペトロフカでは、ダニーロフが〈ブルックリン・バイト〉の傍受テープから身を起こし、パヴィンに期待にみちた笑顔を向けた。

大柄な男も笑顔を返して言った。「アレクサンドル・ミハイロヴィチ……この名前はひとりしかいません。アレクサンドル・ミハイロヴィチ・オグネフ。部長刑事です」

「今はわれわれの手の内にある。あとはどうやって利用するかだ」近づいた、とダニーロフは思った。やつに近づいている。

15

準備の時間はほぼ一日だったが、ジェッド・パーカーはその時間を利用してあらゆる人間と連絡をとり、必要事項を徹底させ、一部はすでに実行に移し、残りは頭のなかで厳密に優先順位をつけた。ふたたび単独で動けるようになるまでに、回復すべき失地は多い——多すぎるほどだ。それに加えて、さらに状況を複雑にしかねないのが、今度も一度目と同じ結果になるという不気味な可能性だった。挽回への堅い意志がすべての原動力となっていたものの、自分の存在が目立たないようにするため、計画は掩蔽壕なみに厳重な防護壁の陰で進められた。

ディミトリー・ダニーロフ、そして準備段階ではパヴィンもそこに加わり、彼はペトロフカの職員の写真と腐敗した部長刑事オグネフの詳細な情報をコピーすると、オルロフを見きわめるための目印として、監視に関わる全員に配布した。なかでも重要な役目を担うのは、新来の交代要員から選ばれた、ロシア語を話せるふたりの局員だった。そのひとりは女性で、彼女はもうひとりの男性とともにロマンティックな休暇を楽しむアメリカ人旅行客を装い、例のレストランに潜入することになる。そして主にこのふたりのために、一言二言でも本人の声が聞けるというわずかな期待をかけて、これまで録音されたオルロフの声がすべて再生された。長身でやせているという大ざっぱな特徴をのぞけば、まだ顔もわからない男の、それが事実上唯一の識別可能な特徴だった。

「これでぜんぶだ」最後のテープを再生しおえると、パーカーは言った。「では、意見交換に入る。だれでもいい、役立ちそうな考えが浮かんだら、どんどん口に出して言ってほしい。不完全なアイデアだと思って遠慮するのはやめてくれ」そのときパーカーは、レストランの客に扮するふたりが渋面をかわしあっているのに気づいた。ワシントンの支局に属するハーヴァード卒の捜査員、ピーター・ジェプソンにメアリー・ダウリング。若くて金髪で、さっぱりした顔の、ミルクで育った中西部の男女だ。謙遜するふうを装って、パーカーは言った。「わかるとも。われわれは後手を引いている――大きすぎる出遅れかもしれない」これはポーズであろうとなかろうと、あくまで謙遜にすぎない、いずれは追いついてみせるという意味の発言だ。どうせ遠く離れた場所で捜査の分析をするのだから、責任の所在はどうにでもなる。名誉挽回への堅い意志に導かれて、ジェッド・パーカーはダニーロフを大使館の会議室に招き、一段高くなった演壇を分け合い、さらに指揮と責任も分け合うという行動に出た。このアメリカ人の豹変ぶりに、ダニーロフは驚きをあらわさずにいるのがやっとだった。彼のすぐ前にいる者たちにはその戸惑いが伝わっていただろう。彼と向き合って最前列に陣取るパヴィンも、冷静な表情を保ってはいるものの、やはり驚きを隠すのに苦労しているにちがいない。

ピーター・ジェプソンが言った。「オグネフが長身のやせた男に近づいたとき、写真を撮れるかどうかやってみますか？　ぼくらは旅行客なわけですから、写真はいくらでも撮れるでしょう？」

「いや、目につきすぎる。前回のことがあったあとでは」パーカーが反対した。

「ミノックスを隠すようにしたらどうです？」メアリー・ダウリングが言う。

パーカーが隣のダニーロフに目を向けると、今度は彼が部屋を見まわし、アル・ニーダムの顔を見つけた。「きみはあの店に入ったことがある。隠しカメラの使用は可能だろうか？」

ニーダムは少し考えていた。「むずかしいですね。えらく照明が明るいので。メアリーがコンパクトを出して化粧を直すふりをするとか、そういった動きでごまかせるかもしれませんが、かんたんにはいかないでしょう。前回のことがあったあとでは、やはりなおさらです」

「もしうまくやれなかったら?」パーカーが言った。「こちらの正体を見破られる。また失敗だ。それだけじゃすまない。今度は、盗聴器をしかけて追いかけていることが向こうにばれるだろう」

「闇（やみ）のなかを手探りで進むようなものです。どこへも行きつけない。やはり顔がわからないことには」ジョン・メルトンが言った。このＦＢＩのモスクワ支局員がワシントンへの送還を免れたのは、きみは大使館の事件対策室に残って無線管理を担当してくれ、そしてあのオルロフのおとり工作でどんな策略がおこなわれていたかをすぐに思い出してほしい、とパーカーが主張したからだった。メルトン自身は、運がよかったのか悪かったのか、まだ決めかねていた。

「顔もだし、ほかにもいろいろ必要だ」パーカーが皮肉な調子で言い、話を先に進めようとした。

「たしかに今の時点では、状況から見て、それが妥当な決定であり——判断でしょう」新しく来た別の局員が、部屋の中央から意見をのべた。「メアリーもピートも、準備をして店に入る。もしチャンスがあれば、写真を撮る。なければ撮らない」

完璧（かんぺき）だ、とパーカーは判断した。「ほんのわずかでもリスクは冒さない。百パーセント安全といえるときだけだ。どちらかひとりでも疑いをもったら、何もするな」

ジェプソンはあきらめた様子で、だがずばりと言った。「オーケイ、われわれの判断次第ってことですね」

最前列にいた女性捜査員が、ロシア側で用意されたアレクサンドル・オグネフのファイルをかかげて言った。「この傍受記録からすると、たしかにレストランまでリベートを受けとりにくるようですけど、もし状況が変わったとしたら、こちらが何も知らないまま、むだに待ちつづけることにならないでしょうか?」もう一度ファイルを示してみせる。「オグネフの住所はわかっているし、本人はペトロフカに勤務しています。どちらの場所も見張って、しっかり綱をつけておくべきでは?」

「たしかに、レストランだけに人員を集中するわけにはいかないでしょう」ダニーロフが言って、パーカーのほうを向いた。「オグネフは六時までデスク勤務です。ユーリーとわたしがペトロフカへもどるには、たっぷり時間の余裕がある。その途中でレストランの傍受をチェックできるでしょう。それから準備を整えてオグネフが出ていくのを待ち、ユーリーかわたしから外の監視に合図を送ればいい」

その提案を秤にかけて、パーカーは言った。「もちろん、レストランだけというわけではありません。ペトロフカでやつを監視し、アパートのほうを見張るために、緊急の応援要員も必要になるでしょう」部屋を見渡して、きびきびと言った。「今夜の件で、ほかに考えは？」

ダニーロフも部屋じゅうに目をこらし、だれも口を開かないとわかると、こう切り出した。「今夜の件ではないのですが。昨夜の録音のなかに、さらに検討すべき点があります。われわれは今まで、オルロフがベルリンにもグループを作っているとは知らなかった——」

「まもなく向こうでも、人手が必要になる、と言っています」パヴィンが口をはさみ、ほぼ引用するように言った。「なんのために必要なのか？」

ロシア人ふたりは念入りにリハーサルをしてきたようだ、とパーカーは認めた。だがこちらにとってどれほど利点のある話か、まだよくわからなかった。「そっちはもう手をまわしてあります。今日われわれがここに集まる前に、ワシントンと協議し、完全な傍受記録を送りました。タスクフォースの規模をベルリンにまで広げています。もちろん管理官も必要でしょうが、全体ではわたしの指揮下に入る。当然ここでの作戦に付随するものですから」

「こちらが主導権をとるべきでしょう」ダニーロフは言った。「われわれはドイツに移されるオルロフの手下たちの顔を知っている。シェレメチェヴォ発テンペルホーフ行きの便を見張って、やつらと同じ飛行機に乗っていけば、ベルリンに着いてからの居場所もたどることができます。常識的に考えれば、やつらは行動をともにするでしょう。それも早いうちに」

「その件は、わたしからワシントンに提案ずみです」パーカーはロシア側の介入をありがたく受け入れた。部屋の奥に目をやり、FBIのモスクワ駐在員のほうを見る。

「きみの役目だ、ジョン。チームを組んで、空港へ向かってくれ。やつらは今夜までにベルリンに着くはずだ。写真はすでに向こうの大使館に電送してある。きみたちのチームは旅支度をして、シェレメチェヴォへ行く。もし間に合わなくても、ベルリン行きの便と時刻を伝えるひまはたっぷりあるから、向こうの要員たちが準備して待ちかまえ、ロシア人の一行が着いたときに尾行を引き継ぐことができる。尾行用の車も通信機、人員もすべて、きみたちが降りるまでには手配できているだろう」横のダニーロフに目を向ける。「何か見落としていることは?」

「ないと思います」ダニーロフは言った。

パーカーはふたたび部屋を見渡した。「ほかにだれか?」

答えはなかった。

「では、準備は整った。今度はうまくいくだろう」そうであってくれ、とパーカーは思った。

ダニーロフも同じことを思っていた。車でペトロフカにもどる途中、ほかのさまざまな思いも脳裏に渦巻いていたが、それは程度の差こそあれ、すべて欲求不満から生じるものだった。自分のこの勝手な企てには、決してユーリー・パヴィンを巻きこむまい、そして同じ理由からウィリアム・カウリーも関わらせまいと誓った以上、相談できる相手はどこにもいない。こちらからアイデアや印象や疑念をぶつけ、その反応を聞くことのできる相手すら。客観的な検討には耐えないような、取るに足りない考えでも、先入観と強迫観念に凝り固まったこの頭をすっきりさせるには役立つだろうが。物理的にも比喩的にも逃げ出すのが不可能な檻のなかに、イーゴリ・ガヴリロヴィチ・オルロフを動物のように閉じこめ、なすがままにしてやりたい。正当な裁きだの、人間の尊厳だの善悪だのにとらわれることなく。イーゴリ・オルロフのことを考えるとき、そんなお題目が頭に入りこむ余地はない。目的はただひとつ、首尾よくラリサの仇を討つことだ。

そう思うとさらに、かつてないほどの欲求不満が襲ってきた。自分がオルロフにたどりつけるかどうか、そのほとんどの鍵を握っているのは、自分以外の人間たち――

絶対ミスをしないという保証のない連中なのだ。以前にもミスはあった、ミスはいつでも起こるものだ。その結果、またオルロフを逃してしまうかもしれない。

いいや、逃げない。逃がすわけにはいかない。断じて。ディミトリー・ダニーロフはようやく正直に、揺れ動く自分自身の感情に向かい合った。初めのうち欲求不満と感じられたこととはなんの関係もない。ほかの人間に頼らねばならないのは、これがイーゴリ・オルロフだと確認するときだけだ。そのチャンスはあと数時間でくるかもしれない。それからは単なる私的な報復の問題になる。パヴィンとはこの点について論じ合おうともしなかったが、今はどうしても考える必要があった。

おまえは人を殺せるのか？ 冷酷に命を奪えるのか？ 自分にそう問いかけた。これまで夢に描いてきたような拷問をオルロフに加え、やつが慈悲を求めて悲鳴をあげるのを聞きたいのか？ そのとおりだ、と自分で答えた。パヴィンが指摘したように、あの男にラリサ殺しの罪を問うすべはない。ならば、天の裁きを下してやるまでだ。おれはためらいもなく引き金を引くか、ナイフを突き立てられる。それはまちがいない——百パーセント確信がある。必要なのは本人かどうかの特定だけだ。あとは自分でチャンスをつくってみせる。

車のなかで、隣からパヴィンが言った。「今度はもう少しましでしょう。しかしオルロフも手下どもも、まだ監視要員を探しているはずです」

ダニーロフは言った。「ワルワールカの屋敷からはもう二日以上、オルロフの声紋と一致する声は聞こえてこない。あの屋敷はどの建物にも面していないから、やつは地下を通って出入りしているはずだ。下水道かもしれん。そう考えればつじつまが合う」

「土地登記所には何もありませんでしたが、都市設計の技師が見取図か何かを持っているかもしれません」

「たしかに、当たってみる価値はあるだろう」

「もちろんやってみます。しかし、百年も前の下水道の見取図があるかどうかは疑問ですが」

ダニーロフはしばらく黙っていた。「ドイツのことが心配だ」

「心配？」パヴィンが眉根(まゆね)を寄せた。

「あっちへ行かれると、捜査上の管轄権(かんかつけん)がなくなる」

神よ、感謝します。パヴィンは思った。厚く信仰する神の名を唱えても、今は許されるだろう。その祈りのおかげで、この敬愛してやまない最良の友人が救われるものならば。さもないと、彼は私的な裁きを下そうとして、プロの警察官としての矜持(きょうじ)を失いかねない——いや、ことによると自分自身の命までも。彼は明確にたずねた。

「オルロフの企みをはばむチャンスの得られる場所がドイツだとしたら、すべてドイツとアメリカにまかせざるをえないでしょうね？」

「そうはさせない」ダニーロフは決然と言った。

「ディミトリー！」

ダニーロフはパヴィンの声を無視した。自分の下した大きな決断で頭がいっぱいになっていた。「オグネフだ。やつを捕えるための手段だ。オグネフを使う。いまだかつてないおとり捜査になる」

阻止しなければならない。パヴィンは心に決めた。なんとしても、どんな手段を使ってでも、ダニーロフの目論見を食いとめなくては。

ウィリアム・カウリーは、自分の感情を表現することができずにいた。それはひとつきりの感情ではなかったからだ。怒り、焦燥、失望、罪悪感——しいて自分に正直になれば、恐怖があることも認めないわけにいかず、そのことがさらに驚きと失望をもたらした。

これまでパメラと深刻な言い合いをしたことはなく、一時的な意見の相違が口論に発展するようなこともなかったので、彼女の激しい怒りようはこれ以上ない衝撃だった。いや、激しいというのは正しくない。激しい怒りとは、大声でわめきちらすような怒りだ。ヒステリーや涙もつきものだろうが、パメラは大声も涙も出さなかった。そのまったく逆だ。たしかに激怒していたが、冷たく計算された怒りだった。こちらが言いわけをしても——あの泥酔した状態では、たしかにまともな説明もできなかったが——彼女はにべもなくはねつけた。何よりもつらいのはそのことだった。

昨夜の口論のあとで、パメラはきっとあの脅しを実行に移すだろうという気がした。カウリーが捜査を——今回の捜査を危険にさらしていると思えば、彼女は人事部に報告するだろう。場合によっては、長官本人にすら。それでけんめいに説得しようと試み、おそらく成功した。そんなことをされたら、ぼくは降職になるか、局を首になる。身の破滅だと。するとパメラは、自分の仕事どころか身体まで滅ぼす危険を冒しているのはわたしじゃない、あなたのほうよと答えた。カウリーが理屈や愛情にからめて何を言っても耳をかそうとせず（「あなたを愛してるからこそ、ほうっておくわけにはいかないの——こんなふうに言うのは初めてじゃないでしょう。自分の勤める局を尊重し、自分の職務を真剣に受けとめているからこそ、あなたが捜査や、同僚の人たちを危険にさらすのを見過ごしてはおけないの。みんなあなたの味方だし、あなたのためにがんばってるのよ』)、もう二度と、決してこんなまねはしないとカウリーが誓っても、不信感もあらわに首を横に振った。

すっかり尻にしかれたなどと、自虐めいた冗談にまぎらせてすむことではない。この罪悪感がどこからくるのかは、もうわかっている。あらためて正直になれば、パメラの言うことが完全に、議論の余地なく正しいということだ。これほど重要な捜査の最中に、三時間も雲隠れするというのは、プロ失格もはなはだしい。今回は何ごともなくすんだが、それは自分が決してひざまずいて祈ったこともない神様のおかげなのだ。もし昨夜モスクワで、やつらの正体がつきとめられる二度目のチャンスが訪れ、そのために今朝の七時にJ・エドガー・フーヴァー・ビルに呼び出されていたら、とんでもないことになっていただろう。まったく幸運だった。もう二度と訪れるとは思えないほどの。

レナード・ロスの直通電話が、デスクの上で耳障りに鳴りひびいた。「どうだ?」

「すべて――全員――配置につきました。ごらんになったとおりに。つぎの連絡を待っているところです」

「わたしもだ。すぐにも吉報が聞きたい」

「わかってますよ」カウリーは言った。

そのころ、モスクワのスコルニャズヌイ通りの〈ブルックリン・バイト〉では、ピーター・ジェプソンがぎごちない様子で両腕を伸ばし、テーブルに置かれたメアリー・ダウリングの両手をいとおしげに自分の手のなかに包みこんでいた。女捜査員も彼を見つめながら、やはり彼の手を愛撫していたが、重ねられたふたりの手のなかには超小型カメラが隠されていた。

「もし今夜、きみとぼくがほんとうに寝たら、こういうことももっとうまくできるようになるんじゃないか」

「三枚は、まあまあの露出のはずよ」

「あとで、別の露出をしないか？」

「いつも言われてたのよ、カンザスの女の子は新婚初夜まで純潔を守るものだって」

「じゃあ、ぼくと結婚しよう」

「わたしはオクラホマの生まれよ。カンザスの女の子のことは、そういう話を聞かされてたってだけ」

ワシントンのカウリーは、モスクワからだと期待して受話器をとったが、電話をよこしたのはシカゴ支局の特別捜査官ジミー・ピアースだった。「ティネリの屋敷に向けているスキャナーから、ごく断片的にですが、傍受できました。石ころほどの値打ちしかないでしょうけど、どんなものでもいいとのことだったので」

「どういう内容だ？」

「ほとんどわからないんですが、ただドイツがどうのと。何か意味はありますか？」

「テープはどうした？」

「もうそっちへ送っています、音質処理のために」

「ひょっとすると、宝石なみの値打ちものかもしれないぞ」

16

〈ブルックリン・バイト〉で撮影された写真は、待望久しい突破口だと大いに賞賛された。正確にはそうとまではいえなくても、これまでの捜査がおおむね失敗続きだったために、その表現に異を唱えようとする者はなかった。カウリーは大げさすぎると感じていたが、自分はともかく、全体の士気を上げるには役立つだろうという気もした。予想どおりジェッド・パーカーは、みずからチアリーダーを演じるのはお手のもののようだ。

実際には、イーゴリ・ガヴリロヴィチ・オルロフと確認された男の写真は四枚あった――最も不明瞭(ふめいりょう)な最後の一枚を入れれば、五枚になる。手のなかに隠したカメラで撮ったために光量が足りず、指もじゃまになっていて、高画質処理をほどこしたあとも、完全なものや信頼できるほど鮮明に写ったものはなかった。それでも科学的な処理や分析から、この男がおそらく六フィート五インチはある長身で、体重およそ百六十一ポンド――誤差は一ポンド以内――のやせ形であることは確認できた。そして心理プロファイリングの専門家は、昔から自分の身長にコンプレックスを抱いている男だと解釈した。いつも猫背で、自信にみちた男のように背筋を伸ばして立つのではなく、自分を小さく見せようとしているからだ。髪は黒くてかなり長く、比較的濃いめだが、ひたいの生え際はやや後退ぎみ。どの写真を見ても、両方の手や腕は一度として同じ位置にはなく、はでな手振りで話をする男だというふたりの局員の独立した証言を裏づけていた。それもやはり生来の劣等感のあらわれだと解釈され、そこからこの男が、表向きには攻撃的、暴力的なごろつきであることはほぼまちがいないと結論づけられた。スチール写真から得られる限られた解釈だけでなく、写真を撮った捜査員ふたりの具体的な証言も大いに参考になった。ピーター・ジェプソンとメアリー・ダウリングに最も強い印象を残したのは、周囲からこの男に向けられる卑屈ともいえるほどの敬意で、腐敗したペトロフカの部長刑事はとくにそれがはなはだしかった。ふたりの記憶によると、だれも自分から会話を始めようとはせずに、オルロフが口を開くのを待っていたし、彼が何か言葉をはさむたびに、おとなしく口をつぐんでいた。オルロフが何か受けを狙うようなことを言えば、たちまち大きな笑い声が起こったが、だれも冗談を返そうとはしなかった。ふたりの捜査員はオルロフの肉声がはっきり聞こえるほど近くにいたわけではなく、テープの声と聴きくらべるのはむりだった。オルロフは目鼻立ちの鋭い、豊かな胸の女を連れていた。女が写っている写真は二枚だけで、オルロフよりもさらに不明瞭だったが、もう一度見ればかならず見分けがつく、とメアリー・ダウリングは請け合った。

その最初の一日が終わらないうち、写真はワシントンに電送され、それから完全な高画質処理をほどこしたものが証言による特徴とともにシカゴへ送られた。ジミー・ピアース本人がハイアット・リージェンシーのベルボーイに会いにいった。すると、写真の男は不鮮明ではあるが、たしかに問題の男にそっくりだという返事が返ってきた。ヴィターリ・ミッテルのほうも再度確認がとれた。ピアースは当然、捜査のくわしい話をベルボーイに明かしはしなかったが、もし裁判になれば、きみが証人として召喚され、新聞やテレビに出る可能性はきわめて高いだろうと言った。

カウリーはレナード・ロスとの最初の会見のために、画質処理されていないもとの写真と、さらにシカゴで傍受されたジョゼフ・ティネリの通話を科学的に再現した傍受記録を持参した。

「やっと進展しはじめたな？」資料を読むより直接聞きたいとばかりに、ＦＢＩ長官が切り出した。

「多少はですが」とカウリーは応じ、ジェッド・パーカーとの会話に出てきた大げさな表現を使おうとはしなかった。もっともモスクワからパーカーが書いてよこした申し立ては、最新の捜査ファイルに入れておいた。

「いちばん重要なものは?」

カウリーはためらった。捜査の方針に関して、当初彼が留保していたのがたしかに誤りだったと認めることになるからだ。「一枚目の、今日のファイルにあります。シカゴが傍受したティネリの通話の傍受記録ですが、とても完全なものとはいえません。ここへ来る前に音響分析の連中と話をしたのですが、技術担当のほうは最善を尽くしてくれました。しかしこれ以上の音質処理はむりだとのことです。携帯電話どうしの通話で、ティネリは家のなかを動きまわっていたのか、雑音が多く、声がかき消されてしまっています。まるでボイラー室かガレージにでもいるみたいで、よけいな音を除去できませんでした……」

「何がわかったのだ?」ロスが例によって、気短にさえぎった。

「オルロフのものと思われる声紋が採れました。科学班が、以前モスクワで得られた声と比較照合する準備を整えています。ティネリの明瞭な声紋は採れていません。スキャン全体からまちがいなく取り出せたのは六語だけです。しかしオルロフはそのなかで〝ジョー〟と言っていました」

「ほかの単語は?」

カウリーはため息をついた。「あとは〝ベルリン〟です。音響分析で確定しきれなかったなかに、〝ドイツ〟という単語もありました。〝オーケイ〟も二度出てきましたが、コンテクストがないので、何がオーケイなのか、だれがオーケイなのかは推論できません。あとは〝残り〟という単語と、〝言われた〟という単語がありましたが、やはりなんらかの解釈をほどこすにはコンテクストが不足しています」

「つじつまは合う」ロスが結論づけた。「それもやはり、わたしが最初から言っていたとおりだ。世界規模の連合なのだ」

「捜査のほうも、最初からそのように組織されていました」カウリーは言い、きみは始めのうち留保していたではないかと言われるのを待ちうけた。だがロスは顔をそむけたまま、捜査ファイルを指でたたいていた。

なんとしても自分を正当化しようというロスの態度は、いささか不気味だった。

「〝残り〟という言葉は、イタリア人のことだと考えるのが妥当だと思う」

「そのとおりでしょう」批判の時間が終わったのをさとり、カウリーはほっとした。「すでにローマの支局員と予備的に協議をおこないました。写真が高画質処理され次第、すべて向こうの大使館に送ります。オルロフがティネリと直接話をしているのであれば、やはりイタリアのボス中のボスとも通じていると考えるのが妥当でしょう。イタリアの対マフィア委員会に情報があるはずです。その人間の名前と、うまくすれば写真も手に入れられるかもしれません。今日のうちに話をするつもりです」

ロスはフォルダーをめくり、盗み撮りの写真のページを開けた。「これはあまりよく撮れてはいないな？　批判ではない、ただの感想だ。もっと画質を高められる見込みはあるか？」

「たしかによくありません」カウリーはすぐに認めた。「技術的に最悪の条件で、超小型カメラで撮ったものなので。上の階の連中の話では、大きく引き伸ばすと画像が完全に崩れる恐れがあるとのことです。鮮明にできる自信もないと言っていました」

「それでも、彼らはよくやってくれた。そう伝えてくれ」

「ねぎらいの言葉はかけておきましたが」

「もう一度伝えるんだ、わたしからの言葉として。ドイツの……ベルリンのほうはどうだ？」

「これまでの準備については、もうご存じでしょう。追加のタスクフォースの人員もすでに配置につき、シェレメチェヴォとテンペルホーフも見張らせています。おとり工作のときの写真から、だれを探すべきかもわかっている。そちらの写真はすばらしく鮮明です」

「シェレメチェヴォのなかにだれかを張りこませて、予約が入る前にこちらに知らせるようにさせればどうだ？」

あんたは法律家として、事実を吸収する訓練を積んでるんじゃないのか。「われわれが持っているのは写真だけです。名前はありません。だから目で見きわめなければならない。それにわれわれの要員をちょうど間に合うよう配置するのは時間的にむりですし、そうすることで何かしら情報が洩(も)れ、向こうが警戒しないという保証もありません」上司がつかのま、ばつの悪い思いをするのを、カウリーは楽しんだ。

急いで立ちなおろうと、長官は言った。「ドイツへの配置はどうなっている？」

「今朝の十時の時点で、新しいチームが動きだしています。もちろんドイツ当局にも、儀礼上の問題としてだけでなく、協定にもとづいて通知しました。不完全とはいえ、シカゴの傍受の件があるので、今日の午前中にわたし自身が、ドイツ連邦捜査局(ブンデスクリミナールト)の組織犯罪局長と話をするつもりです。うまくすればその前に、高画質処理された写真ができあがってきて、われわれが捜査と管轄権(かんかつけん)の両面で協力を求めるときに送付する資料のなかに入れられるでしょう」

「ドイツ当局は、オルロフのグループの存在をつかんでいるのか？」

「最初に話したときは、知りませんでした。今日じゅうに何か情報が得られるかもしれません」

ロスはまた黙りこみ、マニラフォルダーを指でたたく音が、蛇口からしたたる水音のようにひびいた。そして唐突に言った。「オヘア空港を、二十四時間体制で監視するべきだな」

「すでに配置しています」とカウリーは告げ、今は自分のための予防策を講じるべきだと判断した。「われわれの予測が正しいとすれば、ティネリがどこかの空港から飛行機に乗らねばならないのはたしかですが、かならずしも直接シカゴから飛び立つ理由はありません。どこでも都合のいい空港まで車で行き、そこからヨーロッパへ向かえばいい。また直接ベルリンに飛ぶ必要もない。やはりやつが慎重で、やはりわれわれの予測が正しければ、その可能性は高いでしょう——オルロフは追われているのを知っているのですから。ティネリもヨーロッパのどこかに着いて、車か鉄道で移動してくるかもしれない。オルロフにも、イタリアから来ると考えられる人物にもいえることです。陸路をすべて監視することはできません」

「言わんとすることはよくわかった。それでもオヘア空港の見張りは続けるのだ」

「ずっとそのつもりでした」

「これは突破口になるぞ、ビル」レナード・ロスが強調した。

カウリーにはそうは思えなかったが、またファーストネームで呼ばれる関係になったのは、少しは好材料なのだろうと感じた。もっとも、これがいつまで続くことやら。

ディミトリー・ダニーロフは高画質処理された写真ができあがるのを待たず、不鮮明なオリジナルを手に、さっそく動きはじめた。記録部へ行き、既知の六つのファミリーのファイルを引っぱり出す。興味があるのはズボフとミッテル、そしてオルロフがかつて用心棒（エンフォーサー）を務めていたと見られるムイチシチのファミリーについてのわずかな情報だった。民警のファイルにあった写真は五枚だけで、それを前夜のレストランの写真だけでなく、オルロフがＦＢＩの監視を見破ったおとり工作のときに撮られた写真とも比較した。だが、イーゴリ・オルロフのぼやけた姿や証言による特徴と少しでも似たところのある者はいなかった。オルロフとの比較だけに熱中していたわけではなく、手に入る最大の倍率の拡大鏡を使い、おとり工作の写真とレストランの写真の背景に写っている人物も比較していったが、やはり似通った姿は見つからなかった。実りのない調査を二度くりかえしたころ、アメリカ大使館から高画質処理された写真が届けられた。ファイルにある写真をざっと調べているところへ、ユーリー・パヴィンが入ってきた。

そのときダニーロフの前に開いてあったファイルが捜査とは無関係なものであることに気づくと、パヴィンは訊いた。「何か出てきましたか?」

ダニーロフはかぶりを振り、ファイルを閉じた。「実際に何を調べてるかごまかすために、これを持ち出したんだ。きみを待つあいだ、いちおう見てみようと思ってね」

「すると、顔の割り出しは?」

「わたしはやるつもりはない。パーカーの話だと、ワシントンではスペクトル顕微鏡を使って、訓練を積んだFBIの専門家が分析するらしい。だが、わたし個人の役にはたいして立たない。そうだろう?」

「捜査の役には立つかもしれません」そのとき、パヴィンは決断した。自分がこれからしようとすることは、プロの警官としても人間としても見下げはてたことだが、それでも完全に正当化できると。今日は自宅に帰る途中で、教会に立ち寄る日だった。ほかの人たちではなく自分自身のために祈るというのは、ふしぎな経験だろう。司祭に打ち明けられるようなことではないし、そのつもりもなかった。

「それとこれとは別だ」ダニーロフは言いきった。「そちらはどうだった?」

今度はパヴィンが首を横に振った。「ワルワールカの屋敷のような古い場所に、下水道の見取図が残っていると期待するのは甘すぎました」

「やってみる価値はあったさ」ダニーロフは言い、写真をかき集めた。

「これも同じだ。どちらも収穫がなかったのは残念だが」

ユーリー・パヴィンのほうには、実は収穫があったのだが、最初に建てられたときの情報ではなかった。一九八六年にこの屋敷が外国人外交官の宿泊施設として改装されたとき、下水道の設備が壊れているのがわかり、必要な交換や修理がおこなわれた。この種の作業がいい加減なことの多いロシアでは珍しく、改修を手がけた技師はすばらしく明瞭な見取図を作製していた。しかも下水道管の線とは完全に区別して、リブヌイ通りの四軒目の家に通じる召使用の通路を示す線を書きこんでいたのだ。清廉潔白な人生を送ってきたユーリー・マクシモヴィチ・パヴィンが、わざと情報を隠したり捜査を妨害したりするのは初めてのことで、これはいつまでも自分の良心の重荷になるだろうと思われた。けれどもばらばらな記録やファイルを前に、ダニーロフがむだな努力をしているところを見ずにすんだ。イーゴリ・オルロフを見つけだし、みずからの手で殺すという捨て鉢な決意にかられ、ダニーロフはあきらかに、ペトロフカの不十分な記録にある犯罪者の写真すべてを照合する覚悟でいる。あの男が人目につかずにどうやってワルワールカ通りの屋敷に出入りしているかを知れば、彼が無謀な行動に出ることは絶対確実だ。ラリサ殺しの犯人が無事にアメリカによって勾留され、事実上ダニーロフには手が出せなくなるまで、なんとしても彼を遠ざけておかねばならない。そのために今度のようなまねをもう一度する必要があるなら、すでに重荷を負った良心に新たな荷を負わせることには、なんのためらいもなかった。

カウリーからのねぎらいの電信をみずからコピーし、ふたりに手渡しながら、ジェッド・パーカーは言った。「これはきみたちの個人記録に、褒賞という形で残されるだろう。入って間もないFBI局員には異例のことだ。きみたちの名前にはつねに星印がつけられるわけだ」そのからみで、おれの名前にも星がつく。パーカーは心のなかで満足しながらそう言い足した。

ピーター・ジェプソンが隣を見ると、そこには昨夜ベッドをともにしたメアリー・ダウリングがいた。「またほかに、お祝いすることができたね」

「カンザスじゃなくオクラホマの生まれで、ほんとによかったわ」メアリーが言う。

「スタートはひどいものだったが、今はごく順調にいっている」ふたりのやりとりの意味には気づかずに、パーカーは言った。「きみたちは昨夜、あのレストランで、やつらの目の前にいた。だからもう直接の監視に当たらせるわけにはいかない。空港から出国してもらう。いや、決して退場するわけじゃない。行き先は今回の捜査全体が移ろうとしている場所、つまりドイツだ。きみたちはまだ最前線にいる」

「ぼくらの希望どおりです」ジェプソンがふたりを代表して言った。「写真の画質処理のほうは、成果がありましたか？」

「きみたちの手柄が割り引かれるほどじゃないが、あれが精いっぱいだ。いろいろな技術を駆使しても、かんたんに見分けがつくというほどにはならなかった」

「すると、十点満点で五点というところかしら」メアリー・ダウリングが言った。

「八点だと思っていい。われわれにもそれだけの点数はつけられる」

だが、もし例のレストランの写真のうち二枚がもっと鮮明に写っていれば、そんな得点はありえなかったろう。その二枚を見ると、イーゴリ・オルロフのすぐ後ろに、がっしりした体格のはげ頭の男がいた。この男がおとり工作に加えられたのは、あるきわめて特殊な理由からだった。かつてKGBの監視担当部門に属し、面割りの訓練を積んでいたのだ。

「おまえは対等な相手として会見に向かう」ブリゴーリは息子に指示した。「言葉でも態度のうえでも、へつらうようなまねはするな」

「わかりました」パオロがうなずいた。「そのつもりです」

「ロシアはえらく慎重に計画を立てている」

「いいことじゃないですか？」

「〝シニョーレ・クラクシ〟というのは、どう思う？」

パオロはにやりと笑った。「偽名まで用意するとは、いささかやりすぎかもしれませんね！」

「ベッティーノ・クラクシは逮捕され、不名誉のうちに首相の座から追われて、流浪（るろう）の身で一生を終えた。その二の舞はするな」

「つかまったりはしません」パオロは請け合った。

「ロシア人とティネリのファミリーに手を組ませないよう気をつけろ」

「ティネリの相談役（コンシリエーレ）が、われわれに手を組もうと持ちかけたら？」

「その話には乗ればいい。だが、わたしの出る幕も残しておけ」

17

「またあの娼婦(しょうふ)だ」監視手は言い、身をもぞつかせた。ほんとうはずっと目をあけていなければならないのだが、いやます疲れと退屈から、ぐったりとシートに沈みこみ、ときにはうたた寝までしてしまっていた。ヴェニアミン・ヤセフの集中的な監視が連日続けられていたが、これまではなんの進展もなかった。あまりに収穫がないせいで、今や世界的規模になった捜査のなかで、こちらのチームだけはどうにも士気があがらず、特別捜査官のハンク・スローンからも〝不毛な張り込み〟と言われる始末だった。

「おまえのおふくろさんが好きだった映画みたいに、あれが本物の純愛だなんてことはあるかな？」

「あの女のポン引きをする前に、ちゃんといろんなテクニックを知ってるかどうか調べてるんじゃないのか？」運転手役のデイヴ・ハースキーが言った。ハンドルとシートのあいだに体をおさめるのにも苦労する、太鼓腹の男だ。

ブライトン・ビーチの三十一丁目にあるアパートからヤセフと連れだって出てきた

娘は、FBIの事情聴取リストには載っていなかった。今になって近づいても、FBIが〈オデッサ〉とその内情に引き続き関心をもっていることがばれてしまう。しかし次第に失望にとらわれはじめた捜査員たちは、秘密のはずのこの作戦も、実はボードウォークでは公然の秘密なのじゃないかと疑わしく感じていた。ヤセフのアパートや車ではラジオががんがん鳴りっぱなしで、スキャナーの音はかき消され、盗聴器をしかけたアパートやレストランの電話からも目ぼしい情報は拾えなかった。ヤセフはたえず携帯の機械を取り替え、番号も新しくしていた。二度ばかり自分で廃品置き場まで行って、携帯電話を粉砕機にほうりこみ、粉々になるのを見届けたこともあった。

「いいオッパイしてるぜ」ハースキーが言った。

「商売道具だからな」監視手のジャック・バドゥンが応じる。パートナーとは対照的にやせた体つきの、スキンヘッドの男だ。「ほら、ヴェニ、早くお別れに尻でもなでてやれ」

まるで聞こえたように、ヤセフがその言葉どおりのことをすると、ハースキーが言った。「ひと晩に四人も五人も六人も客をとってきた女と、それと知りながら寝るってのは、妙なもんだろうな」

「なんだか古くさい台詞だな」バドゥンが応じる。「よう！　おれたちドライブに行くんだ、いっしょにどうだい？」

ヤセフが自分の九〇年型フォードに乗りこむと、バドゥンは携帯電話を使って、三ブロック先に止まっている電子監視用バンに連絡をとった。空いているほうの手の細い指でひざに広げた地図の上をたどり、常時開いたままのチャンネルで技術要員に指示を送る。「やつは三十四丁目を進んでる。交差点でつかまえられるだろう」

ハースキーはヤセフとのあいだに別の二台の車をはさみながら、冗談まじりに言った。「まさか尾けられてるとは思うまい」

「気づかれないよう、キリストに祈らなきゃな」バドゥンは真剣な口調だった。

バンの電子監視手の明瞭な声が、受信機に入ってきた。「やつを視認した……いまスキャンしている……」そして、「ちきしょう！　頭が割れるところだった。あいつ、耳がどうにかならないのか？　ばかげた音でクソみたいな音楽をかけやがって。こっちまでおかしくなる。いちおう録音して、音響の連中の分析にまかせよう」

信号がうまいタイミングで赤に変わり、電子監視用バンは交差点を曲がりこむと、ヤセフの車のすぐ後ろについた。両サイドと後ろに窓のない白のバンから、一見ふつうのラジオアンテナらしきものが突き出している。

バドゥンは言った。「ケツにスマート爆弾をつっこむくらい、さりげなかったな」

ハースキーが無視して言った。「くそっ、なんだ！」

ロシア人の車がスピードを上げ、やがてパークウェイ方面を示す最初の標識が現れた。バドゥンは座席の上で体を起こした。「これまで行ってたのは、いつもマンハッタンだったが」

「おれもいっしょだったろう？」

「おれの考えてることがわかるか？」

「空港かもしれんな」

「選択は二つだ」監視手は指摘しながら、すでにブロードウェイのマンハッタン支局に携帯電話をかけようとしていた。

ハンク・スローンから応答があった。好都合なことに、三人の要員がすでにＪＦＫで、イーゴリ・オルロフの写真の照合のためにローマ発のアリタリア航空の便を待っているので、その三人をすぐに差し向けられる。さらに応援の要員を、マンハッタンの三十四丁目のヘリポートからヘリで送りこむ。それからモスクワもしくはローマからＪＦＫもしくはラガーディアに到着する便の予定を調べ、できれば乗客名簿のチェックもしておく。

ハースキーが言った。「こんなふうに警報ベルを鳴らしてから、やつがさっきのお楽しみのあとでパンツの替えをKマートまで買いにいったんだとしたら、おれたちはいい笑いものだぞ」

「もしベルを鳴らさずにいて、実際にやつがイーゴリ・オルロフを出迎えにいったんだとしたら——でかい花束をもらって、ロシアの連中らしく頬にキスでもしてたら——それどころじゃすまない」バドゥンは右のほうを指した。「あのジャメイカ湾を見ろ、羽のない鳥がぶんぶん飛びまわってるだろうが」

「賞狙(ねら)いか？　そうだな？」

「ほかのやつらはみんなひとつは取ってる。おれたちだけカヤの外ってことがあるか？」

「ベルトパークウェイに乗るぞ！」

電子監視用バンはヤセフから車二台ぶんの距離を保っていた。そのとき、急に無線の声が飛びこんできた。「あの野郎、なんであんなまねができるんだ！　測定不能なボリュームでラップを鳴らしながら、同時に携帯電話でしゃべってやがる」

「おたくらの仲間はそれをきれいにして、何言ってるかわかるようにできるんだろう？」バドゥンが通話ボタンを押しながら言った。

「ホワイトノイズか何かも流してるようだ。意味のある言葉はさっぱり拾えない」

「このろくでもない捜査自体、意味なんかないさ」

「今どこへ向かってると思う？」

「どっちかの空港だ」とバドゥン。「マンハッタンには知らせた。JFKにはもう三人ばかりいるし、応援もヘリで飛んでくる」

「そろそろ何か、動きがあっていいころだが」向こうの監視手がぼやいた。そのとき急に、「JFK方面の出口に入るぞ！」

ハースキーがこぼしはじめた。「この稼業の人間は、世界じゅうに百万といる。なのにいよいよチャンスらしきものがきたと思ったら、おれたちは七人だけで、うちふたりは技術屋で、支援も準備もなくて、自分らがどこにちんぽこをつっこんでるかもわからないとくる」

「人はそうやってスターになるのさ」

「そうやって梅毒になるんだ」

そうするうちにも、バドゥンはすでに携帯電話でマンハッタンに連絡をとり、標的の目的地がたしかに空港であることを伝えたが、予想どおりのスローンの返答にため息をついた。ヘリで向かっている応援のチームが合流できるとしても、あと最低三十分か、おそらくもっとかかる。すでに空港にいる要員たちは、直接そちらに連絡をとるだろう。バドゥンは片手で電話を切り、監視用バンへの通話ボタンを押した。「そっちに移動式の監視装置はあるか？」

電話の向こうから、芝居がかったため息が聞こえた。「モールス信号機もあるし、手旗信号のセットもある。ロープで旗を揚げるのだってできる」

「しゃんとしろ、みんな」そのときバドゥンがマイクに口を近づけ、この場をコントロールしようとした。「たしかにいい状況じゃあない。まともな事前の準備もないし、指示待ちをしてる連中が三人いるだけで、だれかが目の見えない男のカップから小銭をくすねるのを止められるだけの人間もいない。そっちにカメラはあるか？」

「スチールに、ビデオもある」前方のバンから、落ち着いた声が返ってきた。

「あるものはぜんぶ持っていけ。だが目立たないようにしろ。なるべくわれわれから離れて動くんだ。やつの行動を、できるかぎり写真で押さえたい。まず当然、やつが会う相手だ。それから、やつが近づく車、乗りこむ車のナンバー。もちろん勘づかれやすい、だからうまくやらなきゃならないが、だれかひとりはイアフォンを耳につけておいてくれ。もし連絡がとれなくなるか、何かしらの理由で二手に分かれることになったら、自分の判断で動け。やつが飛行機に乗るなら、いっしょに乗りこむんだ……」バドゥンのもう一方の手のなかで、携帯電話が震えだした。「待ってくれ」と無線のマイクに向かって言う。「ニューヨークからだ」そして通話ボタンからいったん指を離し、携帯電話を耳に当てた。そして一分とたたないうちに、バンとの連絡にもどった。「賢人も言ってるように、人生は楽じゃない。ニューヨークが飛行機の予定を調べた。これから一時間以内に、モスクワ発の直行便が一便、モスクワ行きが一便ある。ローマ発が三便にローマ行きが二便。ジュネーヴ行きも二便ある。一分でもヤセフを見失ったら、永遠のお別れだ」

「国際便に乗りこまれたら、われわれには追いかけられない」向こうの監視手が白状した。「だれもパスポートを持ってないんだ」

ハースキーが言う。「おれたちはほんとに、月まで人間を送りこんだのか!」

バドゥンの電話がまた震えだし、相手の声が言った。「ポール・ピーターズだ。今こっちで待ってる、ジャック。何をすればいい?」

バドゥンはためらった。「ヤセフの顔写真は持ってるな。モスクワ発とローマ発の到着便を見張ってくれ」汗のせいで、電話をもつ手がすべりそうになった。

「そっちのボディーマイクは、どの声帯域を使ってる?」

「3だ」すぐにバドゥンは言った。「全員、それにならってくれ。3で話す」

バンの監視手から、急に連絡が入った。「短時間用の駐車場に入るぞ」

「こっちにも見える」とハースキー。「どこかへ飛んでいくつもりはないってことだ」

「だといいが」バドゥンは言うと、またマンハッタンに連絡をとり、もしヤセフと、やつが迎えにきた相手を尾行する状況になった場合に備え、応援の要員とすでに空港にいる要員たちに車を用意しておくよう伝えた。ハースキーに向かって言う。「ほかに忘れていることはないか？」

「ないと思うが」

「ちゃんと考えろ、もう一度！」

「落ち着けよ、ジャック。だいじょうぶだ、ぜんぶ押さえてる」

白いバンはヤセフの車の三列後ろにとめられ、ふたりの技術要員がすでに外に降りて動きだしていた。バドゥンは耳にイアフォンをつけ、マイクをシャツに留めてネクタイで隠した。車から降りながら、彼は言った。「聞こえるか？」

「はっきり聞こえる」向こうの監視手が言ったが、確認のしるしに目を向けようともしなかった。

「こっちも聞こえてるぞ」ピーターズの声が入ってきた。

ヤセフは急ぐ様子もなく、出口のほうへ歩いていったが、ランプを登りきったところで腕時計を見た。バンの運転手がぴったり後ろについたまま、やがて視界から消えると、ハースキーとバドゥンはすぐさま駆けだし、駐車した車の列のあいだを全速力で走り抜けた。だが角をまわりこんだとき、エレベーターの列の周辺にいる人ごみのなかには、技術要員もヤセフの姿もなかった。

「どこだ？」バドゥンは顔をうつむけ、マイクに口を近づけて訊いた。

技術要員から返事はなかったが、ピーターズの声がした。「さっき言っただろう！

「技術の連中に呼びかけてるんだ」バドゥンは言った。それからハースキーに向かって、「コンクリートが多すぎる。電波が届かない」

「到着ロビーじゃないか？」とハースキーが言いだした。ふたりはエレベーターに乗りこみ、めざす階の番号を押した。

二階に着き、人でごった返すコンコースに出たとたん、バドゥンの耳にガリガリという雑音や聞きとれない声が飛びこんできた。「何か見えるか？」

ハースキーは首を横に振った。「分かれよう。おれは出発ロビーのほうを見てみる」

バドゥンはつかのま表示スクリーンの下に立ちながら、安堵のあまり全身から力が抜けそうになった。これから三十分以内に到着するモスクワ発の便とイタリア発の最初の便は、別のウィングの離れた場所に着くが、どちらも最低ひとりの要員が押さえている。バドゥンはモスクワ発のほうへ応援にいこうと決め、人目につかない範囲内でなるべく急ぎながら、スクリーン表示にあるDセクションの到着ロビーに入った。周囲に目をこらし、ヤセフや技術要員たちを探すが、だれの姿も見えない。汗の条(すじ)が背中を伝い落ちた。ハンカチで顔をぬぐうと、口元に当てながら、マイクに向かって言った。「だれか聞いてるか？　こっちはDセクションで、モスクワ発の便を調べている。くりかえす、デルタ航空のDだ。ローマ発はEだ。だれか聞こえてたら、Eのほうへまわってくれ」

すぐに別の声が入った。「エド・マレーだ。きみのあとからDに向かっている。こっちは四人で、散開している。レンタカーの追加が二台ある。まもなくそっちまで行く。仕切り壁のところで会おう、ジャック」

バドゥンは歩調をゆるめも、振り向きもしなかった。彼がポール・ピーターズの隣に並びかけると、テキサス出身の骨ばった男のほうも反応を返さなかった。マレーは何分か遅れて到着した。

ピーターズが言った。「Eはふたりが押さえている」

マレーが言う。「ここでヤセフを見たか？　おれは見ていない」

「まだだ」バドゥンは言った。

「人が多すぎる」ピーターズがぼやいた。

「まったくな」バドゥンはぞろぞろと押し合いへし合いしながら出てくる乗客のほうに頭を振った。「モスクワ税関の目印がいくつか見える。少し後ろにさがって、視界を広げてみよう」ふとバドゥンは、自分がいつのまにか監督の役割をひきうけ、ほかのだれも反対しようとしていないのに気づいた。

マレーはためらいなく右のほうへ進み、ピーターズは向かい側にある到着ロビーの出口の前まで移動した。バドゥンは左側へ進んでいくと、柱に背をもたせかけ、三人でロビー全体を見渡せる態勢をとった。何分かすると、マレーが小型マイクに向かって言った。「時間のむだだ。ここじゃない」

「Eにも見当たらない」ハースキーの声が入ってくる。

ミスを犯した。バドゥンはふいに思い当たり、胸が悪くなった。技術要員たちにも、自分やハースキーにも、最初は唯一の標的であるヤセフを追ってターミナルに入っていくのが当然だと思えた。だが、三人の要員がすでにいることを考えれば、ヤセフを見失った場合の保険として、だれかが唯一の目印であるヤセフの車を見張っているべきだったのだ。そしていま、その最悪の事態が起ころうとしていた。切羽詰まった声で、彼は言った。「だれかガレージの一階近くにいたら、そっちへ向かってくれ。ヤセフの車はBの一列目だ。黒の九〇年型フォード、ニューヨークのナンバー、番号はもう知ってるな。やつがおれたちの目をすり抜けて、だれかを連れて出ていく可能性がある。車のほうにだれがいても、気をつけろ。たえず連絡をとれ。見失うな」もう見失ってしまったかもしれない。

「エリソンだ」無線の声が名乗った。「上の階にいる、いま降りているところだ。車の情報、すべて了解した」

ほとんど間をおかずに、また激しい雑音と、聞きとれない声のかたまりがバドゥンの耳に飛びこんできた。マレーとピーターズの声を待った。やっとピーターズが言った。「考えたくないことを考えちまってるんだが」

「こっちもだ」バドゥンは言った。呼びかけたのはおれだった。ハースキーも先にJFKにいた連中も、フォードを見張ることは思いつかなかったが、それは言いわけにはならない。

「どこへ行く?」マレーが訊いた。チームリーダーのバドゥンに責任を負わせられて、ほっとしている。

「ひとつ上の階だ、受信状態がましになる」バドゥンは判断した。「全員と話をして、予定を進めたい。どこか中心になる、動きのとりやすい場所が必要だ」また意味不明な雑音のかたまりが入る。

頭をうつむけたまま、バドゥンが言った。「どの送信もよく聞きとれない。だれか中継してくれるか？」

大勢の人間がいっせいにしゃべりだし、いっそうひどい不協和音がひびいた。昇りのエレベーターに乗ると、完全な静寂に包まれたが、上の階に降り立ったとたん、すべてが不快なほど明瞭になった。

エリソンがいらいらと言った。「聞こえてるか！」

「聞こえたぞ」バドゥンが勢いこんで言う。

「ヤセフはだめだった」とエリソンが告げた。「車がない。やつもいっしょに消えた」

ヴェニアミン・ヤセフがジョン・F・ケネディ空港からラガーディア空港へ向かっているらしいというニューヨークからの知らせは、その日の朝の吉報といえたが、スイスから入ったのは予想どおり凶報だった。

ウィリアム・カウリーはニューヨークのチームを信じるいっぽう、ハンク・スローンの能力にも信頼をおき、急な配備とはいえ抜かりのない監視がおこなわれることを期待していた。まだ長官には伝えるまいと決め、バーゼルからの連絡があったときは、自分のその判断に胸をなでおろした。スイスの企業登録の調査が引き続き不調に終わったことが、カウリー個人の記録に失点として残るのはまちがいない。その埋め合わせには、成功が必要だ。だれかとその話がしたいと思い、ちょうどうまいぐあいに、パメラが昼食をいっしょにできるとのことだった。あの夜以来、ふたりの間にはずっとしこりが残っていて、今もまだ消えていなかった。J・エドガー・フーヴァー・ビルの変わり映えしないメニューや環境はプラスに働かないだろうが、ペンシルヴェニア・アヴェニューの明るいオープンカフェに行けば気が晴れるかもしれない——ただしワインはなしだ。彼は旧郵便局の向かいの、緑のアンブレラのある店を選んだ。

「デスクを離れて、ほんとうにだいじょうぶなの？」

「だいじょうぶ。科学が味方についてる」カウリーは言って、ポケベルを水のグラスのそばに置いた。

ふたりともライ麦パンとツナのサンドイッチ、ピクルスを注文した。パメラはずっとメニューを眺めるふりをしていたが、自分がミネラルウォーターを頼むのに合わせて、カウリーがアイスティーを注文するのに油断なく気を配っていた。

「いいニュースと悪いニュース、どっちを先にする？」

「いいほうから」

「ニューヨークで動きがあったかもしれない。ヤセフがJFKに向かった。いま鬼ごっこの途中だが、ハンクが指揮をとっている」

「ビルから外に出ないほうがよかったわ」すぐにパメラが言った。

「五分でもどれるさ。ビルのなかのカフェテリアでも、ぼくのオフィスまでは三分かかる」

「悪いほうは？」

カウリーはかぶりを振った。「オルロフは傲慢なくそ野郎だ」

「何があったの？」

「ＰＦホールディングスの情報開示を求める二度目の申請をしたんだ。ところが三週間前、その綱領に変更があった。チャリティに熱心な持ち株会社として再登録されていたよ」顔をしかめてみせる。「信じられるかい、毎月九日に二千ドルが自動的に国際赤十字に振り込まれているんだ！」

「なるほどね。たしかに傲慢なくそ野郎だわ。ＰＦホールディングスの新しい親会社は、だれの、どんな会社なの？　それから、今〈オデッサ〉を所有しているのは？」

「信託会社で、ヴォルフガング・ベッカーの名義で登録されている。もとのＰＦホールディングスの代表だった法律事務所の、スイス人弁護士ふたりのうちのひとりだ」

「つまり、どういうことなの？」パメラが眉をひそめた。

「われわれは外部に締め出されたままで、もうなかはのぞけない。その信託会社の資金が犯罪組織から出ているというたしかな証拠があれば別だが、あいにくそんなものはない。ＰＦホールディングスの情報開示をしつこく求めたせいで、ずいぶん間抜け面をさらしてしまった」

パメラは黙ってサンドイッチを食べていたが、しばらくして言った。「オルロフの傲慢さは、弱点にもなるわ」

パメラの専攻が心理学だったことを、つい忘れてしまうようだ。「今のところはおそろしく周到に、その弱みを隠してる」

パメラがかぶりを振った。「わたしたちを出し抜いてると思うほど、やつは傲慢に、不注意になる。基礎の教科書にあるように、怖いもの知らずのギャングのボスは、法をこけにできると思いこむのよ」

「教科書ではたしかにそうなんだろうが。これまでのところは、とにかくやつの思いどおりに運んでる」

「映画の脚本みたいに考えるのはよして。現実には、百の捜査のうち九十九にミスが起こり、どこかで方向がそれてしまう。その九十九の事件は未解決のままか、訴追にはいたらずに終わるというのが、もうひとつの現実なのよ」

「しかしその九十九のなかに、米伊ロのマフィアからなる犯罪の多国籍企業がからんでいるような事件は多くないだろう」

「自分を怖気(おじけ)づかせて、わざと失敗しようとしてるの？」

「そんなはずあるものか！　ばかばかしい！」まっこうからぶつかったあの夜とくらべて、今回は多少の自信があった。

「よかった」彼女は微笑(ほほえ)み、すぐにひきさがった。「うちの局員たちには敗者じゃなく、勝者になってほしいわ。もうもどりましょう、ニューヨークでどんな成果があったかを見に」

　自分たちふたりの関係は、いくらか元にもどりつつある。まだ手探りではあっても。カウリーはそう感じた。

「中央のコンコースだ」バドゥンは指示を出した。「全員、中央のコンコースへもどれ。インフォメーションの近くにいる」なんて皮肉だ、と思った。マレーとピーターズは、そばで居心地悪そうにしている。いまおれにないもの、それはまさに情報(インフォメーション)なのだ。プレッシャーはすべておれにかかってくる。盗聴担当の技術要員はあくまで技術要員であって、現場の捜査員とはちがう。ピーターズのチームはおれの指示に従ってきた。応援のマンハッタン組も同じだ。相棒のハースキーに責任をかぶせようとするのは、人でなしのやることだろう。そんな思いが浮かんだとき、当のパートナーがエリソンといっしょに近づいてきた。ヤセフの車が消えたという連絡をよこした、眼鏡をかけた黒人の局員だ。

すぐにハースキーが訊いた。「技術担当の連中はどうしてる?」

「連絡がとれない」

「こっちもだ」エリソンが言う。

「連中が見失ってたら、もうおしまいだ」とハースキー。

「何かわかりきったことじゃないことを言ってくれ」まず最初にすべきなのは、ニューヨークに状況を知らせ、ブライトン・ビーチに人員をやってヤセフをつかまえさせることだろう。

マンハッタン組の残りがそれぞれ逆方向から近づいてくると、同時に着いた。そのひとりの頭の向こうに、電子監視用バンの運転手の姿が見えた。監視手がそのずっと後ろから早足で追いつこうとしていたが、待ちうける一団のところに先に着いたのは運転手のほうだった。

運転手の男が言った。「ここじゃ電波は役に立たない。金属やらコンクリートやら、じゃまな電子機器やらが多すぎる。おたくの声はまるで聞こえなかった」

「やつを尾けられたか？」バドゥンはけんめいに自分を抑えて訊いた。

「もちろん。やつはひとりの男を出迎えて、送迎デッキに出ていった。離着陸する飛行機のせいで、離れたところからマイクで拾えるのは雑音ばかりだったが、やるだけやってみた」

「会話が傍受できたのか？」バドゥンの声は安堵のあまり、ぼんやりと平板にひびいた。

「やってはみた。何が録れてるかはわからない」

近づいてきた監視手の耳に、ちょうどパートナーの最後の言葉が入った。「それと、ヤセフが会った男を写真に三枚撮った」

「今、そいつはどこにいる？」

「自家用のジェット機に乗っていったから、尾けるのはむりだった。だがジェット機の写真も二枚撮ってあるから、登録されたマークから跡をたどれるだろう」

「ヤセフのほうは？」

「男と別れたあと、尾けようとしたんだが」運転手の男が言った。「すでに満員のエレベーターにむりやり乗りこまれちまった。こっちが同じまねをしたら、絶対ばれるだろう」

「気づかれたと思うか?」マレーが訊いた。

「いや、思わない」

どうやら大失敗をせずにすんだ、とバドゥンは思った。成功とさえいえるかもしれない。技術要員たちに向かって言った。「きみらがおれたちの命を救ってくれた」おれの命をだ、と心のなかで訂正した。

運転手の男が言った。「あんたらはいつもこんなことをやってるんだろう? すごい経験だったぜ!」

「うまくいったときは、たしかにすごいさ」ハースキーがうなずいた。「うまくいかなきゃ、死にたくなる。おたくらはいいほうにありついたんだ」

18

空港での録音は不完全だったものの、ある程度の分析には十分足りた。同じ日の夜に、モスクワのイーゴリ・オルロフと〈オデッサ〉のヴェニアミン・ヤセフが携帯電話で連絡をとりあい、その内容がほぼ完全にスキャンできたおかげで、空白の部分もほとんど埋まった。その前の午後には、ローマの対マフィア委員会から連絡があり、イタリアの全ファミリーを束ねるボス中のボスがルイージ・ブリゴーリであるという確認がとれた。そして夕方までに、ブリゴーリの三枚の写真——うち一枚は犯罪者記録にあった一五年前の顔写真だった——がローマのアメリカ大使館を通じて電送され、さらにモスクワとベルリンのFBIチームへ転送された。またそれまでに、相互参照のついたFBIの犯罪者記録の写真をコンピュータ検索した結果、ヤセフがジョン・F・ケネディ空港に会いにいった男の身元が判明した。サミュエル・ジョージ・カンピナーリという弁護士で、ティネリ・ファミリーに属する三人の男の弁護を過去にひきうけ、成功していた人物だった。そしてカンピナーリの写真は、彼が弁護についた三人の写真も合わせて、モスクワとベルリンに電送された。

こうした矢継ぎ早の進展が続いたことで、カウリーの部局には期待感があふれた。それはレナード・ロスにも伝染し、カウリーは自分の部屋と長官のスイートを何度も往復するはめになった。そしてロスから最終的な評価を求められたとき、カウリーはパメラに電話をかけ、今夜はひとりで夕食をとってくれと告げた。

「遅くなるの？」

帰りに道草を食わないかと心配しているのだろう。「その必要もないんだが。ロスが総司令官気取りでいるのが、やっかいの種なのさ」

「待ってるわ。まだサンドイッチでおなかがいっぱいなの」

決まった予定を押しつけようとするつもりだ。「じゃあ、帰ってからいっしょに食べよう」

レナード・ロスは自室の窓辺に立ち、ペンシルヴェニア・アヴェニューの向こうの議事堂を眺めていた。スーツがひどくぶかぶかで、まるで毛が生え換わる途中の動物のように見えた。

「うれしい状況だ」年配の男は強調し、手振りでカウリーを椅子に座らせ、自分も腰をおろした。「ホワイトハウスにもそう知らせてきた」

最終的な評価も聞かないうちにか。すぐにカウリーは思った。だったらおれを呼びつける理由がどこにある——こんな見せかけをする理由が？　これまでずっと敬愛してきた人物へのひどい幻滅の念がおそってきた。アーリントンに帰るまで立ちなおれず、どこかに寄るようなはめにならずにすむだろうか。慎重に切り出した。「いい一日でした、ですから——」

「この勢いを失わないようにしよう」ロスがさえぎった。

「そのつもりです」今度はカウリーが口をはさむ。「すべて抜かりありません」

「聞かせてくれ」

もう聞かせたはずだが。「世界規模のマフィアの活動を統括する委員会を作るのがやつらの計画で、その会議は十六日にベルリンで予定されています。この日付は、ＪＦＫでの不完全な傍受テープに二度出てきました」——深い意図をこめた間をおく——「二時間前、つまりモスクワ時間の夜に向こうで傍受されたオルロフとヤセフの通話でも、はっきり聞きとれました。傍受記録をすでにお渡ししましたね」なぜいちいちこんなことを言わなくてはならない？　ロスのひざの上で踊らされる操り人形のように！

「ドイツのことも話してくれるか」

そっちは少なくとも、まだ話していなかった。「完全な協力態勢をとっています。法的にはもちろん向こうの管轄になります。事件全体の概要を伝えました——実のところ、こちらの手もとにあるほぼすべてを。ドイツもこちらに匹敵するほどのタスクフォースを組織し——」

「パーカーは——？」

「ベルリンに移動します、すでに配置についているFBI要員たちを指揮するために」カウリーはまた苛立たしげに言った。「支局のジョン・メルトンが、モスクワの担当捜査官を引き継ぎます」

「それは必要ないかもしれんな」ロスが無造作に言った。

この元判事の不用意な失言に、カウリーは驚かされた。また間をおいてから、言葉をついだ。「今日ベルリンと、うちの法律顧問をまじえて、長時間協議しました。今回の件は、法的にはドイツの管轄になります。ジョゼフ・ティネリ、ルイージ・ブリゴーリ、イーゴリ・オルロフに対する国際逮捕状は出ません——ドイツが正式に調査や捜査をおこなう法的な根拠や理由もなく、まして逮捕はありえない状況です」

レナード・ロスはしばらく無言だった。やがて言った。「くそっ！」

「あの国の法規に照らして、われわれが——ドイツ側が——もっているのは、こちらが提供した情報にもとづく調査の根拠だけです。つまりわれわれもドイツ側も、あの三人とその関係者たちをベルリンで見つけた場合、いかなる手段でも監視下に置くことはできる。しかしやつらがドイツの法律を破るか、なんらかの形で違反しているのでないかぎり、取調べや逮捕、勾留といった手段に訴えることはできない」カウリーは内心で楽しみながら、ロスの反応を待ったが、長官は口をはさもうとしなかった。

「RICO法（組織犯罪規制法）があるのはわが国だけで、ドイツには適用されません」

ロスが立ちなおって言った。「ときには、法が法の足かせとなることもある」

「そういった哲学的な議論は、わたしには論じる資格がありません。わたしの見るかぎり、法は法を守ることのほうが多いでしょう。今回は別ですが」

「ベルリンのオルロフのグループのことを、ドイツ側はつかんでいたのか？」

これまで最低三回は同じ質問に答えたはずだ。「いえ。しかしわれわれの報告によって、今では大規模な捜査となりました。そして電話の傍受内容から、やつらのおとり工作のときの写真で顔の割れた連中が、モスクワからベルリンに移されていることもわかっています」

「それがたいした手がかりにならないのが、残念なところだ」長官がぼやいた。

その点はカウリーも同感だった。「モスクワからベルリンへ向かう直行便は、シェレメチェヴォ空港から出ます。あれからずっと、ジェッドがあらゆる出発便を見張らせています」

「そこがわれわれの弱みだな」

「数ある弱みのひとつでしょう。ドイツ側には写真を提供してありますし、今日聞いたところでは、すでに入国管理局にも送られたとのことです」

「ジェッドはいつベルリンに着く？」

「明日です」

「現地の要員は何人だ？」

「十人。ジェッドを入れて十一人です」

「それで足りるだろうか？」

「ジェッドがドイツ当局の人間と会ってから、人員についてはふたりで相談するつもりです。ドイツ側が主導権をとるべきでしょう」

「技術面での支援は？」

「ドイツの科学捜査は、われわれに匹敵するレベルだと思いますが」

「ジェッドに支援の提供を申し出るよう伝えてくれ。イタリアのほうは？」

「イタリア当局と協力して、空港を見張っているところです。ブリゴーリの写真がドイツにも送られ、やはり到着便の監視に使われています」

「ブリゴーリには、イタリア当局が国際逮捕状をとれるほどの重大な起訴理由はないのか？」

カウリーは首を横に振った。「当然ですが、問い合わせました」

「うちの法律顧問と話してみよう。ＲＩＣＯ法に照らして、何かないかどうかたしかめたい」

「すでに話しました。むりだとのことです」

「わたしからもう一度訊いてみる」ロスが言い張った。「ひと晩知恵をしぼれば、何か出てくるはずだ」

車でフォーティーンス・ストリート・ブリッジを渡るとき、一杯ひっかける時間はあると思い、カウリーはバーの入口でスピードをゆるめた。だが、また思いなおして車を出し、アパートに着いたときにはほっとした。パメラがキスをするとき、彼の息から酒の匂いをかぎとろうとしたからだ。

ディミトリー・ダニーロフはみずから招集した会議の場で、周囲の興奮した――ほとんどが不用意な——議論の声からたちまち切り離され、おれにはだれよりもひそかに祝う理由があると感じていた。殺人は外国犯罪人引渡しに相当する罪だし、そこに賄賂と汚職による起訴も加わる。そしてダニーロフは、オルロフの国際逮捕状を申請できる理由があると連邦検事総長を説得できるなら、どんな誇張もいとわない覚悟があった。しかし最終的に、オルロフが生きて法廷に引き出されることはない。やつは本国への送還のためにダニーロフの監督下に置かれたあと、おまえはラリサを殺した罪で死ぬと告げられ、逃げようとして撃たれるのだ。

ふとわれに返り、周囲でかわされる会話を意識すると、頃合を見はからって手を上げた。「つまり、ワシントンの法的なアドバイスによると、米伊ロの三国のマフィアを支配するボス中のボスたちは、自由にドイツに集まって、好きなことを話し合い、世界的な企業を起ち上げて、またそれぞれの国に帰っていける。それをはばむ根拠はないし、われわれはそうと知りながら手をこまぬいて見ているしかない。そういうことなのですか?」

「時間は十分足ります」パーカーが自信ありげに言った。「まだ一週間以上ある。そのあいだにうちの法律顧問とドイツの法律顧問があらゆる法令集に目を通し、勾留可能な犯罪を探しだすでしょう」

「ロシアの法律を見落としておられるようですね。ギャングどもがことを始めたのは、このモスクワなのですよ」

ワシントンの浮かれ騒ぎに乗って流されていたパーカーは、文字どおり顔を赤くした。ロシアでの告発の可能性を考えていなかったことと、タスクフォースの面前でその見逃しをあばかれたことへの苛立ちがないまぜになった反応だった。「起訴できるということですか！」

「検事総長が検討しているところです」ダニーロフは誇張して言った。

「多くの人間の祈りがかなえられることになる」とパーカー。

しかし大事なのはただひとつ、おれの祈りだ。ダニーロフは思った。「今日じゅうに決定が得られるかもしれません。面会の約束があるので」

「決定が下ったら、すぐに知らせてくれますね？」パーカーはうながした。アメリカのボス中のボスたるジョゼフ・ティネリが、モスクワで告発されたロシアのギャングの頭目とベルリンで会っていたという証拠が得られれば、ＲＩＣＯ法に照らして逮捕が可能になる。すさまじいセンセーションが巻き起こるだろう。

「今日の午後には」ダニーロフは請け合った。

ノヴィンスキー・ブリヴァールのアメリカ大使館を出たあと、車のなかでパヴィンが言った。「検事総長に会うという話は、聞いていませんでしたが？」

「当然の手続きだ」ダニーロフは答えた。「途中でおろしてくれるか」

「わたしは法律家の資格はないですが」とパヴィンが言う。「ロシアのギャング同士の抗争に関して、ドイツでも有効な逮捕状を申請できるほどの証拠があるとは思えません」

「ミッテル殺しがある。それに、組織犯罪局の刑事アレクサンドル・ミハイロヴィチ・オグネフがオルロフに買収されている。警察官の賄賂と汚職だ」

「ミッテル殺しにオルロフが関与していたことを示す十分な証拠があったでしょうか？」パヴィンが反論する。「警官の汚職で国際逮捕状をとれるとも思えません」

「それは法律家の領分だ」パヴィンが法務省の外に車をつけると、ダニーロフは体を起こした。「ペトロフカで会おう」

「待っています」二時間後にダニーロフが本部ビルに入っていったとき、パヴィンはその言葉どおりに待ちかまえていた。「どうでした？」

「上々だった」ダニーロフは笑顔を浮かべてみせた。「オルロフの逮捕状を申請するだけの理由ができた。わたしももちろん、パーカーといっしょに行く。きみはこっちで待機していてくれ」

かった。「何をするつもりかはわかっています、そんなことは考えないで」

「何をするつもりもない。イーゴリ・ガヴリロヴィチ・オルロフを捕え、やつらの企てを阻止するための方法を見つけようとしているだけだ」ダニーロフはうそをついた。

どうにかして、ディミトリー・イヴァノヴィチの自滅を食いとめなければならない。パヴィンは心に決めた。だが、どうすればいい？


モスクワ郊外へ向かう翌朝の道路は、予想より渋滞していた。FBIに屈辱を味わわせたおとり工作に、アメリカ人を見分ける役割で加わっていたステファン・セルゲーヴィチ・チェルヌイは、はげ頭でがっしりした体格だった。いま彼はベルリン行きの便に遅れそうになり、あわててシェレメチェヴォ空港へ駆けこんだ。そして三十分足らずあとに、すでに人気のなくなった搭乗ラウンジに着いたとき、その元KGB監視スペシャリストは、自分の後ろから急ぎ足でやってきたカップルのことを完全に思い出した。チェックイン・カウンターのあたりにいたときから、見覚えがあるような気がしていたが――まちがいない、あの三日前の夜、スコルニャズヌイ通りの〈ブルックリン・バイト〉で、たがいに離れがたいという様子でいた、見るからにアメリカ人らしい恋人たちだ。

今のふたりは、あの夜ほどおたがいしか眼中にないという様子ではなかった。むしろこっちのほうに注意を向けている。FBIに顔の割れた連中のグループよりも早いドイツ行きの便を選んだのは幸運だった。ドイツではすでにフェリクス・ジーキンが、フリードリヒ通りの旧東ベルリン側にあるグランド・ホテルに落ち着いて、ジョゼフ・ティネリ、ルイージ・ブリゴーリの相談役(コンシリエーレ)たちとの結成会議をお膳立て(ぜんだ)していた。

予定では、チェルヌイはその同じホテルで、ジーキンと再会することになっていた。だがチェルヌイはタクシーに乗って、ずっと遠い旧西ベルリンのクアヒュルステンダム通りにあるアム・ツォー・ホテルまで行った。そこからジーキンに電話をかけ、こう伝えた。「アメリカ人どもがシェレメチェヴォを張りこんでいます」

「たしかか?」ジーキンが訊(き)いた。

「あの夜レストランに、いかにも恋人らしいふたり連れがいたでしょう? そのふたりがわたしのあとから、同じ飛行機に乗ってきたんです。やつらや仲間の連中をあなたのところへ導いていきたくなかったので」

それから携帯電話を何本かかけたあと、フェリクス・ロマノヴィチ・ジーキンは、二時間後のベルリン発モスクワ行きの正午の便に乗った。イーゴリ・オルロフも動きだした。そしてジェッド・パーカーは、大使館の車にディミトリー・ダニーロフを乗せ、逆の方向へ向かっていた。

19

丘陵をおおう森の奥に人知れず建つオルロフとジーキンの山荘(ダーチャ)に向かって、車一台が通れるだけの道が一本延びている。森のなかの幅広の道路からそのわき道へ折れる入口に、二台のメルセデスがとめられ、通行を遮断していた。バリケードの後ろには三台目のメルセデスがあり、座席すべてにオルロフの護衛が座っていた。ひざにのせた自動拳銃(けんじゅう)をつかんでいる者もいれば、すぐに手の届く場所に置いている者もいる。ほかの護衛たちも手にした武器を隠そうともせず、自動車や周囲に密生する樅(もみ)の木の幹にもたれかかっていた。ふたりの手にはトランシーバーがあった。

警備の人間たちがジーキンの車に近づいてくると、トランクのなかまで調べあげたが、すべてファーストネームまで知っている連中で、向こうも彼を知っているはずだった。ひとりの男が道をふさいでいる車にどくよう合図し、ジーキンを通した。彼は訊いた。「いつ戦争が始まるんだ?」

男は肩をすくめた。「命令だもんで。ほかのやつらも森じゅうに散らばってます。

幹線道路のほうに見張り役もいるんで……」トランシーバーを持った男のうちのひとりに手を振ってみせる。「あんたが来るのも十五分前からわかってましたよ」

「それでも調べなきゃならないのか？」

「命令だもんで」相手はくりかえした。ニキータ・ヴォロディンとその手下どもがなぶり殺しにされたとき、あの倉庫にいた男だった。

さっきまで見張り役の姿を見逃していたことが、ジーキンの胸を騒がせた。細い道路をさらに五十ヤードほど進むと、別の車――ＢＭＷだった――がとまっていて、歩哨役の男ひとりに、トランシーバーを持った連中もいた。やはり顔見知りの男に手を上げて制止され、ジーキンはスピードをゆるめた。また調べられたが、今度はトランクは開けられなかった。オルロフの山荘の外には車がぎっしりと半円形に並び、盾をつくっていた。周辺にいる武器を持った人間の数は、見たところざっと二十人ほどだった。

彼は大声で呼びかけた。「ここは冬には地獄になる」

だれひとり笑うどころか、表情も変えなかった。

山荘のドアが護衛の手で開けられ、五ヤードほど後ろに別のひとりが、マカロフを持って立っていた。すぐにリビングから、苛立った様子のイーゴリ・ガヴリロヴィチ・オルロフが言った。「もっと早いかと思ってたぞ。何をしていた?」

「飛行機が遅れてしまって」落ち着きのない動作はパラノイアの証拠だ、とジーキンは思った。

「尾けられなかったろうな?」

「ええ」

「たしかか?」

「はい」おまえは幹線道路の見張りさえ見落としたんだぞ、と自分に釘を刺す。

いくつか並んだ安楽椅子のほうを、オルロフが身振りで示した。スコッチとウォッカ、グラスがすでに用意してあった。ジーキンは無意識に自分の役割をひきうけ、酒を注いだ。

オルロフが言った。「ステファン・セルゲーヴィチが見まちがえたということはありえないのか?」

「やつは訓練を積んだ監視手です。そのために雇ったのですから。わたしもそのふたり連れは覚えています。べたべたしどおしなのを見て、みんなで笑ったでしょう?」

オルロフは返事がわりに、首を横に振った。「やつにはなんと指示した?」

「すでにベルリンにいる連中には、だれとも連絡をとるなと言いました。旅行客らしい行動をして、やつらがどこまで追いかけてくるか見ろ、それからたえず連絡をよこせと」

「ベルリンに行く準備をしていたほかの連中は？」

「こちらが判断するまで、足止めしています」

「ベルリンのグループには？」

「身をひそめていろ、人目につく場所は避けろと」

「ステファン・セルゲーヴィチの手柄だな」

「今回のことは忘れない、と言っておきました」

オルロフはしばらく黙っていた。「するとやつらは、あのレストランと、ワルワールカのことも知っていたわけか。電話も聞かれていたと考えざるをえん。だからベルリンが会合のある場所だと知られたんだろう。予定の日取りも」

「携帯電話はまだ安全でしょう。わたしがドイツからかけたのも携帯からでしたし、ここまで尾けられてはいませんよ」そうであってくれ、とジーキンは心で思った。

オルロフはまた首を横に振った。「アメリカ人なら、携帯電話も盗聴できるかもしれん。だからここへ来たんだ。ここならだれも近づけないし、盗み聞きされる心配もない」

きさまがここへ来たのは、クソも出ないほど怯えていたからだろう。「通常の電話は避けるようにと、全員に伝えました」

「うちの連中のなかに、タレこんだ人間がいると思うか？」

もしいるとしたら、疑いは直接おれにかかってくる。「そうは思いません。もしだれかの密告でレストランのことが知れたのだとしたら、われわれが組み入れたほかのファミリーの人間である可能性が高いでしょう。どのファミリーもわれわれに敬意を払っているように見えないのは、それが理由かもしれません」

「そいつを探しだせ」オルロフは命じた。「うちの人間なら、見せしめにする。別のファミリーなら徹底的にひねりつぶしてやる。ヴォロディンのようにな」

どうやって探しだせというんだ？　告解用の部屋でも用意するのか！　「うわさから何か探り出せるようなら、やってみます」

「ペトロフカのオグネフにも連絡しろ。金がほしいなら、もっとがんばって働けと言え」

ペトロフカはロシアの組織犯罪局であって、アメリカの機関ではない。だが、そんな反論をしても無意味だろう。「何か聞いているかもしれませんね」

「やつの働きはまだ足りない。大いに不満だと言ってやれ」空になったウォッカのグラスを差し出す。

ジーキンはまた酒を注いだが、自分のグラスには足さなかった。「会議のほうはどうします？ ベルリンのほうは？」

オルロフは初めて笑みを浮かべた。「こんなこともあるかと、安全策は考えておいた」

ジーキンは黙っていた。早く聞きたいのはやまやまだが、先をうながすのはまずいだろう。しばらくたって、オルロフが口を開いた。「ベルリンの準備はどうだ？」

「おおよそはすんでいます。ヴァンゼーのヴィラの選択がありますが。わたしが気に入ってるのは、湖のほとりにある家です。広さは十分あるし、警備も容易でしょう」

「よさそうだな」

「週末にアメリカ人とイタリア人に会ってから、ヴィラの下見に連れていく予定でした。中止だと伝えたほうがいいですね」

「出向いてくる人間の名前はわかっているか？」

「シカゴはサム・カンピナーリ、ローマはパオロ・ブリゴーリです」

オルロフはうなずいたが、顔には戸惑ったような、渋い表情が浮かんでいた。「カンピナーリはいい。ティネリのナンバー・ツーだ。こっちの計画を真剣に考慮し、敬意を払っている証だ」

「しかし？」ジーキンは言外のふくみを感じとった。

「パオロ・ブリゴーリは息子だ。生意気なガキだ」

「信用する息子を送りこむのは、ブリゴーリが真剣に受けとめている証拠では？」

「やつを見張れ。小ざかしいまねをしようとするだろう」

「しかし、中止にするのでしょう？」ジーキンは危険を押して、同じ質問をした。

問いかけに答えるかわりに、オルロフはまた言った。「こっちの話が盗聴されていたのなら、十六日ということも知られているわけだな？」

「ですから、中止したほうがいいのではと」ジーキンはかろうじて、苛立ちが声にあらわれそうになるのを抑えた。

「FBIは追加の人員を送りこむかもしれんな。イタリアの警察も」

「たしかに」

「ベルリンのうちのグループは、ドイツの警官を抱きこんでいるか？」

ジーキンはかぶりを振った。「わたしの知るかぎり、まだです。モスクワのようにかんたんにはいかないので」

「アメリカやイタリアのやつらが急にベルリンに現れたとしたら、どうすればその動きがつかめる？　ああ、ロシアもだ――そっちはそろそろ情報が入ってきていいはずだが」

ジーキンは自分のグラスに酒を注ぎ足し、そのあいだに頭を働かせた。「われわれの息のかかった娼婦の手引きをさせるために、タクシー運転手たちとはいい関係をつくりあげています。タクシー運転手なら、いつもホテルの周辺にいて、なかの様子をうかがうことができる」

「それだ！」オルロフは勢いこんで言った。「やつらの泊まりそうなホテルを見張る態勢を整えろ」

「わたしがベルリンにもどるんですか？」ジーキンは眉根を寄せ、あからさまに驚いた顔をしてみせた。

「当然だ」なんの疑問があるといわんばかりの口調だった。「カンピナーリとの準備を続けろ。ローマともだ。ヴィラもこれから使うというように、すべて案内しろ。連中にそう思わせておいてから、逆のことを伝えるようにするんだ。きちんと順序を守って、賢くことを運ばなければな」

「なんのためです？」ジーキンは混乱した。

「アメリカ人やイタリア人に、われわれがこのロシアだけでなく、一切を完全に掌握していることを教えてやる。われわれがだれも手を出せない存在であることを」オルロフは大きすぎる声で笑った。「そして、見張り役がまた見張られるようにしてやる」ジーキンはかぶりを振ったが、内心の怒りを身振りにあらわすのは避けた。「わかりません！」

「まあ聞け。よく聞くんだ。最初が肝心だからな」

急遽ドイツ行きが決まったせいで、ベルリン到着後の準備は何もできていなかったが、それでもダニーロフはモスクワを発つ前に、自分の裁量でほとんどの準備や手配を整えておいた。さらに電話でのパーカーとの会話で、ドイツ連邦捜査局の組織犯罪捜査部部長、ホルスト・マン警視正との最初の打ち合わせに同席できるという約束をとりつけた。ヒルトン・ホテルにも自分で予約を入れ、空港からジェット・パーカーのタクシーに同乗した。そのときパーカーから、アメリカ大使館ですでに設置されたタスクフォースとの会合があると聞き、この鼻持ちならないアメリカ人からしばらく離れられることを喜んだ。

もちろんダニーロフも、自国の大使館への報告は儀礼上求められるが、どうしても必要になる――こちらにとって利益になる――までは、急いで出向くのはよそうと決めた。過去にロシア国外で活動した経験からすると、外交的にまずい事態になるのを避けろというお決まりの説教を聞かされるのは目に見えている。ＫＧＢ情報部の後継機関であるＳＶＲ（対外情報庁）はぜがひでも捜査を引き継ごうとするだろうし、いきおいこちらにとってはじゃまになる。もちろん、あまり長く避けつづけるわけにもいかない。それに、まずありえないことだろうが、裏で賄賂（わいろ）の飛びかうモスクワの現実に慣れたダニーロフから見れば、ＳＶＲがベルリンのロシア人グループの動向を知っていて、アメリカが電話を傍受するよりも早くイーゴリ・ガヴリロヴィチ・オルロフがこの街に到着したという情報を得られる可能性もゼロではない。とはいえ、外交上の儀礼やあてにならないロシアの情報収集能力より、ここはドイツ連邦捜査局のほうを優先すべきだ。

　ダニーロフは早めに出向いたが、パーカーも大使館での会合を終え、さらに早い時間に着いていた。それでもまだ立って握手をしているところで、ダニーロフの目論見（もくろみ）どおり、ふたりだけで会話をするひまはなかっただろう。マンの広いオフィスに付属した、小さめだが機能的な会議室は、楕円形（だえんけい）のテーブルと椅子があるほかはがらんとしていた。サイドボードにはミネラルウォーターが置いてあったが、アルコールらしきものは見当たらない。部屋のどこかに録音装置が備えつけてあるのはたしかだが、とくに気にはならなかった。

ホルスト・マンはひどく小柄で、ふしぎなことに、そのためにかえって力強さを感じさせる人物だった。金色のもつれた髪に、話すあいだもこゆるぎもしない青い目。手振りはめったに使わず、ときおり堅い笑みを浮かべる以外、ほとんど表情もない。マンの椅子は楕円の一方の中央、ダニーロフとパーカーの椅子はその真向かいに置かれていた。自分のほうが優位にあるというドイツ側の意図のあらわれた配置だ。

無表情にマンが切り出した。「われわれはきわめて不確かな状況に直面しています」

「共通の目的のために、一致してあたらねばなりません」ダニーロフが急いで口をはさんだ。「上位の政府とはまったく別に、わたし個人から、今回のご協力に対して感謝を申しあげます」

「わたしもわが国の政府も、感謝いたします」パーカーも調子を合わせた。そしてFBI長官から伝えられた指示に従い、こう言葉をついだ。「また、連邦捜査局の代表として、今回の捜査に寄与するであろうあらゆる技術的な支援を提供したいと思っています」

そんなことが物理的に可能なのかと思えたが、マンの無表情な顔がさらにひきしまり、ますます表情のない仮面のようになった。ドイツ人が答える前に間をおいたことで、その印象はさらに強まった。

静かな口調で、マンは言った。「われわれはこのドイツの鑑識技術とその適用経験に関して、強い自信と自負をもっておりますが」

パーカーは目に見えて赤くなった。「不適切な言い方でした。われわれが直面しているのは、まさに不確かな状況です。さまざまな推測は可能とはいえ、実際に何が必要なのか、どういった事態が展開するのかはほとんどわかりません。わたしがお伝えしたかったのは、アメリカがいかなるレベルにおいても全面的に協力する心積もりであるということです」パーカー自身、不確かな気分だった。ひどい始まりとなったこの会見以前には、何も不確かなことなどなかったのだが。テンペルホーフ空港の監視が昨日からおこなわれていて、その到着時の写真から、例の名前のわからないロシア人がたしかにモスクワでこちらをはめた連中のひとりだと確認できた。ところが跡をつけたところ、その男は街なかの旅行客が立ち寄るスポット以外、どこへも行こうとしなかった。食事もひとりでとり、可能なかぎり厳重に見張っていても、だれかと会っている様子はなかった。

マンは堅い笑みを浮かべたが、歯があらわになることはなかった。「もちろん、その点は理解しています」

「この国でのわれわれの立場は、完全にドイツ主導、もしくはドイツの管理のもとにおこなわれる捜査のオブザーバーということです」ダニーロフは誘いをかけた。このパーカーという男は、伯父の政治的影響力のおかげでどこかの深海から引き上げられてきたのだろうが、それはその役割に見合った能力や手腕を評価されてのことではおそらくない。今の地位に昇進したのはまちがいだったのだ。実際のところ、麻薬取締局から異動になったのも、何か失敗をしでかした結果かもしれない。これは皮肉や傲(ごう)慢(まん)な見方ではなく、プロとしての判断だ。もっともこの男がどんなにじゃまな存在になろうと、自分ではなくほかの者たちの妨害をしているかぎり、べつに問題にはならない。

「わたしもそう考えます」アメリカ人が急いで口をはさんだ。

「それはけっこう」マンが言った。「今回の捜査を始めるにあたって、誤解や見解の不一致は避けるべきですから」

「もちろん、そんなことはありえないでしょう」長い前向上から、ダニーロフはなんとか先に進もうとした。「ジェッドとわたしはモスクワで、まったく完全な協力態勢にありました。ロシアとアメリカで探り出した点はすべて、そちらにも伝えられていることと思います」

「はい？」

「つまり——」パーカーが口を開きかけたが、ダニーロフが引き継いでたずねた。

「そちらにはオルロフのグループにまつわる情報がありますか？　このベルリンには、やつの一味や犯罪者の組織が存在するのでしょうか？」

マンが椅子の上で身じろぎをし、自分の交渉相手がはっきりしたというように、ダニーロフのほうに体を向けた。「いえ。ベルリンはたしかに、東西の犯罪の十字路となっています。しかしオルロフという名前や人物がこれまでに浮上したことはありません。その点がふしぎなのです」

「どのような意味で？」この問いかけは安全だろうと見て、パーカーが言った。

「あなたがたから渡された資料を見るかぎり、オルロフはギャングのリーダーとしてモスクワの記録に載ってはいない。アメリカの記録にもありませんが、これは驚くには当たらないでしょう。ところがいま、あなたがたの話によると、その男が世界的な犯罪組織の連合を進めている。そんな無名の人間がそれほどの信頼を、アメリカとイタリアの双方から取りつけられるものでしょうか？」

「わかりません」直接自分に向けられた質問だとさとり、ダニーロフはすぐに認めた。

「おっしゃるとおり、オルロフの存在がこれまでＦＢＩに知られていなかったことは、驚くには当たりません。恥をしのんで認めますが、一九九一年以降──いえ、それ以前からも──ロシアにおける組織犯罪の捜査は、理想的というにはほど遠いものでした。哀れなほどに」

マンはうなずき、初めて鋭い視線を下にそらした。「率直なご意見、痛み入ります」

これは試験だった。そして合格したようだ。「もちろんそうした話は、すでにご存じのことかと思いますが」

「そう認められたことに、敬意を表します」

ふたりの会話を聞きながら、パーカーはカヤの外に置かれているのを感じとった。イーゴリ・オルロフの関係者だとたしかにわかっている男が、すでにこのベルリンに着いている。それを今後も秘密にしていることで、何か利益はあるだろうか？　彼は言った。「この街でのロシア人ギャングの活動は、知られているのでしょうか？」

「ロシア国籍の人間の逮捕や訴追はあります」マンは身構えるように認めた。「しかし、組織的なギャングの一員とみられる者の起訴は、一度しかおこなわれていません」

ダニーロフはふと思い当たった。マンは上からの指導か、あるいは明確な指示を受けている。ドイツ政府は、自国が外国人犯罪者の巣と見られることは望んでいない。

だとすれば当然、ベルリンを世界規模のマフィアが結成される街にはするまいという並々ならぬ決意を固めているだろう。もしこの見方が正しいなら、うまく操作をすれば、こちらにとってごく個人的な利益を引き出せるかもしれない。ダニーロフは口を閉じ、しばらく満足感にひたりながら、パーカーがもたもたと話を続けるのを眺めていた。

「この街のどこかに、ロシア人が集中して居住する地区はありますか？　ゲットーが？」

戦時中を想起させるその言葉には、ダニーロフでさえぎょっとした。マンが言った。

「ベルリンはかなり最近まで分割されていた街です。ここに移住しようとするロシア人たちは、おもにかつて社会主義圏だった東部の郊外に住みついています」

政府からの指導があるというのは正しかったようだ。ダニーロフは判断した。

パーカーが言った。「そうした場所から、何かうわさのようなものは聞こえてきませんか――ちょっとした手がかりが？」

「どういったうわさでしょう？」

「何か大きなことが起ころうとしている、といった」

「あなたがたの言う犯罪組織の会議については、なんの情報ももっていないと申しあげたはずですが? 具体的にいうなら、イーゴリ・ガヴリロヴィチ・オルロフなる人物と関連するグループについて、われわれは何も知りません」

もう一度話に加わって、固まりつつある自分の印象をたしかめよう、とダニーロフは決めた。ここはわざと、このドイツ人から見くびられるようにするほうが好都合だ。すでに上からの指示を受けて、決まった方向に向いている警官を、さらに誘導しなければならないのだから。「ここドイツには、イタリア人、アメリカ人、ロシア人がこの国に集まって会合をもつことを違法とできる法的根拠はありますか? どの人間に対しても、それぞれの国で逮捕状が出ていないとしてですが?」

マンはダニーロフに正面から向きなおり、そして言った。「まったくありません」

「すると、われわれが彼らの所在をつきとめ、会議がおこなわれる場所を調べだして監視をつけた場合、罪には問われるでしょうか?」

その質問を不用意なものと受けとるには、マンは鋭敏すぎた。「どういう意味なのでしょう?」

「外国犯罪人引渡しでです」ダニーロフは端的に告げた。

「説明してもらえますか?」

「ヴィターリ・ミッテルとフョードル・ラピンシュが、イーゴリ・オルロフとともにアメリカに旅行したことに関しては、たしかな法的証拠があります。ミッテルはそのあとで殺された。もうひとりの被害者がラピンシュであると確定するのは、現時点ではむずかしい状況ですが、まだ可能性はある。そしてさらに、オルロフがモスクワの組織犯罪局内部の警官を買収しているという、逮捕と取調べに十分足る証拠もあります」

「正式な起訴状は出されていないのでしょう？」マンがさらに訊いた。

「たしかに、現時点では」ダニーロフは一歩退いた。

「しかし、われわれがイーゴリ・オルロフの所在をつきとめた場合、モスクワは彼の逮捕とその後の引渡しを要求するということですか？」マンが理解した。遠い地平線に明かりがともったようだった。

「独ロ二国間に存在する法的協定にもとづけば、殺人罪は外国犯罪人引渡しに相当するのではないでしょうか」ダニーロフは言った。「賄賂の疑惑がそのつぎにきます」

モスクワで連邦検事総長と協議したときよりも、はるかに明確で、法的な説得力があるように思えた。しかしドイツ政府は、望みもしなければ受け入れたくもない問題を厄介払いしたくてならないのだ。そのドイツの司法当局に、どれだけ無言の圧力をかけ、承認を引き出せるだろうか？

「この国でイーゴリ・オルロフが見つかった場合、モスクワから逮捕勾留の正式要請は出されるのでしょうか？」

「連邦検事総長の確約を得ています」とダニーロフ。

「考慮すべきことは多々ありますね」パーカーが口をはさもうとした。

「きわめて明確かつ前向きな展開だと思います」マンは言った。今度は笑顔から歯がこぼれたが、そのうちの二本は驚くほど形が悪く、重なり合っていた。

「わたしも同感です」パーカーは言った。今もアム・ツォー・ホテルに滞在し、観光客を決めこんでいるロシア人のことを明かせば、信用を取りもどせるだろう。だが今日である必要はない。

「この会話の内容ができるだけ早く、公式に裏づけられることを望んでいますよ」マンの言葉は、直接ダニーロフに向けられたものだった。

「毎日、連絡を絶やさずにいられればと思います」

「われわれ三人で」パーカーが急いで言いそえる。

「これまで歓迎の意もあらわさずに、失礼をいたしました」マンは詫びると、サイドボードのほうを向き、引き戸を開けた。「これはなかなかいいライン・ワインでして、シャンパンのように気泡が入っている。まだ気が早いかもしれませんが、悪党どもが見つかりさえすれば、われわれ三人で祝うに足るだけの理由ができるでしょう」

「まったく同感です」ダニーロフはうなずいた。

「何があったんだ？」名乗る前からパヴィンの声だとさとって、カウリーは訊いた。

「まずいことになりました。一切がベルリンに移ったことで、危機は避けられたと思っていたのですが、ディミトリーは打開策を見つけようとしています」

「くそっ！」

「彼はやつを殺すつもりです、ビル。まちがいありません。どうすれば止められるのか、わたしにはわからない」

20

最初にユーリー・パヴィンと電話で話したとき、信心深い彼がユダのやり口だと評したものは、今や思いもよらない複雑な問題に変わっていた。その日の早い時間に、ジェッド・パーカーが司法省や検事総長事務局などあらゆる法務当局に対して、イーゴリ・オルロフが首尾よくベルリンからモスクワへ送還されたあと、このロシア人とジョゼフ・ティネリとの組織犯罪がらみの関係をＲＩＣＯ法に照らして大陪審で審理できるかどうか判断してほしいと要請した結果だった。

そしてそのために、これまで何度となく難局をくぐりぬけてきたはずのウィリアム・カウリーですら、想像を絶するような重圧のかかる、板ばさみの立場に置かれることになった。

ラリサが死んだときのダニーロフの虚脱ぶりを、カウリーは知っていた。モスクワのノヴォジェヴィチ墓地で、抜け殻のようになったロシア人のかたわらに立ちながら、かならず犯人をつきとめるという彼の誓いの言葉も聞いた。そしてパヴィンからの電話があったいま、ダニーロフが復讐のために殺人を犯す気でいることは、まったく疑う余地がなくなった。それだけはなんとしても、どんな犠牲を払っても阻止しなければならない。だが、どうやって止める？　説得しようとしてもむだだろうし、そのこととはまったく別に、そんなあからさまなやり方に訴えればダニーロフとパヴィンだけでなく、カウリー自身との唯一無二の関係まで壊してしまうことになる。ジェッド・パーカーに知らせるのも、その反響の大きさを考えれば問題外だ。国際的な捜査が危険にさらされるのはもちろん、ダニーロフのキャリアも破滅するだろう——本人にその覚悟ができているようではあっても。そしてカウリー自身のキャリアもおしまいになる。ＦＢＩ長官の明確な命令をカウリーが無視していたとわかれば、断じてパーカーは黙ってはいまい。

電話をかけると、幸いパーカーはまだベルリンの大使館にいた。幸運ついでにこの会話から、どうすればこの難局を打開できるか、ごくわずかな手がかりでも得られないものか。うまくすれば、何千マイルも離れたここからでも、ベルリンで起こっていることの感触がつかめるかもしれない。自分の頭にひびく言葉の不毛さを感じながら、カウリーは訊いた。「ドイツ側とは順調にいっているか？」

「わたしの報告書を受けとっていないのですか？」

この返事は、けんか腰とまでは言えないかもしれない。だが、ほんの一歩手前だ。

「きみの印象はどうだろうか？　どう進みそうな感触がある？」

「まだおたがいに知り合ってる段階ですよ」

この男は何やら混乱している、とカウリーは思った。こちらに劣らず、言葉の選び方に難があるようだ。「RICO法と、ロシア人犯罪人の引渡しについては？　もっとアドバイスがほしい」

「ベースをぜんぶカバーしてるだけです」パーカーは言った。何もかもカウリーを通じて伝えねばならないのは業腹だが、万事うまく運べば、おれの名誉は――少なくともその一部は――もはや否定しようがなくなる。アメリカ・マフィアのボス中のボスの活動を検証するために大陪審を召集できたとなれば、起訴にいたるかどうかとは関係なく、おれの前途は洋々たるものだ。

「よくわからないのだが？」カウリーがさらに訊いた。

「今日の法的要請は、もう送ったのですか？」

「もちろん送った。きみがあれを提案した根拠を訊いているのだが？」

「ダニーロフによると、もしオルロフを勾留した場合、外国犯罪人引渡しに該当する殺人罪があるというんです」

「ミッテルの件か。わたしが読んだかぎりでは、引渡し要請を裏づけるほどの材料があるとは思わなかったが」

「今日の会議でのことを話してるだけです。ロシア人たちの話していないことが、まだ出てくるかもしれない。ギャングの抗争はあっちの問題で、われわれとは無関係ですから」

実際にありはしないのだ。カウリーにはわかっていた。パヴィンとの会話で、とくに注意してたしかめたことだった。しかし今の言葉からすると、ベルリンでは多少のあつれきがあるらしい。「きみとダニーロフとのあいだは、どうなっている？」大使館のＦＢＩ支局の、タスクフォースのほかの人間たちとは離れたところで、パーカーはひとりほくそえんだ。カウリーとロシア人との友情とやらに傷をつけるチャンスだ。

「最善とはいえません」

「どうして？」

それがカウリーの電話の目的にかなっていることとは知らずに、パーカーは言った。

「彼が隠しているように思えます」

カウリーはすぐに、抜け穴を見た気がした。「何をだ？」

「オルロフの引渡しの根拠ですが、すでにこちらに話したもの以外、まだ何かあるのではないかと」

オルロフを捕えるという決意を固めたダニーロフが、パヴィンにさえ知らせていないことがあるのか？　たしかに、罠をしかけられる余地はある――自分で自分を罠にかける前に。「そういった話を聞くのは愉快ではないな」

「印象はどうかと訊かれたので、正直なところを話したまでです。まちがいかもしれませんが」パーカーは用心して言った。

カウリーはまた抜け穴が見えたように思った。完全な穴ではないし、ほんの裂け目のようなものだが、ダニーロフの目論見を阻止するには、この罠に望みを託すしかない――あの人物を妨害しようと考えねばならないこと自体、ばかげているのだが。

「きみと彼との個人的な関係は？」

「問題ありません」パーカーは慎重を期して、しぶしぶ言った。

「つねにいっしょに働いているか？」

「だいじょうぶです」

カウリーは信じなかった。しかしこんな遠くからでは、手の出しようがない。「きみの言うとおり、ティネリはわれわれの標的だ」

おれの標的だ。パーカーは思った。「なんの話でしょう?」

「オルロフはダニーロフの標的だ。だがわれわれの標的でもある。オルロフにはティネリを巻きこんでもらわねばならない。もしわれわれがティネリを抑えられれば、アメリカの組織犯罪にかつてないほどの打撃を与えられる」

「わたしが司法省に問い合わせたのも、その点です!」パーカーはすっかり混乱していた。

「きみはつねにダニーロフと行動をともにする必要がある。ダニーロフとドイツ側の裏取引があってはならない」話しているうちに浮かんだアイデアだったが、この線で行けるかぎり行こうと決めた。「RICO法を通じた方策があるという法的見解が得られれば、国務省にかけあおう——長官のほうから提案してもらうんだ。そして国務省から正式にモスクワと話をし、こちらの関心を伝える。そうすればオルロフが引き渡されるとき、われわれがモスクワへの護送に加われるかもしれない」アイデアがさらにふくらんできた。「ベルリンにも外交筋から働きかけるべきじゃないか? すでに今回は、国を超えた捜査だと認められている」

パーカーはふいに気づいた。流れが、すべてのアイデアが、おれから奪い取られようとしている。「法的な見解がどうなるかを待つべきじゃないですか? どこへ行くかも決まっていないのに、消防車のサイレンを鳴らすのは無意味でしょう」

「レナード・ロスは判事だ」カウリーは指摘した。「行き方を決めるのは、彼が適任だろう」

「わたしが今日送ったものはすべて、長官のところにも届いていますね?」パーカーは気遣わしげにくりかえした。

「きみは打ち合わせの場にいた。万事滞りなく進められるのが長官の希望なのは知っているだろう」

「モスクワからは、何かありましたか?」

「あまりない」それとも、ありすぎるぐらいだろうか? カウリーは自問した。

「やっとつかまりましたね!」カウリーはあいさつ代わりに言った。

「ここに電話があるとは意外でした」ダニーロフは抑えた声で言った。カウリーが長話をするつもりでなければいいが。遅まきながらロシア大使館へ出向く約束が一時間足らずあとに迫っているし、あの場所へ行くきわめて大事な理由があることにも気づいていた。

ダニーロフがベルリンにいるあいだは、こんなふうに連絡するべきではなかったかもしれない、とカウリーは認めた。ヒルトンの通話記録には、ワシントンからこのロシア人にかかってきた国際電話の記録も残るだろうし、番号から跡をたどられる恐れがある。「あなたがそちらへ行くと聞いてなかったので、驚きましたよ。引渡しのチャンスがあるなら、もちろん当然でしょうが」

「どうして、わたしがここにいることを？」カウリーに伝えておかなかったのはあきらかにミスだった。この質問はいかにも間が抜けている。

「ジェッドですよ」ユーリー・パヴィンを守るために、カウリーはうそをついた。パーカーの大使館からの電信には、ダニーロフへの言及が三カ所あった。

「ユーリー・マクシモヴィチからは、何も聞いていませんか？」ダニーロフは自分の補佐役に、カウリーと連絡をとることがあっても、ラリサのことは黙っておくよう釘を刺しておいた。パヴィンは命令を軽んじるような人間ではない。

「モスクワにいるうちの連中も、何も言ってよこしません。すっかり静かになったようです」今のダニーロフの態度は、ふだんの会話のときとあきらかにちがっている。どこが？　よそよそしさだ。ダニーロフの声には距離が感じられる。これまで自分たちが育んできた友情や信頼感をあえて表にあらわさず、すべてにおいてプロらしく徹しようといわんばかりの。

「ブライトン・ビーチのほうは？」

「やはり何も。動きがあるとしたら、ベルリンでしょう」

「どうしてそう思うんです？」

疑いを抱くのが早すぎる、とカウリーは判断した。「わかっているでしょう、十六日に何かがあるのは」

「しかし場所も、正確な内容もつかめていません」

「ドイツ当局はどんな姿勢ですか？」

「パーカーはなんと？」

　質問に質問で答えてはぐらかすというのは、たしかにダニーロフらしくない。「目につくところはすべて調べているように思える、と。あなたの見方も同じですか？」

　これまで自分がパーカーの能力に下した評価からすれば、驚くことではない、とダニーロフは思った。自国がマフィアのサミット会場になるのは困るというドイツ側の本音に、あのアメリカ人は気づいていないのだ。「ドイツ側はきわめて徹底していると思います。こちらも考えつきそうなことは残さず実行していますが、鉄道や道路網をすべて押さえるわけにはいかない。進展はやはり、われわれがこれまで得てきた手がかりから得られるのではないでしょうか」そしてこのベルリンこそ自分がいるべき唯一の場所だというのに、ダニーロフはその中心から遠ざけられたように感じていた。

「パーカーの振る舞いはどうですか?」カウリーはずばりと訊いた。

ダニーロフはためらった。もし今ベルリンにいるアメリカ人がカウリーだったとしたら、自分の企てを実現するのははるかにむずかしくなるだろう。彼は突然、オルロフとラリサのつながりをカウリーに話してしまいたいという衝動に圧倒された——自分の復讐の計画はあきらかにしないまでも。しかしまた急いでそれを抑えつけた。カウリーを巻きこみたくないというだけでなく、このアメリカ人の反応は予測がつかない。彼とそのプロとしての技量は、いやというほど知っている。こっちが私的な裁きを下そうとしていることを彼はまちがいなく察するだろう。今の質問に答えようと、ダニーロフは慎重に言った。「現場の担当官というより、デスクワーク向きかもしれませんね」

カウリーはダニーロフの軽率な発言に驚き、すぐにその意味を解釈した。ダニーロフはこの捜査を自分の思いどおりの方向に誘導できると考えているのだ。「おたがいの連係はどうです?」

「問題ありません」何かを変えたり、改善したりする必要はない。イーゴリ・ガヴリロヴィチ・オルロフを銃口の先にとらえるまでは。

「捜査を指揮している、ドイツの連邦捜査局の責任者はどうです？」

「有能な人物ですよ」

「モスクワへの引渡しの見込みというのは？　ミッテル殺しの件ですか？」

「ラピンシュもです」ダニーロフは警戒して答えた。「二つめの死体がやつなのはまちがいない」

「あなたが送ってくれたものには、残らず目を通しましたが。証拠は足りているんでしょうか？」

「それは法的な判断です」ダニーロフは矛先をかわそうとした。

「あなたの判断は？」

「合理的な疑いはあります」大使館との約束の時刻まで、あと四十五分だった。

「わたしがすでに見たもののほかに、新しい材料が出てきたんですか？」

「提示と解釈の問題ですよ」ダニーロフは連邦検事総長に、イーゴリ・オルロフと燃えつきた車、そして実際の殺人計画の証人であるアメリカ在住のウクライナ移民とのつながりが声紋によって確認された、とまでほのめかしたのだ。

「明日かあさってにも、また電話してもいいですか？」カウリーが言った。

「そうしてください」ダニーロフは答えた。このつぎには、今回よりもまともな会話をする理由が見つかっているかもしれない。

ワシントンのオフィスで、カウリーは考えこんでいた。ダニーロフが自分に対してうそをついているという疑いをもったのは、これが初めてのことだ。だとすれば、引渡しのための証拠に関わることにちがいない——もしRICO法を通じてジョゼフ・ティネリを告発できる可能性が見つかれば、アメリカの法律関係者もその証拠を閲覧できるようになるだろう。

イレーナはみずから先頭に立って山荘（ダーチャ）の内部をひと巡りしたあと、また建物の側面に延びるベランダに出ると、周囲に生い茂る森を見渡した。「これは思いがけないプレゼントってこと？」

オルロフはまだ多少の不安があった。彼女を迎える準備をするのに、たった数日の時間しかなかったのだ。「そんなようなものだ」

山荘を守っている車の列のほうをあごで示しながら、イレーナは言った。「あの人たちやあの銃は、何ごとなの？」

「ヴォロディンを追っていたときは、気にしなかっただろう」

「今だって気にしちゃいないわ。ただ訊いてるだけ。もうあなたは何もかも支配してると思ってたけど？」

この女は知りすぎた。それでもまだ、この女が必要だ。そう思うと苛立(いらだ)ちがつのった。「そのとおりさ。用心をしているだけだ」

イレーナは先に家のなかへ入っていった。「いいところね。どうしてこれまで連れてきてくれなかったの？」この家の女主人になれたらどんなにいいかしら、と思った。

オルロフは肩をすくめた。「べつに理由はない。チャンスがなかっただけだ」こいつは楽しんでいる。車の中や外にいる警備の連中の注目を。

「今がそのチャンスってわけ？」

「そういうことだ」いらいらさせられる女だ。

「なぜ今なの？」イレーナが先回りして言う。

これ以上準備にかける時間がなかったからだ。「以前言っただろう、おまえとイヴァンにやってほしいことがあると。覚えてるか？」

「あたしとイヴァンに！」

「おれはゲオルギーを殺した男を捕えた。そしておまえに引き渡した」

鋭い顔立ちの女は、オルロフに正面から向き合った。この何日かのあいだ、彼がずっと話そうとしてきたことが、とうとうわかるのだ。

相手の声に怒った調子はない、とオルロフは感じた。「要求というわけじゃない。頼みを聞いてもらいたいだけだ。ふたりで少し旅行をしてほしい。手配はすべてこちらでやる。飛行機代もホテル代も払うし、レストランや劇場も手配する。金もだ」

「ふたりで何をするの？」イヴァンを関わらせないでほしい、と彼女は願った。

「ちょっとした休暇を楽しむだけだ」

イレーナはしばらくオルロフを見つめていた。そんな危険を冒せるかしら。でも、こんなチャンスはまたとないだろう。「あなたとあたしは、似たもの同士よね」

「それは前にも聞いた。何度も――」

「もう一度言いたいの」

「もう言っただろう」なんの取引をしようというんだ？

「これ以上イヴァンといっしょにいたくない。何年も前からそうだったわ」

今度はオルロフが少し黙りこんだ。「それも前に聞いたことだ」

「やっぱりもう一度言いたかったの」

「それで？」

足を踏み出してしまった。もう後もどりはきかない。「ぜんぶ事情を知りたいの。その理由も。イヴァンにはあたしのアイデアだってことにして、あなたの名前は出さない。でないと耳をかそうとしないから。でもそのあとで、あたしを受け入れてちょうだい。イヴァンと別れて、あなたとずっといっしょにいたいの」

オルロフはまたしばらく間をおいた。「何を言ってるか、わかっているのか?」

「ほかに女がいてもかまわないわ。あたしが一番でさえあれば」

オルロフはためらい、やがて言った。「わかった」

「ほんと?」

「わかったと言ったんだ。だが、先におまえとイヴァンには、言うとおりにしてもらわなければならん」

「あたしもやるって言ったでしょう。だから理由を話して」

山荘(ダーチャ)のなかは次第に暗くなりかけていたが、オルロフは明かりをつけようともせず、女への苛立ちがおさまるのを待った。あいつの言うとおりかもしれん、そう認めた。自分たちは似たもの同士だ。みだらで不道徳な、完璧(かんぺき)な番(つがい)だ。おれはパートナーなど必要ないが、もし何かしらそんなものが要るとしたら、選ぶ相手は当然イレーナしかいない。おれの興味が続くうちは、楽しい気晴らしになるだろう。しかしそんなものは、すぐ目の前にある気晴らしをたっぷり楽しんでからだ。携帯電話が鳴りだすと、オルロフはやっと照明をつけたが、自分からは何も答えなかった。

ジーキンが言った。「見つけました。ヒルトンです」

「何人いる？」

「確実なところで、十五人。あとひとりふたりいるかもしれません。ディミトリー・イヴァノヴィチ・ダニーロフもいっしょです」

ペトロフカの情報源から、自分の追跡を指揮していると聞かされていた男の名前を耳にして、オルロフは笑い声をあげた。「やつまで巻きこめるとしたら、ちょっとした見ものだな！　車は？」

「大使館の車のほかに、レンタカーも借りています」

「すべて確認しただろうな」

ジーキンはため息を抑えようとしなかった。「ナンバー、車種、色、駐車場、抜かりありません」

「カンピナーリとブリゴーリの到着に、変更はないな？」

「すべて予定どおりに。手配もすんでいます。あなたのほうは？」

「予定どおりだ」

「イレーナも承知したのですか？」

「もちろん承知した」

「では、わたしが先に行って、手配を進めるのですね？」

「すべて指示どおりにな」


ダニーロフがロシア大使館に遅く到着したせいで、職員たちには帰宅時間が遅れるという不満の色がありありとうかがえたが、彼は意に介さなかった。そのほうが外交上のあつれきにまつわるお決まりの説教やSVR（対外情報庁）との協議が短くすむとふんだのは正しかったが、それでもとうてい必要とは思えないほど長引いた。とくにSVRの局長は、ドイツの首都に存在するロシア人犯罪組織についてなんの情報ももっていなかったが、案の定この捜査に関わろうとあの手この手でがんばり、ダニーロフが大使館の安全な通信施設を使いたいと言いだしたときには、さらに難色を示した。それでも結局、ダニーロフは連邦検事総長に連絡をとり、イーゴリ・ガヴリロヴィチ・オルロフが首尾よく逮捕されたときにはドイツ司法省に正式な引渡し申請を提出するよう求めた。

ダニーロフがようやく通信室から現れ、辛抱強く外で待っていたSVRの情報官に迎えられたのは、午後八時をまわったころだった。情報官は言った。「当然ながら、あなたがここに来たことはモスクワに報告せねばならない。その理由についても」

ダニーロフは言った。「ルビヤンカにはすでに正式に通知しているが、その必要があると思うなら、もちろんけっこう」

「わたしが関与するかどうかについても、指示を求めなければ」

「その必要があると思うなら、ご自由に」さっき検事総長と話したとき、このベルリンでおこなわれるのは純粋な刑事事件の捜査であって、情報部が関与する余地はないということをSVR本部に伝えるようにと、ダニーロフはとくに念押ししておいた。

「ほかに今夜、話し合うことはあるだろうか？」情報官はため息まじりに訊いた。

「そういえば」ダニーロフはすかさず言った。ここへ来た本当の目的は別にある。相手から水を向けてくれたのはありがたかった。「当然だが、わたしは武器を持って西側へ来るわけにはいかなかった。拳銃が要る。弾丸も何発か」

「いいだろう」なんの疑問ももたず、情報官は受け入れた。

21

サム・カンピナーリがフランクフルトから鉄道に乗ってきたのは当初の計画ではなく、トロント発の飛行機が遅れたせいだった。そのために、イタリアから追跡を避けてジグザグに移動したあと、ミラノ発ケルン行きの便でやってきたパオロ・ブリゴーリとくらべ、移動には長い時間がかかった。だがそのおかげで、フェリクス・ジーキンはふたりの相談役(コンシリエーレ)を別々に値踏みする機会がもてた。宿泊先はどちらもケンピンスキー・ブリストルで、それもロシア人を装(よそお)った偽名で予約を入れておくことが重要だった。ケンピンスキーからクアヒュルステンダム通りをずっと行った先にあるアム・ツォーでは、オルロフの部下の監視スペシャリストがみずから進んで二十四時間体制の監視下に置かれていた。かつては凡庸きわまりなかった元KGB要員の目にも、FBIの見張り役は容易に見分けられた。

父親が酒をやらないという情報を仕入れていたので、たとえビールではあっても、その息子がアルコールを注文したのは予想外だった。ホテルの広々としたバーで、ジーキンは相手の品定めもかねて、この眼鏡をかけた若い男にテーブルを選ばせた。イタリア人はさりげないふうを装って——実際はさりげないどころではなかったが——盗み聞きされる恐れのない場所を選んだ。ジーキンもビールを注文した。

たがいにグラスを触れ合わせると、パオロ・ブリゴーリが言った。「ここへ来るまでの用心ぶりは、極端なほどだった。それにクラクシという名前には、わが国では不吉な意味合いがある。われわれと同じ側にいた政治家だが、最後にはそのことが露見したのだ」

おまえ自身がどこまで操られているか、その半分も知ってさえいればな、とジーキンは思った。ベルリンに来て以来、あれこれ考えることが増えた——モスクワへ行ってとんぼ返りしてきたあとはさらに。おれの名前と顔はおそらく、オルロフ本人よりもずっと大きな責任を負わされているのではないか。おまけにオルロフのあのややこしい計略が一から十まで成功するよう計らうのも、このおれの役目なのだ。「今回の連係がうまく進めば、われわれが何ひとつ危険にさらしてなどいないことがおわかりになるでしょう。とりわけ今回の連合のように、重要な懸案に関わる人物を」

「それはつまり、不確かな状況だということでは？」イタリア人が的はずれなことを言った。

「不確かと用心とは異なるものです。われわれがここで何を打ち立てようとしているか、それを忘れないようにしなければなりません。何しろ、首尾よくいけば、われわれは事実上この世界を支配することになるのですから」

「今でも同じではないだろうか」ブリゴーリが大言壮語した。

ジーキンはかぶりを振ったが、実際に感じているほどの否定的な気持ちを、そのしぐさにあらわしはしなかった。「これまでは周囲の一部をかじりとっていただけです。今回の件がうまくいけば、ケーキを丸ごと、上のイチゴもいっしょに手に入れられる」

「結成会議はモスクワでおこなわれるものと思っていたが」

「なぜです？」ジーキンは平板な口調で訊いた。

「ドン・オルロフが始めにわれわれの国に来た。その敬意に報いるべきではないだろうか」

これはテストか、それともただのミスなのか？「あなたはロシア語がわかるのですね？」

ブリゴーリは眉をひそめた。「たったいま、ロシア語で話しているだろう！」

「しかし、くだけた言葉とはちがう」なぜこの男がオルロフを苛立たせるのか、ジーキンはわかったように感じた。「ロシアの口語では、〝ドン〟は敬意のこもった言葉ではありません。性的器官が粗末な人間のことを指すのです。今後の過ちを避けるためにも、そちらの人たちに伝えておいたほうがよろしいのでは？」

ブリゴーリは目に見えて赤くなった。真顔で「これはどうも」と言い、またすぐに言葉をついだ。「会議がなぜモスクワで開かれないかという理由について、話していたと思うが」

「ベルリンはそれぞれの中間にあり、同時に中立の場所でもあります」あらかじめリハーサルを重ねたことで、どんな質問や不測の事態にも対応できるという確信があった。「今回は結成会議なのですから、その場所の選定によって、だれかが優位にあるという印象をもったり与えたりするべきではないでしょう」

ブリゴーリは笑みを浮かべた。「思慮深い選択だ」

「こちらからの提案はすべて、深く考慮したうえでなされています」ただし、オルロフが今企んでいることは別だが。

イタリア人の笑みはまだ消えていなかった。「その言葉を聞けば、父もさぞ喜ぶだろう」

「まさか、疑いをもっておられたのですか！」オルロフはイタリアに行ったとき、よほど高飛車に振る舞ったらしい。

「多少の誤解が生じる余地はあったかもしれない」

「では、解決できたのは喜ばしいことです」

「そのとおりだ」ブリゴーリが言った。「イタリアとロシアの関係でいえば、今後わたしとあなたとで、大いに連絡をとりあうことになると考えてよいだろうか？」その質問は、彼の頭のなかで固まりつつある別の思惑に役立つという意味で重要だった。

「そう期待しています」

「わたしのほうも大歓迎だ」

ブリゴーリのその返事から、ジーキンはさとった。今回イタリアのマフィアが確約した連合は、何日先か何週間先か、あるいは何カ月先かわからないが、いずれこの男が父親から引き継ぐことになるのだ。彼自身の考えでは、オルロフがこのベルリンでたくらんでいることはばかげたマッチョ気取りにすぎず、なんの証明にも達成にもなりはしない。しかしやつに反対するのは、文字どおり自分の命を賭けるのに等しい。イーゴリ・ガヴリロヴィチ・オルロフは人殺しの偏執病者だ。その支配はいずれ――やはり何日先か何週間先か、あるいは何カ月先かはわからないが――銃口の先か燃えたぎる爆風のなかで終わるだろう。そのあとは順序からいって当然、おれがその王国を引き継ぐことになる。すでに多くの血の犠牲のうえに打ち立てられた王国と、やがて実現するこのコングロマリットにおける地位を。ジーキンはイタリア人の笑みに応えてグラスを上げたが、その視界の隅で、ブリゴーリが注文したビールがまだ減っていないことを意識していた。「われわれふたりの、末長く豊かな関係に」

ようやくイタリア人も形ばかり口をつけたが、戸惑ったようにまたグラスを遠ざけた。「ビールで乾杯するには、ことが大きすぎる！」

「つぎはシャンパンにしましょう」ジーキンは言った。こちらもそのほうがいい。よほど注意しないと、言葉ひとつ、表情ひとつまちがえただけで、生きながら十字架に打ちつけられ、川に流されて溺れ死ぬことになる。それでもこのとき彼は、自分がイーゴリ・ガヴリロヴィチ・オルロフの跡を継ぎ、これから生み出そうとしているものに幾分なりとも正気をもたらそうと、堅く心に決めた。

あらかじめチップをはずんでおいたベルボーイがバーに入ってきて、カンピナーリの到着を告げると、ジーキンの頭は、みずから危険を冒して調整役を務めている現在の企てのほうにひきもどされた。都会的なアメリカ人は、ロシア側から指示されたとおりハリソンという偽名を使ってチェックインし、シャワーと着替えをすませると、わずか十五分後にバーにやってきた。席に腰をおろし、すぐそばに控えていたウェイターにマッカランを注文する。「わたしが知っておくべきことはなんだろう？」

「あなたを待つあいだ、大まかな話をしていました」ジーキンは言った。このふたりの男には、齢(とし)の差のほかにも、たしかに違いがある。パオロ・ブリゴーリもそれなりに自信にみち、思慮深く見える。しかしアメリカ人に備わった威厳とくらべれば、オルロフも言っていたとおり、その差は一目瞭然(いちもくりょうぜん)だ。そしてもちろん、カンピナーリも同じようにこちらを見定めて比較しているだろう。だがジーキンは気にならなかった。

　カンピナーリが言った。「ここまで来るのは、ずいぶん遠回りだった」

「ちょうどその話もしていたところだ」ブリゴーリが言う。

「ミスター・ティネリは、このような旅は想像していないと思う」

「その点も今後の議題にとりあげましょう」ジーキンは提案した。「今の段階でわたしが考慮しているのは、とにかく安全です。われわれが代表している人々のために、無事に一切の準備を整えねばならない。そうした調整のために、われわれはここにいるのですから」

「場所は用意してあるのかね？」アメリカ人が訊いた。

「おふたりが受け入れられるとしてですが」

「もし受け入れられなかった場合、代わりはどうなる？」ブリゴーリが訊く。

このイタリア人は、いささか自分を売りこもうとしすぎるきらいがある。これまでに父親の名代（みょうだい）を務めた経験は多いのだろうか。「もちろん、二カ所用意しています」

「宿泊場所は？」とカンピナーリ。

「そのこともあって、このようにあらかじめお集まりいただいたのです」カンピナーリが到着してから、ジーキンは英語に切り替えていた。「代わりの二つはどちらもヴィラで、広々とした居住施設に、スタッフ用の施設も備わっています。もちろん第一候補の場所も同じです。ホテルの施設より好ましいだろうと考えてのことですが、もちろんホテルのほうがよろしければすぐに手配できます」

「ミスター・ティネリは、スタッフとともに滞在できるヴィラを希望されるだろう」アメリカ人が主張した。

「ドン・ブリゴーリもだ」イタリア人も言う。

となると、こっちもオルロフのために場所を選ぶというふりを通さなくてはならない。「明日、三軒の家を見てまわったうえで、決めることにしましょう」

「あなたが選んだ第一候補のヴィラのほかに、別の家を見る予定も入れていたのか？」ブリゴーリが訊いた。

ジーキンはしばらく間をおき、そこに非難の意味合いをこめた。「もちろん、三つすべてを見られるよう手配しました。わたしの第一候補が、あなたにとってもそうだとはかぎらないでしょう。あるいはサムにとっても」

　翌朝のヴァンゼーのヴィラの下見には、一時間以上かかった。ふたりの相談役（コンシリエーレ）は、地下室もふくめてあらゆる部屋を見たいと言い張り、そのあと庭を徹底的に調べた。とくに周囲の建物から見られないかどうかに気を配っていたが、その点はすでに確認ずみだったし、ジーキンはアメリカ人とイタリア人から訊かれそうなあらゆる質問の答えを用意していた。ふたたび屋敷に入るとき、不動産業者のオットー・ミューラーが、これほど細かな点まで気にかけられるところを見ると、よほど重要な集まりなのでしょうねと言った。サム・カンピナーリは、きわめて重要で内密なＣＭのプロジェクトなので、情報が洩（も）れては困る、つねにプライバシーが守られねばならないのだと答えた。ミューラーは急いで、よくわかりましたと請け合った。

　つぎの屋敷もヴァンゼーにあったが、前のよりも小さく、森の奥深くに建っていた。今度の下見にも念入りに時間がかけられた。三つめのヴィラの下見が終わるころ、ジーキンはふと不安な思いにかられた。このふたりの相談役（コンシリエーレ）がもし受け入れるとすれば――若いイタリア人よりも、カンピナーリの支持のほうが重要になる――ただこちらの選択が認められたというだけでない。それはつまり、こちらの安全にまつわる判断に敬意が払われるということでもある。そちらのほうがより重要だ。

やがて一軒目の湖畔のヴィラへもどると、ジーキンが三つの屋敷すべての賃貸契約を結ぶと言いだしたので、ミューラーは驚き、また喜んだ。どれか一軒だけを選ぶものと思っていたのだ。それでも彼は念のために、三つの物件すべての契約書をブリーフケースに入れてきていた。ジーキンはなんの条件もつけず、三軒の賃貸料、保険料、保証金などをすべて前金で、しかもドルの現金で支払った。三つの物件の契約をすべてスイスに登録のある企業の名義でおこないたいとジーキンが言うと、ミューラーはすぐに、問題ありませんと受け入れた。

「われわれのスイスの会社は、税金にまつわる情報をドイツに報告する必要がないのだ」ジーキンは言った。

「わかりました」その意味を完全に理解したというしるしに、不動産業者は満面の笑みで応じた。

「われわれにプライバシーが必要なことも、承知してもらえればいいが」あらためてカンピナーリが言う。

「わたしの責任において、全面的に保証いたします」ミューラーが請け合った。「つぎに、スタッフの配置の問題に移りましょう」

「それは必要ない」口を開きかけたカンピナーリに先んじて、ジーキンは言った。

「三つのヴィラすべて、こちらでスタッフをそろえるつもりだ」

「しかし、清掃係や……食べ物や……ワインなどは？」

「すべてこちらの必要に応じて、ケイタリングを利用する」とカンピナーリ。「今日お借りしたヴィラ以外に必要なものはないので、今すぐ鍵を渡してもらえればありがたい。賃借期間が終わるときにお返しする」

不動産業者はとまどいを隠せず、首を横に振った。「ですが、何かしらあるのでは……」

「何もない」ブリゴーリが口をはさんだ。「話は終わりだ。ありがとう」

昨夜のケンピンスキーでの夕食はきわめて好評だったので、この日の夜もそこで食事をするということに落ち着いた。注文がすむと、すぐにカンピナーリが言った。

「どの家も安全面の問題はない。じつにすばらしい選択だ。あとは割り振りだが」

上下関係の確認か。ジーキンは察した。ここはもう一度、茶番を演じてみせる必要がある。「今回はわれわれがホストだと考えています。あなたがたはゲストです。どうぞ先に選んでいただきたい」

パオロ・ブリゴーリは、委員会が結成される上等な湖畔のヴィラが、父親の気に入る場所だろうと思った。ためらいがちに笑みを浮かべる。「くじ引きはどうだろうか?」

「われわれは運まかせのゲームはしない。そんな遊びをする人間たちから利益を吸いあげる立場なのだ」カンピナーリが重々しく指摘した。

ジーキンは言った。「この委員会は、対等な存在が対等の立場で会う場所となるでしょう。しかしイーゴリ・ガヴリロヴィチ・オルロフの名代として、わたしは彼の意向をくみ、会議用のヴィラはミスター・ティネリに割り当てられるべきではないかと考えます。最も遠くからおいでになるわけですし、やはりモスクワを代弁する者としての立場から見て、その年齢と権威にはとくに敬意が払われるべきではないでしょうか」この発言がかならずしもオルロフの意向と同じではないことを、ジーキンは意識していた。やつは第一候補のヴィラを望むだろうが、ここでの揉め事は避けるべきだ。

「あなたは、パオロ?」カンピナーリが水を向けた。

「いいでしょう」イタリア人は反論せずに従った。なんらかの決意を示すように、こうつけ加える。「われわれは二番目の家にしよう」

「では、われわれが三番目の家を」ジーキンも受け入れた。

「まだまだ話し合うことはいろいろあるが、上々の始まりといっていい」カンピナーりが言う。
同感だ、とジーキンは思った。ここにいるふたりの男を感じ入らせることができた。この先おれがオルロフを追い落とせば、彼らのボス中のボスも感じ入ることだろう。

いつでもドアを開けておくという確約があったにもかかわらず、レナード・ロスが予算委員会に呼び出されていたために、カウリーとFBI長官との会見は予定より遅くなった。カウリーが七階のオフィスに着いて腰をおろす前から、よれよれのスーツ姿の長官が言った。「ジョージ・ウォレンに呼びとめられて、ふたりだけで甥の話をしようと言われた。どんな状況か知りたい、とのことだった」

なぜおれにそんな話を？　カウリーは思った。ジェッド・パーカーのコネの力を忘れるなという無用の忠告か？　それともパーカー本人が伯父に何か言ったのか？　今日の午前中には、パーカーがベルリンから二度電話をよこし、なぜRICO法に関する問い合わせの回答がないのかと訊いてきた。モスクワからユーリー・パヴィンの電話もあった。「ウォレンにはどう話したのです？」
「パーカーは今現在、複雑な捜査のただ中にあるので、くわしく話すことはできないと言った」

ほんとうにそこまではっきり答えたのか？「向こうは納得しましたか？」

「何か報告できるようなことが起こったら、いつでも連絡してほしいとのことだった」

ロスは政治的な圧力を肩代わりさせようとしている。またこっちに無用の重荷を押しつけようというのか。パヴィンの電話によれば、連邦検事総長のオフィスから、ベルリンでなんらかの予備的な法的接触がおこなわれているという示唆（しさ）があったとのことだった。「ジェッドの法的要請に目を通される時間はありましたか？」

ロスが言った。「この国でなら、ＲＩＣＯ法に照らして一応有利な事件（プライマ・ファシー・ケース）となるだろう。ティネリにもブリゴーリにも、起訴の可能性のあるギャングのリーダーと交流していたという刑事責任が生じる」

「それはわかっています。パーカーも同じです。だから今回の案を出してきたのでしょう。しかしやつらはこの国にいるわけではありません」

「国務省には話したか？」

「司法省にも話しました。独ロ間、そして米ロ間の協定の法的な意味を調べるには、時間がかかるとのことです」

「われわれには時間がない」ロスは否定した。

「国務省および司法省との話からは、ロシアは比較的最近になって社会主義体制を脱したために、そうした協定は存在しないだろうとの感触でした」その心強い言葉があったのは、国務省からだった。パヴィンにも伝えてやらなければ。

「ドイツとアメリカの間は、どうなのだ？」

「ドイツの法律では、あの三者会談に違法な点はありません。すでにはっきり申しあげたと思いますが」

「外交上の問題になりそうだな」ロスは笑みを浮かべた。

するとつまり、そういうことなのか？　ロスが議会で最も有力な――そういってまちがいないだろう――政治家と内密に、ふたりきりで会話をかわしたのは、国家間の外交によって、アメリカの犯罪界で最も有力な人間を勾留するのが目的なのか？　またそれと同時に、その企てを主張したジェッド・パーカーに名誉を与えようとしているのか？　辛辣な見方をすれば、これまで考えたどんな推測よりつじつまが合う。過去に何度もそうした算段がなされるのを見てきたからだ。だが当面、そんなことはどうでもいい。気がかりなのはただひとつ、オルロフが復讐に燃えるディミトリー・ダニーロフの手で拘束されるという事態を避けることだ。この会話をどこまで利用できるだろう？　カウリーはあらためてまっこうから問いただそうとした。「だれとだれとの外交なのです？」

「当事者どうしのだ」

ふざけるな、とカウリーは思った。「長官、わたしは国際的な犯罪捜査におけるアメリカの活動を統括しようとしているんです。まっとうな判断を下すには、あらゆる情報源から得られるすべての情報を知っておくことが望まれる。もしわたしの知らないことがあれば、それが誤った判断にたやすくつながり、ひいてはわれわれの目的を危険にさらすどころか、すべて台なしにしてしまう恐れがあります」

「たいした講釈だ」長官はもう笑ってはいなかった。

率直な意見をぶつけたのは、かえって逆効果だったかもしれない。しかし今は自分の身を守ろうとは思わなかった。「プロとしてははっきり申しあげておくべきことだと思いまして——今もそう思っています」

ロスはうなずいたが、すぐには答えようとしなかった。やがて口を開いた。「国務省と話をしよう。司法省にも。今の状況と関連のあることは、すべてきみに伝えるようにする」

旧郵便局ビルの向かいにあるオープンカフェで昼食をとりながら、カウリーはパメラに長官の言葉を一語あまさず引用してきかせた。彼女はすぐにこう応じた。「関連がないとロスが判断したことは、どうなるの？」

カウリーはルートビアをすすった。ひどい味だ。「まるで車輪につながれたロバさ。重荷を何もかもひきずって歩いてる」

その自虐的な言葉に、パメラは眉をひそめた。「ほんとにロバみたいよ！」

「そう言われても、しかたないかもしれない」

「かもしれない、どころじゃないわ！」

「言いえて妙だよ、まったく」パメラにすべて打ち明けたことで、少し気分がよくなった。

「最初の話にもどりましょう。あなたの友だちを腐すつもりはこれっぽちもないけれど、ディミトリーはロシア文学の主人公みたいに、愛する女の仇を討つことで、職業的にしろなんにしろ自殺しようとしている。それは彼の選んだこと。ロマンスとしては最高に素敵よ。でもさっきの話からすると、今朝のあなたは、長官のお覚えがめでたくなるようなことは言わなかったみたいね。ディミトリーを止めようとして、これ以上あなた自身のキャリアを危険にさらさないでほしいの」そこで間をおき、つぎの言葉を強調してみせた。「それから何をするにしろ、わざと捜査を失敗させて、オルロフをディミトリーから遠ざけるようなまねはしないで。成り行きにまかせるしかないのよ。あなたが十字砲火を浴びるのは見たくない」

もしおれの酒が国際的な捜査を危うくすると本気で思ったなら、パメラはＦＢＩの人事部か長官本人に報告しただろう。いや、今でもそうするはずだ。パメラという人間の強さと非情さに向き合い、カウリーはそう思った。「ぼくがそんなふうに事件を投げ出すと、本気で思ってるのか！」

「その誘惑にかられるかもしれない、とは思うわ。あなたはいい人すぎるから」

「そんなことはないさ」

「よかった」

「どっちにしろ、それもこれもただの空論かもしれない。われわれはまだ何もつかんじゃいない。やつらが十六日にどこへ行こうとしてるのかも、見当すらついていないんだ」

「ベルリンはたいして大きな街じゃないわ」

「それでも大きすぎる」

ジェッド・パーカーも同じことを思いながら、ドイツ連邦捜査局ビルのホルスト・マンのオフィスで、緊張に身を乗り出していた。一時間ほど前に呼び出しがあり、ディミトリー・ダニーロフとともにやってきたのだった。パーカーは言った。「たしかね？」

にビザが、サミュエル・ジョージ・カンピナーリに対して発行されているのです

「まちがいありません」ドイツ人の警視正がしぶしぶ認めた。

「しかし、われわれはその名前をあなたがたに伝えました！」パーカーは憤然と言った。「見張りをつけると言ったでしょう！」

「ほかの空港にも知らせてはいましたが、予測としては、直接テンペルホーフから入国してくるだろうと。それであの空港を集中して見張っていた。そのために、わかるまでにこれだけ時間がかかったのです」

「どういうこと――？」アメリカ人が怒りにまかせて言いかけたが、ダニーロフはしびれを切らして口をはさんだ。パーカーがよけいなことを言って、口論になるのはまずい。

「つまり、やつがここに来てもう二日になる。飛行機は直行便だった。フランクフルトで降りたアメリカ人の乗客は何人でしたか？」

マンはさらに気まずそうに身じろぎをした。「いま乗客名簿を調べているところです」

まだ調べはじめていないないか、ひょっとすると指示してすらいないのだろう。「カン

ピナーリは相談役(コンシリエーレ)で、法律の訓練を受けた黒幕です。先乗りの部下たちを連れている可能性がある。すると、イタリア人とロシア人もここに来ていると考えるべきでしょう」

「ブリゴーリの名前には注意するよう指示しましたが、イタリアはEUの一員です。ビザは必要ない」マンはかぶりを振った。敗北を認める身振りだった。「テンペルホーフから入国するのでなければ、視認による監視で確認できる見込みはあまりないでしょう。ロシア人の名前でわかっているのは、イーゴリ・ガヴリロヴィチ・オルロフだけです。この三日のあいだに、その名義のビザでドイツの空港から入国した者はいません」

パーカーはようやく腹を決めた。もう自分たちがステファン・チェルヌイを見つけたことを明かさないわけにはいかない。そうすれば、ほかの点についても認めなければならなくなる。なるべく小出しにしようと、こう切り出した。「オルロフが、自分が監視下にあるかをたしかめるために、おとりに使ったロシア人がいます。やつらが本部がわりに使っているモスクワのレストランで、オルロフといっしょにいるところを、うちの局員が見ていました。そいつはいま、このベルリンにいる。ステファン・チェルヌイの名前で、アム・ツォー・ホテルに泊まっています」

ホルスト・マンのオフィスが恐ろしい沈黙に凍りついた。ドイツ人とディミトリー・ダニーロフは、それぞれの怒りに捕えられていた。感情を抑えようとするあまり、ささやくような声でマンが言った。「どうして、わかったのです？」

つっかえつっかえ、なるべく言葉少なに言おうとしたせいで、パーカーの気まずさはいっそうつのった――シェレメチェヴォの出発ロビーを見張っていたふたりのFBI要員が、チェルヌイと同じ飛行機に乗りこんだこと、そのふたりはスコルニャズヌイ通りのレストランでファミリーの構成員に囲まれたオルロフを見ていたこと。

「それはいつのことですか？」やはり不自然に静かな声で、マンが訊いた。

「三日前です」パーカーは認めた。「あれからチェルヌイはずっと監視下に置かれています。だれとも会っていないし、近づいてくる人間もいません」

「やつは何を？」ダニーロフは訊いた。

「ただ観光をしています。休暇でやってきたというように」パーカーの声はかすれ、しわがれていた。

「気づかれたのだ」ダニーロフは平板な調子で言った。

「そんなはずはない」パーカーが必死に言う。

「そうに決まっているだろう！」とダニーロフ。

「ミスター・パーカー」マンは声を高め、あらたまった口調で告げた。「ドイツは完全に開かれた対等な立場から、この捜査に加わることに同意した。あなたがその合意を守ろうとしていないのはあきらかです。したがってわれわれがこうした会話や捜査を続ける理由はもはやなくなった。今後さらに会談がおこなわれるか、連絡をとりあうかどうかは、この連邦捜査局と司法省の上層部が決めることです。今はこう申しあげる、ただちにお引き取り願いたい」

「待ってください！」パーカーが口をはさんだ。「それは誤解だ。もちろんわたしは──」

「ミスター・パーカー」ドイツ人が制した。「わたしを愚か者だと思っているのだろうが、そうした扱いはやめてもらいたい。お引き取りくださいと言ったのです。今すぐ！」

「わたしは何も知らなかった！」ダニーロフはけんめいに言った。「わたしは欺瞞に加わってはいません。われわれの協力関係を終わらせる理由はどこにもない」

ホルスト・マンはためらい、おぼつかなげに言った。「その件もまたいずれ」

捜査局本部の外に出るまで、ディミトリー・ダニーロフは怒りをこらえていた。ビルを出たとたん、ダニーロフはくるりとパーカーに向きなおって言った。「もしあんたのせいでこの捜査が失敗したら――何もかも台なしになったら――かならずロシア政府からそちらの政府およびＦＢＩに正式な抗議がいくようにしてやる。そしてアメリカとイタリアの法執行機関および情報部の全員に、あんたがいかに無能きわまる素人(しろうと)かを宣伝してやる。子守りなしでは外にも出せない愚か者だといって、みんなの物笑いの種にしてやるぞ！」

「クソくらえ！」

「この捜査が失敗すれば、クソを食らうことになるのはそっちだ！　覚えておけ！」

「よさそうだな」オルロフは山荘(ダーチャ)のベランダに置かれた籐製(とうせい)の揺り椅子(いす)に腰かけ、ウォッカのグラスを手にしていた。

「あとはボタンを押すだけです」準備していたとおりの台詞(せりふ)を、ジーキンは口にした。

オルロフが笑い声をあげた。「モノはたしかに足りているな？」

「一九四五年のヒトラーがあれだけ持っていれば、ロシアであと最低一カ月はもちこたえられたでしょう」

「イレーナとイヴァンはどうしてる？」

「自分たちの旅行日程をきちんと守っています。ということはつまり、わたしはもうケンピンスキーには出入りできない。それは残念です。あそこの食事はよかった。見張りの連中によれば、ふたりともおたがいに口をきいていないとのことです」

「あのふたりはもう、おたがいに何をすることもない」オルロフが言った。「やり残したことはないのだな？」

「はい」

「するといよいよ、ボタンを押すときだな？」

ジーキンは顔をしかめた。「一日か二日のうちには」

「明日、ＦＢＩの写真で顔の割れている連中をやって、チェルヌイに会わせる。そのときアメリカ人どもがたしかに連中の顔を見たかどうかを聞きたい」

「わかりました」

「おれはすぐワルワールカ通りへもどる。そっちへ電話しろ、話の内容がやつらに盗聴されるように。それから明日、シェレメチェヴォから出発する」

「カンピナーリとブリゴーリも出国するのですね？」

「そっちのタイミングはおまえにまかせる。連中が信用すると思うか？」

ジーキンはためらった。親しい関係にあるとほのめかすのはまずいだろう。「捜査がこのベルリンに集中していると教えれば、すぐにここを去るでしょう」

オルロフは言った。「ボタンはこのおれの指で押さなくてはな」おれの望むところでもある、とジーキンは思った。彼自身の計画が、頭のなかで形をとろうとしていた。

フリーマントル
稲葉明雄訳
消されかけた男

KGBの大物カレーニン将軍が、西側に亡命を希望しているという情報が英国情報部に入った! ニュータイプのエスピオナージュ。

フリーマントル
戸田裕之訳
城壁に手をかけた男
(上・下)

米露の大統領夫妻を襲った銃弾。容疑者は英国人。三国合同捜査に加わったチャーリーは、尋常ならざる陰謀の奥深くへと分け入る。

フリーマントル
松本剛史訳
爆魔
(上・下)

ロシア製のミサイルが国連本部ビルに撃ちこまれた。双頭弾頭にはサリンと炭疽菌が。国境を越えた米露捜査官が三たびコンビを組む。

フリーマントル
日暮雅通訳
シャーロック・ホームズの息子
(上・下)

ホームズの息子セバスチャンは米国の秘密結社を探る任務に志願したが……。恋あり、暗号解読あり、殺人事件ありの痛快冒険小説!

フリーマントル
松本剛史訳
知りすぎた女

マフィアと関わりのある国際会計事務所の重役が謎の死を遂げた。残された妻と彼の愛人は皮肉にも手を結び、真相を探り始めたが。

フリーマントル
日暮雅通訳
ホームズ二世のロシア秘録

新聞記者を装いスパイとしてロシアに潜入したホームズの息子。ロマノフ王朝崩壊の噂を探るべく、ついにスターリンと接触したが。

J・アーチャー
永井 淳 訳
百万ドルをとり返せ！
株式詐欺にあって無一文になった四人の男たちが、オクスフォード大学の天才的数学教授を中心に、頭脳の限りを尽す絶妙の奪回作戦。

J・アーチャー
永井 淳 訳
ケインとアベル（上・下）
私生児のホテル王と名門出の大銀行家。典型的なふたりのアメリカ人の、皮肉な出会いと成功とを通して描く〈小説アメリカ現代史〉。

J・アーチャー
永井 淳 訳
運命の息子（上・下）
非情な運命の手で、誕生直後に引き裂かれた双子の兄弟の波瀾万丈。知らぬ間に影響し合う二人の人生に、再会の時は来るのか……。

J・アーチャー
永井 淳 訳
ゴッホは欺く（上・下）
9・11テロ前夜、英貴族の女主人が襲われ、命と左耳を奪われた。家宝のゴッホ自画像争奪戦が始まる。印象派蒐集家の著者の会心作。

L・カルカテラ
田口俊樹 訳
ストリート・ボーイズ
独軍機甲師団に300名の子どもたちが立ち向かう――。第二次大戦史に輝く〝ナポリ・奇跡の四日間〟をベースに描く戦争アクション。

S・カーニック
佐藤耕士 訳
覗く銃口
麻薬、殺人、異常な性が蠢く闇の街でハメられた元傭兵、追う冴えない刑事……死へのカウントダウンの中、真相にたどり着くのは？

S・キング
風間賢二訳
ダーク・タワーI
ガンスリンガー

キングのライフワークにして七部からなる超大作が、大幅加筆、新訳の完全版で刊行開始。〈暗黒の塔〉へのローランドの旅が始まる！

S・キング
白石　朗訳
回想のビュイック8（上・下）

警官だった父の死、署に遺された謎の車。少年はやがて秘められた過去へと近づいていく。人生への深い洞察に溢れた、胸を打つ絶品。

S・キング
浅倉久志他訳
幸運の25セント硬貨

ホテルの部屋に置かれていた25セント硬貨。それが幸運を招くとは……意外な結末ばかりの全七篇。全米百万部突破の傑作短篇集！

S・キング
白石　朗他訳
第四解剖室

私は死んでいない。だが解剖用大鋏は迫ってくる……切り刻まれる恐怖を描く表題作ほかO・ヘンリ賞受賞作を収録した最新短篇集！

S・キング
P・ストラウブ
矢野浩三郎訳
ブラック・ハウス（上・下）

次々と誘拐される子供たち。〝黒い家〟が孕む究極の悪夢の正体とは？　稀代の語り部コンビが生んだ畢生のダーク・ファンタジー！

S・キング
白石　朗訳
骨の袋（上・下）

最愛の妻が死んだ――あっけなく。そして悪霊との死闘が始まった。一人の少女と忌まわしい過去の犯罪が作家の運命を激変させた。

新潮文庫最新刊

林真理子著
知りたがりやの猫
猫は見つめていた。飼い主の不倫の恋も、新たな幸せも――。官能や嫉妬、諦念に憎悪。女のあらゆる感情が溢れだす11の恋愛短編集。

赤川次郎著
森がわたしを呼んでいる
一夜にして生まれた不思議の森が佐知子を招く。未知の世界へ続くミステリアスな冒険の行方は。会心のファンタスティック・ワールド。

よしもとばなな著
なんくるない
どうにかなるさ、大丈夫。沖縄という場所が、人が、言葉が、声ならぬ声をかけてくる――。何かに感謝したくなる四つの滋味深い物語。

吉田修一著
7月24日通り
私が恋の主役でいいのかな。港が見えるリスボンみたいなこの町で、OL小百合が出会った奇跡。恋する勇気がわいてくる傑作長編！

舞城王太郎著
みんな元気。
妹が空飛ぶ一家に連れ去られた！　彼らは家族の交換に来たのだ。『阿修羅ガール』の著者による、〈愛と選択〉の最強短篇集！

柴田錬三郎ほか著
剣狼
―幕末を駆けた七人の兵法者―
激動する世を生き、剣一筋に時代と切り結んだ男たち――。千葉周作、近藤勇、山岡鉄舟ら七人の剣客の人生を描き切った名作七篇。

Title : TRIPLE CROSS (vol. I)
Author : Brian Freemantle

トリプル・クロス（上）

新潮文庫　フ - 13 - 55

Published 2007 in Japan
by Shinchosha Company

平成十九年六月一日発行

訳者　松本剛史

発行者　佐藤隆信

発行所　株式会社 新潮社

郵便番号　一六二—八七一一
東京都新宿区矢来町七一
電話　編集部(〇三)三二六六—五四四〇
　　　読者係(〇三)三二六六—五一一一
http://www.shinchosha.co.jp

価格はカバーに表示してあります。

印刷・二光印刷株式会社　製本・株式会社植木製本所

ISBN978-4-10-216555-3 C0197